KB058901

17

저, 능력은 평균치로 해달라고 말했잖아요!

God bless me?

쿠리하라 마사토

고등학생. 어린 소녀를 구하고
이세계로 전생했다.

C등급 파티『붉은 맹세』

마일
(아델)

이세계에서 '평균적'인
능력을 부여받은 소녀.

메비스

검사. 헌터 파티
'붉은 맹세'의 리더.

폴린

헌터. 치유 마법 구사자.
상냥한 소녀지만…….

【티루스 왕국】

성격 강한 소녀 헌터.
공격 마법이 특기.

귀족의 딸. 아델의 친구.
'원더 쓰리'의 리더.

용종의 정점에 있는, 세계 최강 생물.
인간의 언어를 쓰며 지능도 인간 이상이다.

젊은 검사. 여성 6인 파티
「여신의 종」의 리더.

브란델
왕국

바노라크 왕국

티루스 왕국
'붉은 맹세' 등록국

카라미테이

아스컴으로
돌아가는 반환점

여인숙 사건이
일어난 마을

아스컴령

왕도

왕도

마일이
헌터 등록한 마을

알레이멘령

침공군

왕도
샤레이라즈

클로트

제도

산악지대

아르반 제국

오브람
왕국

왕도

트리스트 왕국

왕도

마레인 왕국

마판

도시

도시

왕도

드워프 마을
그레데마르

God bless me?

WORLD MAP

지난 줄거리

아스컴 자작가의 장녀 아델 폰 아스컴은 열 살이 되던 어느 날, 강렬한 두통과 함께 모든 것을 기억해냈다.

자신이 예전에 열여덟 살의 일본인 쿠리하라 미사토였다는 것과 어린 소녀를 구하려다가 대신 목숨을 잃었다는 것, 그리고 신을 만났다는 사실을…….

너무 잘나서 주변의 기대가 커, 자기 생각대로 살 수 없었던 미사토는 소원을 묻는 신에게 이런 부탁을 했다.

"다음 인생에서 능력은 평균치로 부탁드립니다!"

그런데 뭐야, 어쩐지 이야기가 좀 다르잖아!

나노머신과 대화를 나눌 수 있고, 인간과 고룡의 평균이어서 마력이 마법사의 6,800배?!

처음 다닌 학원에서 소녀와 왕녀님을 구하기도 하고.

마일이라는 이름으로 입학한 헌터 양성 학교에서 동급생들과 결성한 소녀 사인조 파티『붉은 맹세』로 대활약!

그녀들은 수인 마을에서 마족 마을로 숨겨진 곳들을 돌며 사람들과 어린아이들을 구하고, 갑자기 나타난 미스터리한 기계 새의 안내로, 선사 문명에서 살아남은 슬로 워커로부터 모든 전모를 듣게 되는데!

마일 일행이 알게 된 것은 코앞까지 닥친 이세계 침략이라는 절망적인 위기였다.

이 세계의 인간 그리고 살아 있는 모든 존재의 위기…….

『붉은 맹세』최대의 전투가 시작되려고 한다!

God bless me?

CONTENTS

제118장 경고 2

"마, 마마마, 마르셀라 님! 올리아나! 바, 밖, 밖을 봐요오오~!"

"왜 그래요, 모니카 씨. 숙녀가 조신하지 못하게……."

셋이서 빌린 여인숙 방으로 모니카가 숨을 헐떡이며 빠르게 뛰어 들어와 소리치자, 어이없는 표정으로 쳐다보며 진정시키는 마르셀라.

"돼, 돼돼돼, 됐으니까! 지금, 그게 중요한 게 아니라고요! 아, 아무튼 밖에! 밖에 나가 보세요!"

너무 과하게 흥분하는 모니카의 모습에 예삿일이 아님을 직감한 마르셀라와 올리아나는 다시 밖으로 나가는 모니카의 뒤를 따랐다.

그리고…….

"뭐, 뭐뭐뭐, 뭐예요, 이게에에에!"

소리치는 마르셀라 그리고 입을 쩍 벌린 채 멍한 얼굴로 멈춰 선 올리아나.

주위에 있는 사람들도 대충 비슷했다.

그리고 하늘에 떠 있는, 상식을 벗어난 그것이 포효했다.

『크아앙!』

＊　　＊

"하늘에 이상한 것이!"

길드 지부에 뛰어 들어온 C등급 헌터가 크게 소리쳤다.

헌터 길드 지부에서 노닥거리던 사람들은 여유가 있는 자, 다시 말해 중견 또는 상급 헌터들이었다. 그래서 뛰어 들어온 자를 보고 무슨 일이 터졌다는 사실을 곧바로 이해했다.

헌터들은 저마다 무기를 들고 밖으로 뛰쳐나갔다.

물론 길드 직원들도 뒤를 따랐다.

와이번(비룡)이 습격했나, 아니면 그리핀이나 히포그리프인가…….

그리고 하늘을 올려다본 그들의 눈에 들어온 것은…….

『크아앙!』

＊　　＊

"마일 언니……. 『작전 중 행방불명(MIA)』되고 『붉은 맹세』의 다른 언니들은 아마 모두 죽었을 거라고 헌터 손님들이 그랬는데……. ……그래, 그 언니들이 그렇게 쉽게 죽을 리가 없잖아! 하지만 도대체 뭐 하는 거야, 하늘 위에서! ……아, 그런데 하늘에 떠 있다는 건 역시 죽은 건가? 어라? 에에에엣?"

15

그리고 땅 위에서 사람들이 지켜보는 가운데, 미스터리한 사자 소녀의 머리 위에 떠 있는 타이머의 숫자가 마침내 0이 되었다.

그와 동시에…….

탁!

사자가 그려진 배경판이 앞으로 넘어지고, 한 소녀가 모습을 드러냈다.

찰랑찰랑 빛나는 은발.

눈이 튀어나올 만큼 엄청난 미소녀는 아니지만, 왠지 마음이 편안해지고 보는 이의 마음을 따뜻하게 해주는 사랑스러운 외모.

조신한 가슴은 B컵 정도로 보이지만, 실은 장래성을 과하게 예상하는 바람에 가죽 방어구를 크게 만들었을 뿐 그 안은 텅 비어 있었다.

……그렇다, 안쪽에서 압력을 받아 봉긋 솟아올라 있는 게 절대 아니다…….

아무것도 바르지 않았는데도 촉촉하고 귀여운 입술.

그 입에서 나온 말은…….

『내 이름은 마일. 세계를 정복…….』

탁!

화면 틀 밖에서 쑥 들어온 손이 지관통처럼 생긴 것으로 소녀의 머리를 때렸다.

그러더니 또 다른 손이 들어와 양손을 뱅글뱅글 돌린 후 한쪽 손 검지로 소녀를 가리켰다.

……꼭『지도』를 하는 느낌이었다…….

『제, 제 이름은 마일. 신으로부터 이 세계를 부탁받은 사람입니다…….』

그리고 아무 일도 없었다는 듯 이야기를 이어가는 소녀.

하늘에 비치는 그 모습을 보고 목소리를 들은 사람들은…….

""""""""이게 무슨 일이야아아!!""""""""

당연히 영문을 몰라 대혼란에 빠졌다.

* * *

아무리 태클 걸고 싶어도 하늘에 보이는 거대한 소녀에게 그 말이 닿을 리 없다.

그래서 사람들에게는 그저 거대한 소녀의 말을 듣는 것 이외에는 선택지가 없었다.

『저는 이 세계를 지키라고 신에게 부탁받았을 뿐인, 어디에나 있는 지극히 평범한 소녀입니다.』

""""""""아니지! 무슨무슨무슨무슨무슨무슨!""""""""

((((((신에게 그런 부탁을 받은 시점에서 이미『평범한 소녀』가 아닌데!))))))

모두의 생각은 그렇게 일치하고 있었다.

이해하기 어려운 소녀의 이야기는 일방적으로 이어졌다.

……물론 여기서『이해하기 어려운』이란『소녀의 이야기』가 아니라『소녀』를 가리킨다.

『전 세계의 여러분. 인간종, 수인, 마족, 요정, 고룡, 그 밖의 모든 지적 생명체, 정령, 동물, 식물, 기타 이 세계에 존재하는 모든 생명체에게 신의 중대한 공지를 전하고자 합니다.』

그리고 마일은 숨을 힘껏 들이쉬더니…….

『내 이름은 마일. 이 세계가 위협받고 있다!』*

((((((………….))))))

다들 대충 이해했다.

*   *

마일이 사람들에게 설명했다.

아주 먼 옛날 이 세계에 존재했던 찬란한 문명에 대하여.

그리고 일어난 재앙과 이세계 침입자 마물들에 대하여.

겨우 위기를 극복하였으나 인간들은 극소수만 남기고 이 세계를 떠났노라고.

그런데 남겨진 자들을 가엾이 여겨, 이 세계를 떠나지 않은 자애로운 일곱 현인이 있었다.

또다시 닥칠지 모를 위기에 대비하기에는 너무도 연약한 인

---

*로봇 애니메이션『푸른 유성 SPT 레이즈너』의 패러디.

간들.

그래서 일곱 현인은 결단을 내렸다.

『그렇지, 인간들을 강하게 만들자!』

문명이 멸망해도 자연과 어우러져 잘 살아갈 수 있는 숲의 종족(엘프).

최소한의 문명을 유지할 수 있게, 금속 정련과 가공에 뛰어난 산의 종족(드워프).

동물적 능력을 갖춘 강건한 종족 수인.

……그리고 나중에 그 존재가 발견된,『마법』능력이 강하며 강건한 신체 능력을 갖춘 마족.

또 일곱 현인은 몇몇 종족을 더 창조하였다.

문명을 잃고 먹을거리가 사라져도 최소의 식량만으로 살 수 있도록 크기를 7분의 1로 축소한 인간(요정).

그 작은 몸으로도 살아남을 수 있게 그들에게는 날개를 주었다.

한편 수명이 짧고 연약하기까지 한 인간들을 지켜보기 위한 인도자로, 온화한 생물에 지능과 커다란 몸을 주었다. 그리고 그 거대한 몸을 잘 지탱하고 하늘 위로 뜰 수 있도록『7분의 1 계획』때처럼 신의 도움을 받아 가호를 내렸다.

또한 일곱 현인은 만일의 사태에 대비해 세계 각지에 자신들의 종을 배치했다.

바로 골렘과 스캐빈저였다.

그들은 인간종을 비롯한 이 세계의 존재들과 한편이다. 공격하지 말지어다.

그리고 지금 『그때』가 왔도다…….

『지금, 연합군이 대치하고 있는 것은 침입자들의 주 세력이 아닙니다. 그들은 몇 분의 일, 전체의 지극히 일부에 불과할 뿐이고 본대는 13일 후 아르반 제국 산간부에 차원 균열을 만들어 쳐들어올 것입니다…….』

마일의 폭탄 발언에 땅 위의 사람들이 비명을 내질렀다.

……물론 마물 무리와의 교전을 곧 앞둔 연합군도.

자신들이 거기서 승리를 거두면 세계를 구할 수 있다.

그렇게 믿고 목숨 걸 생각이었는데 난데없이 받은 『사실 그 적은 전체의 극히 일부에 불과할 뿐이고 주 세력은 반대쪽, 그러니까 전력이 거의 남아 있지 않은 자신들의 모국을 공격할 것이다』라는 흉보. 그러니 동요하지 말라고 하는 게 무리겠지.

하지만…….

『오브람 왕국 왕도 동쪽에 진을 친 연합군은 그대로 전방에 있는 마물들과 싸우세요. 이제 와서 방향을 틀어 아르반 제국으로 향해봐야 무거운 무기와 갑옷을 몸에 차고 치중 부대를 이끌고 행군해서는 도저히 제시간에 갈 수 없으니까요. 또 설령 늦지 않게 도착한다고 해도 열흘이 넘는 강행군에 지칠 대로 지쳐서 제대로 싸워 보지도 못할뿐더러, 아무도 막지 않게 된 동쪽은 마물 무리가 오브람 왕국의 마을들을 습격하고 나아가 다른 나라까지 쳐들어가거나 무리한 강행군으로 피폐해진 연합군을 뒤에서 치는 등……. 아마 제대로 되는 일이 없을 거예요. 그러니 여러분은 원래 계획대로 오브람 왕국에서 마물들을 토벌한 다음 태세

를 다시 갖춰서 방향을 돌리세요. 서두르지 말고, 체력을 아끼면
서요…….』

그리고 마일이 생긋 웃었다.

『아르반 제국에 출현한 마물 중에서 상위종은 저희가 처리할게
요. A등급 이상인 마물 전부요. 그리고 B등급 마물 대부분이랑
C등급 일부도 어떻게든 잡아볼게요. 마을을 보호할 벽이 없는 작
은 시골 주민들은 가까운 성곽 도시로 대피하고 치안 유지 및 도
시 방위를 위해 남아 있는 병사와 헌터들이 힘을 합쳐서 저희가
놓친 B등급 마물 일부랑 C등급 이하 마물을 상대로 버티면서, 연
합군이 동쪽 마물들을 격파하고 돌아올 때까지 어떻게든 시간을
버세요.』

이 말은 누가 봐도 자신들이 상위 마물을 처리하는 인간 방패
가 되어 싸우다가 죽겠다는 선언이었다…….

"""""""""…………."""""""""

땅 위에 있는 모든 사람이 그대로 얼어붙었다.

미성년 소녀가 말한 『저희』란 도대체 어느 정도의 전력일까.

몇 명?

십여 명?

소녀가 개인적으로 모을 수 있는 전력이라면 기껏해야 파티 하
나에 불과하겠지.

그것도 마물 무리 앞에서 즉사가 확실한 허무한 개죽음에 기꺼
이 동참해 줄 기특한 사람이 있을 때의 이야기이다.

그렇게 생각한 사람들이 제국에서 쏟아지는 마물 무리 앞에서

어떻게 하면 자신들이 살아남을 수 있을지 조용히 고민하고 있는데…….

『적의 주 세력을 물리칠 저희 멤버를 소개하겠습니다!』

지금까지 말하던 은발 소녀 대신, 금발에 18~19살 정도 되어 보이는 당찬 얼굴의 소녀가 화면에 등장했다.

『헌터 파티「붉은 맹세」리더이자 오스틴 백작가 영애 그리고 라디마르류 검술 도장 문하생인 성기사 메비스 폰 오스틴!』

은발 소녀의 소개에 치아를 반짝이며 생긋 웃는 메비스.

아무래도 자신은 나서지 않고 마일이 끝까지 소개할 모양이었다.

……하긴 자기소개라면 본인 입으로『성기사』같은 말을 하긴 창피하지…….

남성 기사처럼 짧고 색이 밝은 금발에 매니시한 복장과 방어구. 가슴이 나오지만 않았어도 예쁘장하게 생긴 남자 검사라고 해도 이상하지 않다.

상스럽고 난폭하고 무신경한『남자』라는 생물을 혐오하는 섬세한 아가씨를 마성의 자기력으로 끌어당기는, 바로『여성이 꿈꾸는 이상적인 왕자님』같은 모습.

땅 위에 있는 여성들이 꺄악꺄악 소리를 지르고 난리가 났다. 아직 어린 소녀에서부터 노부인에 이르기까지 모든 여성이…….

『마찬가지로「붉은 맹세」소속이며 헌터 파티「붉은 번개」최후의 생존자이자 대마도사 붉은 레나!』

검은색이 바탕인 옷을 입고, 눈에 확 들어오는 붉은 머리카락을 길게 늘어뜨린 소녀.

다소 성격이 강하고 승부욕 있어 보이긴 했어도 체구가 아담해서 그런지, 마치 말 안 듣는 아이가 열심히 발돋움해서 어른인 척하는 듯한 귀여움이 있었다.

남성 그리고 언니스러운 여성들로부터 성원이 쏟아졌다.

그 목소리들이 들리는지 모르겠지만, 야무지고 진지한 표정을 짓는 레나.

레나의 소원이던「붉은 번개」의 이름을 역사에 남기는 것.

A등급 헌터가 된 후 자서전을 내서 이루려고 계획했었는데, 지금 이루어지게 된 것이다.

단 넷이서 마물 대군에 맞선 영웅 중 한 명을 배출한 파티로, 그 이름을 역사의 한 페이지에 새긴다…….

『마찬가지로「붉은 맹세」소속, 중견 상가 베케트 상회의 딸이자 대성녀 폴린!』

두툼한 분홍색 방호복 위에 사비로 산 흉부 장갑을 걸친, 많은 남성의 찬사를 받는 대신 일부 여성들로부터는 반감을 살 듯한 모습.

검은 미소가 아니라 영업용 성녀 미소를 띤 그 모습은 야생의 감을 지닌 동물이나 악의에 민감한 어린이 이외의 사람들 눈에는 자애 넘치고 다정한 소녀로만 보였다.

……그렇게 보일 뿐이었다…….

스태프(지팡이)를 들고 생긋 웃는 폴린.

이렇게 해서 자기 상회의 이름이 널리 퍼졌다.

자신은 죽더라도 어머니와 남동생 그리고 아버지가 남긴 상회는 평안하리라.

영상이 다시 마일을 비추었다.

드디어 오늘의 주인공이 나올 차례인 것이다.

『어떨 때는 자작가 영애, 어떨 때는 애클랜드 학원의 평민 학생, 어떨 때는 빵집 점원, 또 어떨 때는 여자작 아델 폰 아스컴 그리고 어떨 때는 인기 작가 미아마 사토데일 그리고 또 어떨 때는 신의 사자. ……그러나 그 실체느으은!』

그리고 마일이 멋지게 포즈를 취했다.

『어디에나 있는 지극히 평범하고 일반적인 여자아이, 헌터 파티 「붉은 맹세」 소속 C등급 헌터 마일이라구!』

"""""……아니! 아니아니! 아니아니아니아니아니아니!!"""""

그리고 대륙 전역이 태클 거는 소리에 휩싸였다.

* *

사실 메비스 일행을 이러한 이름으로 소개한 데에는 다 그럴 만한 이유가 있었다.

앞으로의 작전을 대략적으로 정했던 그날…….

"마일, 부탁이 있어. ……내 신체 제한을 완전히 해제해 줄 수 없을까?"

메비스가 그렇게 부탁했던 것이다.

"네……?"

"내 몸, 사실은 더 뛰어난 능력을 발휘할 수 있는 거 맞지? 토룡의 공격도 버텨냈으니 능력이 더 있을 게 뻔해. ……나도 알아. 네가 내 몸이 인간을 뛰어넘는 걸 두려워하고 걱정하고 있다는 건……. 하지만 지금 난 그 능력이 필요해. 헌터로서. 기사를 꿈꾸는 한 사람으로서. ……그리고 메비스 폰 오스틴으로서!"

"메비스 씨……."

"물론 내가 고안한 필살기『요가 파이어(내가 불꽃의 화신이다!)』도 같이 풀어줘!"

"헉……."

메비스의 말에 눈을 커다랗게 뜨는 마일.

"그리고 실은 또 한 가지 부탁이 있는데……."

"네, 뭐든지 말씀하세요!"

끝까지 자신과 함께해 준 동료들이다. 자신이 해줄 수 있는 일이라면 이제는 뭐든 들어줄 것이다. 그렇게 결심한 마일이었는데…….

"나를, 마일의 기사로 삼아줘!"

"앗? 으아앗?"

예상을 한참 엇나간 부탁이었다…….

"앗, 마일짱, 나도! 신의 사자님의 임명이라니 웬만한 국왕 폐하나 교황님에게 임명되는 것보다 훨씬 권위 있잖아!"

"……그럼 그러는 김에 나도 뭐든 임명해줄래? 천국에 있는

『붉은 번개』 멤버들이 자랑스러워할 것 같아서……."

"허어어어어억?"

놀라는 마일에게 메비스가 생글거리며 말했다.

"폴린 말이 맞아. 난 국왕 폐하보다 마일의 기사가 되고 싶어. 나라에서 인정하든 안 하든 정식 등록 서류가 있든 없든 그딴 건 아무래도 좋아. 난 한 번도 만난 적 없는, 단지 조상이 국왕이었다는 이유만으로 왕좌에 앉아 있을 뿐인 그냥 아저씨 말고 마일의 기사가 되고 싶어. 정말로 지켜야 할 사람을 위해 목숨 걸고 싸우고 싶어. ……부탁이야, 나를『기사』로 임명해 전쟁터에 보내줘!"

말로는 하지 않았지만 아마도『최후의 전투』라는 의미가 담겨 있으리라.

진지하게 생각했을 때, 마물 대군을 고작 넷이 상대하는 만큼 살아남을 거라고 보긴 어렵다.

아무리 강해도 수의 폭력 앞에서는 무력한 법이니.

예를 들어 100대 1,000이라면 100쪽이 어마어마하게 강할 경우 이길 확률이 아주 조금은 있을지도 모른다.

……하지만 4대 수만, 수십만이라면 개개인이 아무리 강해도 이기기란 불가능하다.

체력과 마력은 무한하지 않으며, 아무리 살짝 긁힌 상처라도 그게 수천 번, 수만 번이면 목숨에 지장이 생긴다.

그리고 상대하다 지친 나머지 주의력이 흐트러지면 수준이 한참 떨어지는 잔챙이의 일격도 못 피할 수 있겠지.

최후의 전투라면 단지 립서비스에 지나지 않더라도 조금이나마 만족감을 얻었으면 좋겠다.

그래서…….

"알겠어요. 그렇게까지 말씀하신다면……. 그럼……. 메비스폰 오스틴. 신의 종 마일의 이름으로 성기사에 임명하노라. 붉은레나. 대마도사에 임명하노라. 폴린. 대성녀에 임명하노라."

"""……삼가 받들겠나이다…….""""

이리하여 성기사, 대마도사, 대성녀가 탄생하였다…….

* * *

『차원의 균열이 생기고 마물들이 쏟아져 나오는 장소는 아르반 제국에 있는 작은 마을 클로트 앞 황야입니다. 클로트 주민분들은 성곽이 있어 안전한 대도시로 지금 당장 피난 가세요. ……아, 그리고 저희는 적이 나타날 때까지 클로트에서 대기할 예정이어서 그곳의 여인숙을 자유롭게 쓸 수 있게 허락 부탁드릴게요. 숙박 요금은 잘 놔두고 올 테니…….』

모처럼 마을에서 대기하는 만큼 텐트가 아니라 여인숙에서 자고 싶다. 그렇게 생각하는 마일이었다.

……다만 여인숙 뒤뜰에 휴대식 요새 욕실과 휴대식 요새 화장실을 따로 설치할 것이지만…….

『그럼 여러분의 건투와 무사를 기원합니다…….』

뚝

그리고 하늘에 떠 있던 영상이 꺼졌다…….

"끝났어요…….”
"끝났구나…….”
"끝났네…….”
"끝났군요…….”
긴장 속에서 거사를 마치고 조금 축 늘어진 마일 일행.
"이제 동쪽 마물과 대치한 연합군이 도중에 후퇴하는 일 없이
끝까지 마물 섬멸에 전념할 수 있을 거예요. 이제 성곽 도시에서
농성할 사람들이 부디 연합군이 돌아올 때까지 잘 견뎌주기만
을…….”
"큰 피해 없이 끝날 수도 있어. 하지만 그러려면…….”
"우리가 상위 마물을 대부분 해치우는 것이 필수조건이지…….”
마일과 메비스의 말을 레나가 마무리했다.
"그럼 얼른 이어 가볼까요. 위력이 올라간 마법으로 장시간 전
투 훈련을!”
그리고 폴린의 말에 모두가 대답했다.
""""하아앗!""””

*　　*

"파이어 랜스!"

쿵!

"느낌 좋은데요, 레나 씨! ……하지만 위력이 좀 과한 면이 있어요. 필요 이상으로 강력하면 빨리 지치기만 할 뿐이니까요. 위력 조정을 좀 더 할 필요가 있겠어요."

"……알았어……."

마일의 지도를 순순히 받아들이는 레나.

지금은 쓸데없이 반항할 때도 아니고, 마일의 지도는 적절했으므로…….

물론 마일은 동료들을 지도할 때 나노머신으로부터 실시간으로 조언을 받고 있었다.

……요컨대 실제로 마법을 실행하는 장본인인 나노머신이 직접 지도하는 것이나 다름없어서 당연히 효율이 높을 수밖에 없었다.

"폴린 씨는 공격마법에 약한 편이니까 대신 치유마법을 한 등급 더 올리는 쪽으로 열심히 훈련해요. 만약 저희 중 누군가가 다쳐 전력에서 제외되었는데 폴린 씨의 치유마법으로 전선에 복귀시킨다면 그건 폴린 씨가 그때부터 그 사람 대신 활약한 것이나 마찬가지예요."

"응!"

자신에게는 다른 세 명과 같은 전투력이 없다며 자기비하에 빠져 있던 폴린은 마일의 그 말을 듣고 비로소 자신도 전투에 충분한 역할을 하고 있다는 것을 깨달았다.

그리고 지금 자신에게는 핫 마법(매운 것, 뜨거운 것)이 있다.

원거리 공격과 정밀 공격에는 적합하지 않지만, 근거리 범위 공격으로서는 그 상대가 마물이라도 충분한 효과를 기대할 수 있다.

그러니 모두와 어깨를 나란히 하고 싸울 자격이 있다.

그렇게 생각하니 나약하던 마음에 자신감이 가득 들어차다…….

"메비스 씨는 이번 전투에서만큼은 위력이 별로 크지 않은 윈드 엣지를 버리세요. 윈드 엣지를 발동하기 위해 시간과 체력과 주의력을 할애하는 것보다는 EX 진 신속검에 집중하는 편이 훨씬 효과적이에요."

"알았어! 잔기술에 의지하지 말고 검사, 아니 성기사로서 진가를 발휘해 싸우라는 말이지? 이번 기회에 내 능력과 애검을 믿지 않으면 언제 믿을 거냐는…….

메비스는 공격마법을 써서 싸우는 것이 아니므로 권한 레벨이 올라갔어도 위력 조정 때문에 고생할 일이 없다. 그렇다고 혜택이 아예 없는 것도 아니어서 마이크로스에 의한 효과 상승과 함께 체표면에 닿은 공기 중 나노머신의 작용으로 신체 능력이 어느 정도 향상되어 있었다.

마술사인 레나와 폴린만큼 효과가 눈에 띄게 크지는 않지만, 그래도 검사인 메비스의 입장에서는 차이가 컸다.

가뜩이나 탑클래스인 검사의 몸놀림이 몇 퍼센트 더 빨라지는 것이다.

그게 얼마나 엄청난 일인가…….

물론 그것을 이해 못 할 메비스가 아니었다.

"여러분, 그럼 남은 며칠 동안 열심히 해봐요!"

""""하아앗!""""

＊　　＊

"……드디어 내일이네요……."

"내일이네……."

"내일이야……."

"내일이군요……."

여인숙 침대에 걸터앉은 『붉은 맹세』는 느긋하게 그런 말을 나누었다.

대륙 전역에 걸쳐 보냈던 공중 영상.

그날 이후 사태가 급속도로 진전되어, 오브람 왕국 동부에서 마물 무리와 대치하던 연합군은 며칠이나 이어진 전투에서 마물을 대부분 소탕했으나 그 피해 또한 막대했다.

놓친 C등급 이하 마물은 오브람 왕국군과 지역 용병과 헌터들에게 맡기고, 부대를 재편성하여 아르반 제국으로 향했지만 이동 속도가 느려서 제국에 마물이 출현하기 전까지 도저히 도착할 수 없을 것 같았다.

성곽 도시 안의 사람들이 어떻게든 버티며 시간을 벌면 늦기 전에 겨우 구하러 갈 수 있을까 말까 하는 상황이겠지.

『붉은 맹세』는 언덕 위에 자리 잡은, 지금은 아무도 없는 작은 마을 클로트에 예정대로 도착했고『환영「붉은 맹세」님 방, 식자재 등 무엇이든 자유롭게 사용하시기 바랍니다. 요금은 전부 무료입니다』라는 종이가 붙어 있는 여인숙에 짐을 풀었다.

그녀들은 낮에는 하루도 빠짐없이 단련했다.

권한 레벨이 오르면서 커진 마법의 위력에 익숙해지고, 최대한 마력과 체력을 온존해 장시간 싸움에도 버틸 수 있도록 연습을 계속해나갔다.

또 마일은 싸우면서 수분과 영양을 보급하기 위해 일종의 유동식을 개발했다.

그러한 나날도 지나가고 마침내 내일이면 나노머신이 예고한『본격적인 차원 균열이 일어나는 날』이었다.

내일 오전, 지옥과 연결된 통로가 열린다…….

"뭐, 이런저런 일이 있었지만, 그래도 헌터 생활 즐거웠어."

"응. 마일 덕분에 먹는 것도 씻는 것도, 화장실도 불편함이 없었고."

"불편하긴커녕 귀족이랑 왕족보다도 더 나은 생활 수준이었죠! 마일짱이 여인숙을 개업한다면 1박에 금화 한 닢은 받아야 해요!"

그렇게 말하며 웃는 레나, 메비스, 폴린.

"국왕 폐하의 임명을 받은 기사는 무슨, 신의 사자님께 임명받은 성기사가 되다니 이런 명예는 아마 이 세계 최초가 아닐지…….심지어 그 첫 임무가 세계를 지키기 위해 이세계에서 쳐들어오는 마물 무리와 싸우는 거라니, 어느 신화 영웅담 같은 수준이라고. 그야말로 전 세계 모든 기사의 꿈과 동경! 전설이 되어 후세에 길이길이 남을 게 확실해. 설마 나에게 이런 생각지도 못한 행운이 오다니……. 고마워, 마일. 정말 고마워!"

"……나도 원한과 증오에 미친 인생을 살 뻔했는데 네, 네 덕분에 이렇게 느슨한 애가 되고 말았잖아! 책임져!"

"나도 어머니와 남동생을 구하고 아버지가 남기고 떠나신 상회까지 되찾고……. 또 새로 상회를 설립할 때까지 자금을 모으는 것도 예상 이상으로 순조롭고……. 그러니까 절대 놓치지 않을 거야, 마일짱!"

"……아하……, 아하하……."

지난 며칠 동안 낮에는 특훈, 밤에는 침대에 앉아 지금까지 있었던 즐거웠던 일과 슬펐던 일, 힘들었던 일, 각지에서 만난 사람들에 대해 이야기를 나누며 웃기도 하고 추억하기도 했는데, 그것도 오늘 밤이 마지막이다.

모두 죽을 생각은 전혀 없지만, 그래도 너무 큰 『수적 차이』는 어쩔 도리가 없으니까.

그리고 B등급 이상 마물을 거의 쓰러트릴 때까지 마일이 물러서지 않으리라는 것은 확실하다시피 했다.

……왜냐고?

그야 『마일이니까』.

그리고 메비스도 아마 그녀와 같은 부류겠지.

그러니 레나와 폴린도 함께하는 것이다.

이상할 것은 하나도 없다.

그녀들은 영혼으로 이어진 네 동료 『붉은 맹세』이며, 그 우정은 불멸이니까…….

"이제 그만 잘까요? 내일 아침 일찍 일어나야 하니……."

그리고 마지막 밤이 끝난다…….

* *

【아침~! 아침~! 아침~!】

'아, 안녕, 나노야. 항상 고마워!'

권한 레벨이 올라가면서 나노머신을 알람시계 대신 쓰기 시작한 마일.

아니, 예전에도 그렇게 쓴 적이 있긴 하지만 이렇게 매일은 아니었다.

"으음……, 아침인가……."

마일이 사부작사부작 움직여서 그런지 다른 세 사람도 잠에서 깨어났다.

아직 해가 뜨지 않아 주위가 어두웠지만, 간밤에 일찍 잤기에 다들 졸린 기색은 없었다.

"자, 여기요."

"고, 고마워……."

침대에 앉은 마일이 아이템 박스에서 샌드위치와 따뜻한 홍차를 꺼내 다 함께 간단히 아침을 해결했다.

원래 싸움을 앞두고 위를 채우는 것은 현명한 행동이 아니다.

동작이 둔해지기도 하고, 배를 찔리면 생존 확률이 떨어지는 등등의 이유로.

하지만 오늘은 지구력 승부가 될 터. 배가 너무 차도 안 되겠지만 조금은 먹어두는 편이 좋겠다고 판단했다.

그 후 마일 일행이 사용한 2층의 화장실과 세면대에서 몸단장하고, 입은 옷과 무기 방어구와 아이템……마이크로스라든지 영양 드링크라든지…… 이외의 것은 전부 마일의 아이템 박스에 수납하고 준비를 마쳤다.

"……다 됐지? 그럼 간다. 헌터 파티『붉은 맹세』출격!"

""""하아앗!""""

……끝까지 지휘를 맡은 사람은 레나였다.

그리고 이제는 메비스도 그것을 아무렇지 않게 받아들였다…….

제119장 전투의 초상

"……음?"

어둑어둑한 계단을 내려가던 마일이 갑자기 의아한 표정을 지으며 멈춰 섰다.

"왜 그래?"

"아, 그게 홍차 냄새가 난 것 같아서……."

"조금 전에 다 같이 마셨잖아! 너는 눈이랑 귀뿐 아니라 코도 좋으니까……. 빨리 내려가기나 해!"

레나의 채근에 다시 계단을 내려가는 마일.

그리고 1층 식당으로 갔는데…….

화악……

이번에는 확실하게 알 수 있는 홍차 냄새에 휩싸였다.

그리고 어두워도 어느 정도는 보이는 마일의 눈에 그 모습이 들어왔다.

"마…… 마르셀라 씨……. 그리고 모니카씨, 올리아나 씨……. 어, 어떻게 여기에……."

놀라서 말을 잇지 못하는 마일에게, 테이블석에 앉아 찻잔을 손에 든 마르셀라가 다소 화난 듯 장난기 어린 표정으로 대답했다.

"······어떻게? 아델 씨, 설마 아델 씨의 일생일대 최고의 무대가 펼쳐진다는데 가장 친한 우리가 달려오지 않을 거라고, 설마 정말 진심으로 그렇게 생각한 것은 아니시지요?"

그리고 모니카와 올리아나가 뒤를 이었다.

"1열 특등석에 앉아서 이 두 눈에 똑똑히 담을 거예요!"

"그리고『아스컴 여자작을 무사히 데리고 돌아가는 것』이 저희가 왕녀 전하께 받은 임무거든요."

"······아하. 아하하······."

그 말에 울면서 웃는 마일.

"누구 씨 때문에 또 위력이 비정상적으로 강해져 버린 저희의 마법이 도움이 되겠지요. ······자, 그럼 가볼까요······."

"특공 자폭 엔딩은 안 돼요!"

그리고 보니 애클랜드 학원 시절에 이런 허풍동화도 들려준 적 있었다는 것을 떠올린 마일.

"······너희는 마일을 빼앗아가려는 적으로서는 좋아하지 않지만, 함께 싸울 동료로서는, ······뭐, 그리 나쁘지 않네······."

레나가 그렇게 말하자, 마르셀라가 자리에서 일어나 다가가더니 오른손을 들었다.

그리고 레나도······.

착!

경쾌한 하이 파이브 소리가 나고, 환하게 미소 짓는 마르셀라와 이를 드러내며 활짝 웃는 레나.

어깨를 으쓱하는 다른 멤버들.

"자, 그럼 가볼까요! 『붉은 맹세』, 『윈더 쓰리』 출격!"
""""""하아앗!!""""""

마일이 선두, 그 양옆으로 레나와 마르셀라. 그 뒤로 나머지 멤버들이 섰다.

마일이 손잡이를 잡고 문을 슬쩍 밀어 밖으로 나가니…….

"자, 가볼까요!"

여섯 명의 여성이 기다리고 있었다.

"테류시아 씨……, 그리고 『여신의 종』 여러분……."

"신의 사자님이 싸우러 가신다는데 『여신의 종』인 저희가 같이 싸우지 않을 리 없잖아요?"

그렇게 말하는 테류시아를 보더니 얼굴을 붉히며 왠지 상태가 이상해지는 레나.

"……언니……."

"아~…….."

마일 일행은 대충 알아차렸다.

""""누구야, 이 사람!""""

그리고 츤데레나가 수줍어하는 모습을 처음 목격한 마르셀라 일행은 아연실색했다.

"뭐, 후배들이 이 세계를 위해 목숨 바치려 하는데 돕지 않고 내버려 뒀다가 죽게 했다는 기성 사실을 만들면 우리의 평판이 땅에 떨어질 테니까!"

"또 괜히 그런 식으로 말하고……."

필리가 위리누를 나무랐다.

그리고 리트리아는…….

"아하하! 그래도 성장한 우리의 모습을 마일 씨 일행에게 보여 줄 기회를 놓칠 순 없죠! 아버님은 울며불며 가지 말라고 말리셨지만……."

((((아~…….))))

그야 그렇겠지.

거기서 딸을 말리지 않을 아버지가 있을까.

오히려 그런 아버지를 뿌리치고 온 사람이 이상하다.

검사 위리누와 창사 필리, 그리고 오라 남작가의 영애이자 마법 금쇄봉 구사자 리트리아의 말에 마일 일행은 다소 어이없어하면서도 웃어주었다.

이제 와서 『사지로 향하는 건 저희만으로 충분해요!』라든지 『여러분은 당장 피난 가세요!』 하고 말할 생각은 없었다.

그런 말에 도망칠 정도라면 애초부터 여기에 오지도 않았을 테니까.

그렇게 말하는 것은 용기를 낸 그녀들을 모욕하는 짓이었다.

게다가 마일 일행은 죽을 생각이 없었다.

살아 있으면 마물과의 전투에 다시 돌아올 수도, 농성 중인 성곽 도시에 도움을 주러 갈 수도 있다.

……하지만 죽으면 거기서 끝이다.

다른 전쟁터에 뛰어들 수도, 많은 사람을 구할 수도 없게 된다.

적어도 B등급 이상 마물은 지나가게 놔둘 수 없다.

그렇다고 죽을 생각도 없다.

도저히 양립할 수 없을 것 같지만, 그래도 둘 다 포기하지 않을 것이다.

……든든한 동료들이 함께 싸워준다면 불안하지 않다.

열세 명으로 늘어난, 여성들로만 이루어진 집단이 아직 어슴푸레한 대로를 나아갔다.

'이 장면의 BGM은『전국마신 고쇼군 시간의 이방인(에트랑제)』의 삽입곡『한밤중의 회전목마』죠! ……아니다.『멍멍 추신구라』의『멍멍 마치』도 괜찮을 듯…….'

그리고 어떠한 순간에서든 영문을 알 수 없는 상상을 하는 마일이었다.

"……와우. 여전히 예상을 초월하는 애들이네, 너희는……. 재미있는 일을 벌일 때는 부르라고 말했을 텐데!"

"『미스릴의 포효』여러분……."

"아하하…….."

이제 마일 일행은 놀라지도 않았다.

그리고 계속 걸어가는『붉은 맹세』와 동료들.

"……우리, 이번 전투가 끝나면 어린 소녀들만의 보육원을 만들 거야…….."

"『사신의 이상향』과『불꽃 우정』여러분…….."

"이 무슨 성대한 사망 플래그람!"

"죽으면 되나……."

"그리고 『불꽃 우정』여러분은 마물한테 맞아 죽지 않게 조심하세요……."

"넌 나를 즐겁게 해줄 줄 알았다니까. 지루함과는 거리가 먼, 스릴과 흥분으로 가득한 나날! 역시 내 눈은 틀리지 않았어!"

"너랑은 의견이 일치할 때가 없지만 그 점에 관해서만은 뭐, 동의해."

"크레레이아 박사! 에이투르 씨에 샤라릴 씨까지!"

큰길가 곳곳, 집 앞에 앉아 있거나.

교차로에서 갑자기 튀어나오기도 하고.

마일 일행과 하나둘 합류하는 반가운 얼굴들.

"여어, 여전히 파격적인 일을 벌이는구나!"

"너희 덕분에 멤버가 늘어나 순조롭게 하고 있어!"

"『드래곤 블레스』랑 『염랑』여러분!"

암로스에서 도적을 퇴치했을 때 상단 호위 임무를 합동 수주했던 두 파티였다.

"신조(眞祖)님!"

"엥?"

이번에는 머리 위에서 목소리가 들렸다.

"아……, 요정 마을의……."

"밀레리나예요! 마을 사람들도 다 같이 왔어요. 전령 역할을 맡아 여러분의 연대를 돕겠습니다!"

마흔 명 가까이 늘어난 이차원 세계 침략자 격퇴단.

이쪽의 전력이 열 배 가까이 늘어난 만큼 쓸 방법도 많아졌다.

B등급 이상의 마물을 소탕하고 나면 일단 후퇴해 정렬을 가다듬을 수도 있다.

방어하면서 시간을 끌어, 연합군이 오브람 왕국에서 돌아올 때까지 기다릴 수도 있고…….

……살아남는다.

살아서, 평범하고 행복한 인생을 사는 것이다.

"여러분, 가보자고요! 그리고 살아 돌아오자고요!"

""""""""하아앗!!""""""""

* *

이곳 작은 마을 클로트는 언덕 위에 자리 잡고 있다.

그래서 마을 밖으로 나가면 언덕 아래가 훤히 내려다보인다.

다만 주위가 온통 바위인 황무지여서 농업과 목축에 적합한 곳은 아니었다.

이 마을은 인간이 살기에 좋은 위치가 아니었던 것이다.

그런데 왜 옛날부터 이 언덕 위에 작은 마을이 형성되었을까.

'……혹시 망루의 흔적인가……. 아득히 먼 옛날에 맡았던 역할. 그 누구도 이렇게 불편한 곳에서 살아야 할 이유를 몰랐음에도 『이곳에서 살아야 한다』라는 조상 대대로 전해 내려오는 이야기에 따라……. 고룡 마을이 이 나라에 있는 것도 그렇고, 유적이 많은 것도 그렇고…….'

그런 생각을 하는 마일이었는데, 사실 여부는 알 길이 없다.

기나긴 세월의 흐름은 모든 것을 마모시키고 없앤다…….

그리고 언덕 아래, 저 너머에 펼쳐진 황야, 그 아득히 먼 곳에 보이는 산맥.

아직 해가 뜨지 않아 어두웠기 때문에 땅 위의 모습은 보이지 않았다.

하지만 고성능 마일의 눈은 언덕 아래에서 꿈틀거리는 것을 포착했다.

"……인……간……?"

그렇다, 그것은 분명 인간, 아니 『인간종』이었다.

"어……, 떻게……?"

아직 일몰 전이라 황야와 먼 쪽은 어두웠어도 언덕 기슭은 서서히 밝아오고 있었다. 그곳에 점점 드러나는 수백, 아니 천 명도 훨씬 넘는 듯한 인간종 군단.

뚫어지게 관찰한 마일은 여기저기 들고 있는 깃발과 천을 확인했다.

"저건 아르반 제국군의 깃발? 깃발에 적힌 글씨는, 성, 녀……, 성녀님 친위대애애?"

"아~, 아르반 제국군 안에서 생긴, 부대를 초월한 사람들의 모임이래. 아스컴령 침공 작전 때 성녀를 자칭한 소녀들에게 도움 받은 자들이 모였다던데……. 그리고 국경을 지키던 부대가 전부 이리로 온 것 같아. 그래서 국경을 사이에 두고 대치하던 다른 나라 부대도 국경을 넘어 전부 여기에 왔다는데. 또 각국에 남아 있던 치안 유지 부대랑 왕궁을 경호하는 근위군이랑 경비병까지 전부 왔다는군."

"그게 무슨……."

역시 A등급 헌터, 여러 가지로 사전 조사를 하고 온 듯한 『미스릴의 포효』의 글렌.

주위가 점점 환해지자 다른 사람들도 기슭에 있는 병사들이 눈에 들어오게 되었다.

그들도 집중해서 보긴 했지만, 아무래도 마일처럼 상세하게 판별할 수는 없었다.

'나노, 광학적으로 조작해서 목표물을 확대해줄 수 있어?'

【맡겨만 주십시오! 화상 확대와 음성 덕트(전달 경로)**를 형성하겠습니다. 여러분과 지인분들을 픽업해서…….】**

『덕트』란 기온, 수온, 밀도 변화 등의 이유로 전자파와 음파가 반사 또는 굴절되어 좁은 범위에 갇히고 낮은 감쇠율로 아주 먼 곳까지 전달되는 현상을 말한다.

그리하여 마일 일행의 앞에 큰 화면이 형성되었다.

……이 정도 일로 이제 와서 새삼스럽게 놀라는 사람은 아무도 없었다.

"……저 깃발은 브란델 왕국 근위……. 왕궁을 지켜야 할 근위

군을 보냈다고? 헉, 그리고 저건 왕족의 깃발? 헉, 모레나 왕녀 전하와 여성 근위 분대! 어떻게 여기에!"

소리치는 모니카에게 마르셀라와 올리아나가 냉정하게 대답했다.

"마지막에 보낸 편지가 잘못이었을지도……."

"그『이상 없음, 모두 건강함. 저희는 친구를 위해 목숨을 바치려고 합니다. 그럼 안녕히!』 말인가요?"

『아! 아아아악! 당신들, 웃기지 마세요오오! 저도……, 저도 「원더 쓰리」의 일원이라고요. 저만 두고 가는 것은 허락할 수 없습니다!』

"오잉? 쌍방향이네요, 이 영상! 심지어 목소리까지……. 다, 다음! 다음으로 넘겨주세요!"

마르셀라의 다급한 요청으로 영상의 대상이 바뀌었다.

"저기는……, 아스컴 영주군? 제국과의 국경에 가까워 동방으로 파견되지 않고 남아 있었구나……."

『아가씨!』

"주노 씨……."

여기서 마일이 주노에게 할 수 있는 말은 이것밖에 없었다.

"주노, 아스컴, ……그리고 세계를 지켜주세요……."

그리고 다음으로 영상에 비친 것은…….

"각국에 치안 유지와 방위를 위해 남아 있던 최후의 전력과 근위군, 부자들의 사병, 용병, 헌터들이다."

글렌의 설명에 이어서…….

"엘프 마을 사람들. 제2차 채굴장 탈환부대 대장 이하, 드워프 부대분들. 그리고 수인 마을 사람들…….."

계속 이어지는 영상을 보며 마일이 아연하게 중얼거렸다.

"당연하잖아. 설마 엘프들이 안 올 거라고 생각한 건 아니겠지?"

그리고 후후 웃으면서 그렇게 말하는 크레레이아 박사.

"수백…… 아니 수천은 되겠네요……. 이 정도면……."

"네, 한 사람당 마물을 500마리씩 맡으면 이길 수 있어요!"

"아하하……."

마르셀라와 올리아나의 너무나 태평하고 낙관적인 대화에 메마른 미소를 띠는 모니카.

그게 가능한 사람은 A등급 이상 헌터뿐이다.

날이 점점 밝아지면서 이제는 먼 곳의 시야도 점점 선명해졌다.

"아……."

그리고 모두의 눈에 비친 것은…….

사람.

사람, 사람, 사람…….

광대한 황야를 가득 채운 막대한 인파.

또, 계속해서 황야 쪽으로 들어오고 있는 사람들의 줄.

"수천…… 수만……, 아니, 그런 차원을 넘어선 숫자……. 어째서……? 동부에서 싸우는 연합군은 제때 올 리가 없는데……."

눈을 커다랗게 뜨며 중얼거리는 마일에게 글렌이 물었다.

"너, 군대에서 실제로 무기를 휘두르며 적과 싸우는 녀석이 어느 정도나 되는지 알아?"

"네? 으음……. 군대에는 전쟁터까지 식량과 물자를 운반하는 치중병도 있고, 취사병, 위생병, 무기 정비병, 전령, 그밖에 다양한 역할을 맡은 사람이 있으니까, 온종일 전투 훈련을 받아 싸움에 특화된 전투병은 절반 정도가 아닐지……. 하지만 지원병은 전투병을 따라가잖아요? 지금 여기 있을 리가 없는데……."

"으음~으음~! 내 말 아직 안 끝났어. 자, 그 군대 10만 명을 가진 나라의 국민은 수가 얼마나 될까?"

"음……. 아무것도 생산하지 않고 소비만 하는 군대라고 칠 때 보통은 국민의 2~3%, 유사시라도 많아야 5% 정도겠죠. 그 이상이면 국가가 버틸 수 없으니. 정말 비상시라도 아주 일시적으로 10%가 좀 못 되는 수준이 최대치일 거예요. 그러니까 5%라고 쳤을 때, 전 국민의 수가 군의 20배라고 하면 200만, ……헉, 설마!"

"……그래. 저건 5%의 군인의 뒤를 받쳐주는 나머지 95%의 일반인들. 그중에 일부야. 농민, 직공, 상인, 기타 다양한 사람들이 농기구를, 공구를, 부엌칼을, 밀대걸레자루를 손에 들고 달려온 거야. 자신들의 세계는 자신들이 지킨다, 어린 소녀들을 희생시키고 살아남는 건 못 참지, 하면서 말이야……."

"…………."

그리고 이번에는 쭈글쭈글한 노인들의 모습이 영상에 나왔다.

"앗? 빵집 단골 할아버지 할머니들?"

그렇다, 그들은 마일이 애클랜드 학원 시절 아르바이트했던 빵집에 놀러 와 온종일 시간을 보내던 단골 노인들이었다.

"헉, 예전 A등급 파티 『사신의 낫』 분들이시잖아! 아직 살아 계셨다니!"

글렌이 굳은 얼굴로 소리쳤다.

『오오, 아델, 오랜만이구먼. 이대로 늙어 죽을 일만 남았다고 생각했는데 설마 마지막에 와서 이렇게 즐겁고 보람차게 죽을 자리가 다 생기다니 이 무슨 복인지……. 고맙구나, 아델아…….』

"……노인 부대. 먼저 죽는 것은 노인들 몫이니 젊은이들은 살아남아 미래를 만들라면서 선두 부대에 지원하신, 은퇴한 헌터와 용병과 군인 분들이야."

테류시아가 뒤에서 설명해주었다.

"……다들, 다들, 바보들뿐이네……."

"그중에 제일 특출난 바보가 뭐라는 거야……."

어이없다는 얼굴로 레나가 어깨를 으쓱거렸다.

그리고 계속 이어지는 영상에서는…….

"애클랜드 학원 교장기……."

"응, 학원 연합이야. 각 나라의 학원에서 싸울 수 있는 학생과 교사가…… 아니 뭐야, 지옥의 엘리스 할멈은 여기 왜 있는데! 이미 한참 옛날에 죽은 게 아니었나?!"

"……기숙사 사감님?"

글렌이 야단법석을 떨었는데, 학원 연합 선두에 서 있는 사람은 아델이 애클랜드 학원에서 도움을 주었던 기숙사 사감이었다.

『오랜만이네요, 아델 씨. 훌륭하게 성장하셨군요…….』

그렇게 말하며 생긋 웃는 사감님에게 마일이 엄청난 폭언을 날렸다. 자기도 모르게, 무심코.

"……노인 부대가 아니네……."

빠직!

세계에, 금이 갔다…….

"후, 후후, 후후후……, 재미있는 말씀을 하시는군요……. 나중에 따로 얘기 좀 합시다. 이 전투가 끝나면 애클랜드 학원 학생 지도실로 오도록 하세요."

그렇게 말하며 조용히 미소 짓는 사감님.

"""""""으아아아악~~!……""""""

전설의 S등급 헌터 『지옥의 엘리스』를 아는 헌터와 길드 관계자들이 비명을 질렀다.

마일의 필사적인 신호를 받고 황급히 영상을 전환하는 나노머신.

"크, 큰일 날 뻔……."

마일이 거친 숨을 내쉬었다.

"아, 아우구스트 학원 교장기. 선두는…… 마리에트?"

"뭐야, 너 성녀 마리에트 님을 알아?"

글렌이 놀랐다는 듯이 물었다.

"아, 네. ……유명한가요, 마리에트가?"

"성녀 마리에트 님이야 신전과 치유마법업계에서 어마어마하게 유명하지. 물론 일반인들 사이에서도. 치명상조차도 공짜로 고쳐주셔서 헌터들 사이에서도 상당히……."

『마일 선생님! 선생님께서 저에게 전수해주신 이 능력은 다 오늘을 위한 것이었네요! 이 세계에 존재하는 모든 것을 지키기 위해 있는 힘을 다하겠습니다!』

"……마리에트 님도 너랑 관련이 있냐……."

어깨를 힘없이 떨구는 글렌.

"아하하……. 조심해. 목숨을 우선시하면서 싸워야 해……."

"저, 저쪽은 헌터 길드 연합군 같네요. 티리자 씨, 사망각 페리시아 씨, 라오우 씨에 저를 양성 학교에 추천해주셨던 길드 마스터까지……."

『라우라예욧!』

그리고 그 뒤쪽으로 헌터 양성 학교 동기 베일이 이끄는 고아군단이 있었다.

아마 후방 지원 요원이겠지.

베일 옆에는 어디선가 본 듯한 느낌이 드는 소녀가 찰싹 달라붙어 있었다.

『무탈해 보이는구나, 메비스!』

"스승님!"

라디마르류 검술 도장의 도장주 라디마르와 그 문하생 일동.

『내가 말하지 않았느냐. 형제자매들을 의지하라고……. 그렇게 화려하게 온 대륙에 소문을 다 내주었으니, 이제 라디마르류 검술은 크게 도약할 수 있겠다. 그러니 홍보비를 안 줄 수 없겠지. ……대금으로 내 목숨이 어떠하냐! 아하하하!』

"스승님. 사형들……."

끝까지 남아 영지를 지키는 임무를 맡은 둘째 오빠의 오스틴 백작령 영지군 잔존 부대.

메비스가 구해주었던 엘트레이아 공주가 이끄는 왕국 근위군.

작열하는 남자 켈빈이 이끄는 남작령 영지군. ……그러고 보니 그곳도 제국과 국경이 접해 있었다.

그 밖에도 익숙한 얼굴들이 속속…….

대장장이, 마부, 요리사, 점원, 필경사, 목동, 마을 불량배들.

다양한 직종의 다양한 연령층이 끝도 없이…….

"저, 저건……."

어린 소녀를 태우고 의용군들의 머리 위를 나는 한 마리 와이번(비룡).

그 오른쪽 날개 아래에는 왕국기가, 그리고 왼쪽 날개 아래에는 영지기가 그려져 있었다.

"로브레스랑 첼시……."

"적과 아군 식별용을 겸해서 자기 영지가 비룡을 사역할 수 있다는 것 그리고 숨겨둔 전력인 비밀 병기를 아무렇지 않게 제공했다는 사실을 주위 모든 나라에 대대적으로 선전하는 건가…….
저기 영주는 언제나 최소한의 돈(팁)을 들여 최대한의 성과를 올리네……."

"대단하네요……."

황당해하는 건지 감탄하는 건지 미묘한 얼굴로 중얼거리는 메비스와 폴린.

그리고 마일이 레나를 향해 선언했다.

"싸움은 숫자라고, 형!"*

"누가 『형』이야?!"

……이길 수 있다.

이들 대부분이 일반 민중이긴 하지만, 저쪽 역시 대부분 고블린, 코볼트, 뿔토끼(혼래빗) 등이다. 높은 등급 마물은 전체 중 일부에 지나지 않는다.

그리고 연대와 전술이라는 측면에서는 이쪽이 훨씬 우수했다.

10만 대 10만이라는 싸움이라고 해서 꼭 일대일로 10만씩 동시에 일어나는 게 아니다.

어느 시점에서 실제로 싸우는 것은 극소수에 불과하다.

최전선(프론트 라인)을 지원하면서 힘이 빠졌거나 다친 사람을 즉시 후방으로 빼내고 대신할 자를 앞에 내세운다.

적의 일부를 자군 진영 깊이 유인한 다음 압도적 다수가 두들

---

*『기동전사 건담』의 등장인물 도즐 자비의 명대사.

겨 팬다.

순간적으로. 국지적으로. 일시적으로 수적 우세를 만드는 것
이다.

아무리 오크와 오거 신종이라도 수십 명이 리치가 긴 무기 또
는 마법으로 동시에 때린다면 당해낼 재간이 없다. 생활 마법 정
도밖에 쓸 줄 몰라도, 사용하기에 따라서는 마물을 얼마든지 쓰
러트릴 수 있다.

인간이란 죽을 생각으로 싸우면 자기도 모르는 초인적 힘이 나
오는 법이니까.

상대가 자신 그리고 소중한 가족들을 해치려 하는 마물이라면
봐줄 필요도 양심의 가책을 느낄 필요도 없다.

전쟁터에서의 고양감. 공포를 잊기 위해 자포자기하는 심정으
로 미친 듯이 밀어붙인다.

……그리고 피 냄새를 맡고 광기에 사로잡힌다.

지금까지 벌레나 쥐 정도밖에 죽인 적 없는 자도 순식간에 훌
륭한 광전사(버서커)로 변하는 것이다.

마일 일행은 언덕을 내려갔다.

그리고 차원의 균열이 일어나는 장소로 향했다.

그 뒤를 잇는 사람들의 무리.

이제 곧 지옥과 이어지는 통로가 열린다…….

* *

모두가 요격 배치를 마쳤다. 이제 『그때』를 기다리는 것만이 남았다.

　긴장해봐야 소용없다. 그러면 싸우기도 전에 지쳐서 체력과 정신력만 깎일 뿐이다.

　하지만 모두가 긴장하는 것도 무리는 아니었다.

　그래서…….

　"어이, 마일. 힘내라고 연설이라도 해서 모두의 사기를 올려 주라!"

　"네에에에?! 글렌 씨, 지금 무슨 말씀 하시는 거예요!"

　짓궂은 글렌의 말에 굳어버린 마일은 오른손을 얼굴 앞으로 가져와 마구 흔들었다.

　"왜, 재미있겠는데. 계속 가만히 기다리는 것도 지루하고, 모두 괜한 생각으로 불안해질지도 모르니까. 그런 부분을 해소하고 사기를 올리는 것 또한 지휘관의 의무야."

　"누가 지휘관인데요!"

　"너."

　"마일."

　"마일짱."

　"너."

　"허어어억!"

　레나, 메비스, 폴린, 그리고 글렌까지 모두가 그렇게 대답하자 마일은 경악했다.

"마일, 대체 누가 이렇게 많은 사람을 모았다고 생각해?"

"그럼 달리 누가 지휘관이 될 수 있다는 얘기야……."

메비스와 글렌의 말에 반론하지 못하는 마일.

"우……, 우우우……."

마일은 그런 부분에 약했지만, 글렌의 주장이 옳은 것은 사실이었다.

자신이 연설해서 모두의 사기가 올라가고 긴장이 풀려 몸놀림이 부드러워져 아주 조금이라도 사상률을 낮출 수 있다면 창피한 것 정도야 대수롭지 않다.

마일은 그렇게 생각하는 아이였다.

"……어, 어쩔 수 없네요……."

그리고 마일이 크게 소리쳤다.

물론 확성 마법을 써서 모든 사람이 들을 수 있게 했다.

『여러분, 이곳에 오신 것을 환영합니다!』

""""""""그게 뭐야~!""""""""

사람들 사이에서 웃음소리가 터져 나왔다.

그리고…….

『지금부터 전설이 시작됩니다. 우리는 그것을 단지 지켜보는 것이 아닙니다. ……만드는, 그래요, 우리가 전설을 만드는 것입니다! 오늘 우리는 여신의 사도가 되어 이 세계를 구할 것입니다!』

""""""""우오오오오오!""""""""

"……선동자에 소질이 있네, 마일…….”

레나가 그렇게 중얼거렸다…….

*　　*

【차원 진동 감지. 차원 회랑, 형성됩니다. 차원 관통, 5, 4, 3, 2, 1, 지금!】

찌지직!

마일 일행의 전방 수백 미터 공간이 세로로 찢어지더니 좌우로 순식간에 벌어지며 커다란 원이 생겼다…….

"옆에서 보면 두께가 없는 납작한 판인데 앞에서 보면 터널…….”

그렇다, 그야말로 이차원 터널이라고 표현할 만했다.

그리고 그 안에서…….

"옵니다! 적의 주 세력, 그 전위가!"

선두는 뿔토끼와 코볼트였다.

함정일까, 아니면 무슨 의도가 있는 게 아니라 그저 발 빠른 종족이 가장 먼저 튀어나온 것뿐일까.

하지만 고작 저런 것들을 주요 전력이 상대할 수는 없다. 얼마 없는 주 전력은 그대로 남아 강적에 맞서야 한다.

"뿔토끼, 코볼트, 고블린은 걸리적거리는 것만 처리해! 나머지는 그냥 통과시킨다! 후방에 있는 동료들을 믿는 거야!"

누군가가 지시를 내렸다. 아마도 군 사관 아니면 베테랑 헌터겠지.

처리라는 말은 숨통을 끊는 것에 너무 연연하지 않아도 된다는 뜻이리라.

힘든 싸움에서 적을 일일이 확실하게 죽일 여유는 없다. 그 틈에 공격당하면 위험하기도 하고.

목적이 정해져 있는 전투에서는 불필요한 일에 자원을 할애할 필요가 없다.

마물이 밀집해서 쏟아지는 만큼 균열 근처에서 전투를 벌이면 제대로 싸우기 힘들고, 아무리 정예들만 모였다고 해도 수적으로 밀려 전멸하고 말겠지. 그런 귀중한 전력을 함부로 낭비할 수는 없다.

그래서 싸움은 약간 거리를 두고 하기로 했다.

계속 밀고 들어오는 마물들.

그리고…….

"교전 시작!"

전투가 시작되었다…….

*   *

아군의 진형은 두텁게 형성된 2층 구조였다.

1층은 군대, 용병, C등급 이상의 헌터, 엘프, 드워프, 수인 등 전투를 생업으로 하는 자와 전투 능력이 높은 자. ……언덕 기슭에 모여 있던 자들이다.

그리고 그중에서도 특히 정강한 자들이 제일 앞쪽 가장자리에 전선대(프론트 라인)를 형성했다.

2층은 일반 민중으로 된 의용군. ……싸움에는 익숙하지 않은 사람들이었다. 일부 예외도 섞여 있긴 하지만…….

모두가 두꺼운 벽이 되어 마물의 앞을 가로막았다.

『붉은 맹세』는 엘프와 드워프, 수인, 높은 등급 헌터와 숙련된 병사들과 함께 1층의 가장 앞쪽 가장자리, 마물과 직접 접촉할 최전선에 있었다. 그리고 그 주위에 다른 사람들이 모여 있었다.

정예들은 대물 담당, 주위에 모인 사람들은 잔챙이 처리 담당이었다.

이는 정예부대가 잔챙이들을 상대하는 상황을 막아, 나중에 튀어나올 B등급 이상 마물들과 붙기 전에 힘을 소모하는 것을 방지하기 위해서였다.

앞쪽 가장자리에서 걸리적거리는 것들을 처리하고, C등급 이하 마물은 그냥 통과시켜 1층에서 맡게 한다.

그 뒤, 그러니까 2층까지 통과시켜도 되는 것은 지칠 대로 지친 C등급 마물과 D등급 이하뿐이다. 멀쩡한 C등급은 절대 그냥 통과시켜서는 안 된다.

단, 1층 앞쪽 가장자리에 있는 사람들이 C등급 마물을 너무 다 통과시키면 아무리 그 뒤에서 대기하는 사람이 병사와 헌터 등 전투 요원들이라도 부담이 크기 때문에, 마일 일행은 적당한 마법 공격을 가해 마물들에게 혼란을 주고 움직임을 흐트러지게 했다.

아무 방해도 받지 않은 마물들이 집단으로 덮치는 것과 그 전에 마법 공격을 받아 혼란에 빠진 집단이 기세도 줄어들고 다쳐 뿔뿔이 흩어진 상태로 덮치는 것은 1층이 받는 부담에 큰 차이가 있다.

퍼억, 슈욱, 휘익!

1층 앞쪽 가장자리에서 메비스와 마일, 그리고 전위직들이 다가오는 마물을 마구 베었다. 아무리 전력을 아껴야 한다지만 정면에서 덮쳐오면 대처할 수밖에 없었다.

주위에 있던 마술사들이 앞쪽으로 광범위하게 폭렬계, 니들계 범위 공격마법을 쏴댔다.

······어디까지나 주목표인 B등급 이상 마물을 쓰러트릴 힘은 남긴 가벼운 공격이었지만, 정예들이 모인 만큼 어느 정도의 효과는 있었다.

그 후 후방 전투부대가 묵사발로 만들어 놓은 놈들을 황야에 대기 중인 민간인······ 의용군이 수적으로 밀어붙여 흠씬 두드려 패는 것이다.

전체적인 숫자는 마물이 앞서도 실제 싸움이 벌어지는 극히 일부의 장소, 요컨대 적과 아군이 충돌한 곳에서 국소적으로 그 순간에만 인간종의 숫자가 앞서면 그만이다.

지혜와 책략으로 그것을 실현하는 수단.

……사람들은 이를 『전술』이라고 부른다…….

쿠쿵, 퍼엉, 슈웅!

사방에 폭발음이 울리고, 멀리 떨어진 곳에서도 공격마법이 작렬하는 소리가 들리기 시작했다.

1층의 병사와 헌터, 엘프와 수인 전투 요원으로 이루어진 연합부대가 전선을 형성해, 마일을 비롯한 앞쪽 가장자리의 사람들이 차마 다 상대하지 못한 B등급 마물 전부와 C등급 마물을 최대한으로 소탕했다.

그 뒤에서 2층을 형성한 아마추어 집단, 의용군에게 보내도 되는 마물은 만신창이가 된 C등급 일부와 D등급 이하뿐이다.

오크라도 다친 데 없이 멀쩡한 신종……변이종……은 아무리 많은 사람이 달려들어도 아마추어에게는 부담이 크다. 아마추어로 이루어진 의용군에게 보내려면 조금이라도 다쳐 전투력이 떨어지도록 만들어야 했다.

의용군, 그러니까 일반인들은 먹을 수 있는 뿔토끼 이외에는 고블린이고 코볼트고 단 한 마리도 통과시킬 수 없다며 저마다 농기구며 공구, 밀대걸레 자루를 손에 쥐고 결사의 각오로 가로막고 서 있었다.

어른도 노인도, 아직 성인이 되지 않은 아이들도.

남자도 여자도, 성별이 불분명한 자도.

"오크는 조금 뒤쪽까지는 통과시켜도 괜찮아. 병사와 헌터들을 믿어! ……하지만 오거, 넌 안 돼!"

　최전선에서는 『미스릴의 포효』의 리더 글렌이 오거를 상대로 고군분투 중이었다.

　신종 오거는 일반 병사와 C등급 이하 헌터가 상대하기에 벅차다.

　아니, 『붉은 맹세』도 C등급 헌터이긴 하지만…….

　『붉은 맹세』는 선두에 서 있기는 했지만 다른 사람을 지휘할 능력이 없었다. 그래서 지휘는 다른 사람에게 맡기고, 자신들은 하나의 전투 유닛으로서 공격에 전념했다.

　【마일 님, 전쟁터 각지 영상을 중계해드릴까요? 마리에트 님에게 위험한 상황이 생길지도 몰라서…….】

　'아, 부탁해! 격전지의 영상을 나노들의 판단에 따라 비춰줘. 나 말고도 여유가 있는 것 같은 사람들에게도 보여주고. 최대한 많이!'

　이렇게 하면 위험한 곳으로 지원 전력이 갈 수 있다.

　그렇게 생각하고 나노머신의 제안을 곧바로 받아들인 마일.

　【알겠습니다!】

　마일은 육안으로 나노머신의 모습을 볼 수가 없다.

　그래서 물론, 그때 나노머신이 지은 사악한 미소도 볼 수가…….

　부웅!

마일의 주변에 펼쳐진 수많은 스크린.

그 하나하나에 마일의 친구, 지인들의 모습이 비쳤다.

아무래도 나노머신은 위험 정도보다『마일의 지인인가 아닌가』라는 기준을 우선한 듯했다.

대규모 전투에서 사상자가 한 명도 나오지 않는 동화 같은 이야기가 실제로 있을 수는 없다. 그러니 모든 사람에게 도움의 손길이 닿을 리도 없다.

그래서 나노머신은 마일의 지인, 마일이 소중하게 여기는 사람들을 우선했던 것이리라.

이는 인간종 개개인의 목숨에는 관심 없는 나노머신들 입장에서 지극히 당연한 판단이었다.

나노머신은 언제나『마법 행사』라는 형태로 정의, 선악과 상관없이 수많은 지적 생명체를 아무렇지 않게 죽이니까…….

"오크와 오거 혼성 부대가 오고 있어요! 게다가 그 뒤로 만티코어, 그리핀, 히포그리프, 토룡과 지룡도 드문드문 보여요. 저희는 용종을 맡을게요!"

"그래, 나머지 잔챙이는 우리가 처리한다!"

마일의 선언에 글렌이 외쳤다.

……여기서『잔챙이』란 A~B등급 마물을 가리킨다.

"위상광선(페이저), 비이이이이임!"

"염열지옥!"

"핫 클라우드!"

"…………."

잇달아 공격마법을 쓰는 마일, 레나, 폴린.

메비스는 높은 등급의 마물을 상대로 윈드 엣지를 쏴봐야 별 효과가 없기 때문에 좀 더 가까이 가서 근접 전투를 펼쳐야 활약할 기회가 생긴다. 괜히 체력만 써봐야 아무런 의미도 없다.

이 세계에는 적진 한복판에 폭탄 비를 내려줄 전쟁의 신(포병)이 없다.

양군은 절대 물러서지 않고 패배를 인정하지도 않으며, 마지막 한 명의 병사가 남을 때까지 계속해서 싸운다.

인간 측은 후퇴하면 도시와 마을이 차례차례 마물 무리에게 점령되어 많은 사람이 죽게 된다.

마물 측은 애당초 후퇴해도 돌아갈 곳이 없다.

어느 한쪽이 섬멸될 때까지.

이 세계는 3할이 죽은 시점에서 『전멸』이라고 판단하고 후퇴하는 개념이 없다.

5할이 죽는 『괴멸』을 더 넘어서서, 병사는 물론 장관, 사관까지 포함해 10할 전부 죽음에 이르는 『섬멸』이 될 때까지…….

그래서 당연히 전투는 오래 이어졌다.

메비스는 마침내 봉인을 해제했다.

"마일의 이름 아래 메비스가 명령한다! 제일의 검이여, 원래의 모습으로!"

……금빛 가루를 떨어트리며 그 신비롭고도 불길한 본래의 모습을 드러내는 애검의 검신.

그리고…….

"제이의 검도 원래의 모습으로!"

예비 단검도 본래의 모습을 되찾았다.

왼손에는 애검을, 오른손에는 단검을 쥐고 이도류 자세를 취하는 메비스.

봉인을 해제한 강력한 기계 왼손이라면 한 손으로도 검을 거뜬히 휘두를 수 있다.

그리고 진짜 오른손에는 짧고 가벼운 단검을 쥐었다.

압도적 다수인 마물을 상대하려면 쓸 수 있는 수단이 많은 게 좋다.

상대는 딱히 뛰어난 검술을 구사하는 게 아니니까…….

"EX 진 신속검!"

B등급 이상인 마물에게 신속검과 진 신속검은 통하지 않는다. 그래서 처음부터 마이크로스를 사용해 EX 진 신속검 이도류를 쓰는 메비스.

나노머신에 의해 기계화된 왼팔의 반동에 버티기 위해 마개조된 메비스의 몸은 마이크로스를 썼을 때 근육, 허벅지, 골격에 미치는 부담에도 견딜 수 있게 되어서 이제는 최대한으로 무리한 동작, 격렬한 동작만 피한다면 꽤 오랜 시간 동안 싸울 수 있었다.

게다가 마일 특제 검을 휘두르고, 덤으로 왼팔과 전신 서포트 부분의 제한까지 해제한 상태였다.

……그리고 이것은 『성기사』로서 임무를 부여받은, 세계를 지키기 위해 침략자와 맞서 싸우는 전투다.

메비스, 행복의 절정을 맛보고 있었다……

"""""으아아아아아악!"""""
갑자기 앞쪽에 있는 사람들이 비명을 내질렀다.
"아…….'

아무래도 폴린이 쏜 핫 마법이 바람 때문에 아군 쪽으로 간 모양이었다.

핫 마법은 그리 멀리까지 닿는 마법이 아니다. 그래서 가끔 이럴 때도 있다.

하지만 최전선에 있는 정예들이 피해를 보면 적보다 아군이 받는 타격이 더 크다.

"폴린 씨는 뒤로 물러나세요! 공격 말고 치유마법을! 중상자는 죽지 않을 정도로. 전선에 복귀할 수 있을 듯한 사람은 싸울 수 있을 정도로. 말끔히 낫게 할 필요는 없어요, 응급 처치면 충분합니다! 완전한 치료는 전투가 끝난 후에 천천히 해도 되니까요!"

"알겠어!"
마일의 지시에 뒤로 물러나는 폴린.

원래 폴린은 공격마법이 약한 편이다. 그러다가 핫 마법 때문에 강력한 공격자(어태커)가 되었지만, 이렇게 밀집한 혼전 속에서는 핫 마법을 제대로 구사하기 어렵다. 그렇다면 차라리 전선에서 탈락한, 전투력 높은 사람들을 복귀시키는 쪽으로 돌리는 편이 훨씬 도움이 된다.

'마르셀라 씨 일행도 뒤로 보내 치유 쪽을 맡기는 편이 나으려

나. 그게 더 안전하고, 마르셀라 씨 일행은 원래 마법에 재능이 별로 없으니까……. 그냥 내가 알려준 지식 때문에 실력이 확 올라갔을 뿐이지, 공격마법을 잘할 리가 없는데……. 하지만 치유 마법이라면 인체 구조와 함께 꽤 자세히 알려줬으니까 폴린 씨 이상의 성과를 낼 게 틀림없어…….'

그렇게 생각하고 원더 쓰리가 보이는 공중 스크린을 슬쩍 쳐다본 마일.

나노머신이 재빨리 눈치채고 그 스크린에 나오는 장소와 음성 전반 회랑(덕트)을 형성했다.

거기에 비추어진 것은…….

『마르셀라 님, 그거 해요!』

아무래도 올리아나가 어떤 필살기를 쓰자고 제안한 듯했다.

『네, 그러시지요.』

『알겠어요!』

마르셀라와 모니카가 대답했고…….

『원더 쓰리』가 포즈를 취했다.

『원더…….』

『펄스…….』

『ㅠㅠ마신탄(머신건)!ㅛㅛ

마일, 아니 아델에게 들었던 『일본 전래 허풍동화』에 나왔던, 고속으로 연속 발사가 가능한 마도구 무기.

그것을 바탕으로 세 사람이 고안한 오리지널 결전 마법이었다.

모니카가 허공에 마력으로 총신(배럴)을 만들었다.

올리아나가 그 총신을 제어해 표적을 겨냥했다.

그리고 마르셀라가 거기에 마력을 공급했다.

파파파파파파파!

몹시 작은 마력 덩어리가 빠른 속도로 연속 발사되어 마물들을 휩쓸었다.

펄스 형태여서 한 발마다 들어가는 마력량이 적기 때문에 빔을 두껍게 쏘거나 넓은 범위에 화염을 쏘는 것에 비해서 소비 마력량이 얼마 되지 않았다.

……그러면서도 관통력은 높아 그럭저럭 위력이 있었다.

표적을 정교하게 조준해서 쏘는 것이 아니어서 사격 속도가 빠르고, 『착탄점을 보면서 총신을 휘두르는』만큼 그냥 버리는 탄도 많지만 명중률은 상당히 높았다.

마력이 그리 많지 않은 세 사람이 만일의 사태에 대비해 고안한 집단전용 최종 비장의 무기였다.

원래는 한 발당 위력이 약해서 살상력이 그리 높지 않은 마법이었다. 그래서 주로 교란용으로 쓰려고 했던 건데…….

전속 나노머신의 존재와 권한 레벨의 상승으로 대물용 공격마법으로서의 역할을 충분히 할 수 있게 된 것이다.

예전에는 단기관총(서브 머신건) 정도의 위력에 불과했는데 지금은 경기관총을 넘어 갑자기 중기관총이 된 것이나 다름없어서,

마치 권총탄과 12.7mm탄 만큼의 위력 차이가 있었다.

'…….'

그리고 그 스크린으로부터 슬쩍 시선을 피하는 마일이었다…….

제1층 가장자리뿐 아니라 후방에서도 『통과한 마물』과의 싸움이 시작되었다.

다친 사람 그리고 목숨을 잃은 사람도 있으리라.

하지만 그것은 어쩔 수 없는 일이다.

아무리 마일이 고룡의 절반에 해당하는 능력을 지녔더라도, 드래곤 브레스를 내뿜지도 못하고 몸이 고룡처럼 거대하지도 않다.

수십만에 이르는 마물 무리 속에서는 할 수 있는 일에 한계가 있다.

그 『선샤인 디스트로이어』라도 쓸 수 있다면 조금은 낫겠지만, 공교롭게도 오늘은 흐린 날씨여서 두꺼운 구름이 하늘을 온통 뒤덮고 있었다.

이래서는 강력한 빔을 쏠 수 있는 에너지를 모으지 못할 것 같았다.

이번에는 지난번 침공 때 없었던 고룡이라는 존재가 있긴 하지만, 지금 여기에는 보이지 않았다.

이세계로부터 다소 강한 신종 마물이 대량으로 침입하든 말든 절대 강자인 자신들에게는 아무 영향도 없을 거라고 판단했고, 하등생물들끼리 벌이는 목숨 건 싸움에는 별 관심이 없는 것일까.

아니면 가장 신에 가까운 궁극의 생명체일 자신들 고룡이 **인간**

에 의해 만들어졌다는 것, 그리고 처음에는 왜소한 반려동물 도마뱀이었다는 사실이 참을 수 없어 도저히 나설 마음이 생기지 않는 걸까…….

좌우지간 주어진 카드, 자기가 들고 있는 패만으로 싸우는 수밖에 없다.

그래도 오직 넷이서 싸우려던 때에 비하면 카드를 과분할 정도로 손에 쥐고 있다.

신뢰할 수 있는 동료들.

그리고 이 세계를 위해 목숨을 건 많은 사람.

자신들을 믿고 배팅한 사람들이 절대로 손해 보게 할 수는 없다.

반드시 승리해서 고액의 배당금(승리의 영예)을 나눠주자.

그렇게 생각하고 마물과 싸우는 마일 일행.

"으앗!"

마일 일행의 주위에서 잔챙이들을 처리하던 C등급 헌터 중 하나를 향해 오거가 통나무를 휘둘렀다.

주위에서 주웠을까, 아니면 저쪽 세계에서 가져왔을까…….

이랬든 저랬든 머리를 얻어맞을 사람 입장에서는 그리 중요한 문제가 아닐 것이다.

피하기에는 이미 늦었다.

검으로 막아도 그대로 같이 찌그러질 것 같으니 별 의미가 없다.

'……죽겠다…….'

하지만 이는 허무한 개죽음이 아니다.

이 세계를 지키기 위해 사자님 곁으로 달려와 참전했고, 그 전사자 중 하나가 된 것이다.

용감한 전사들의 낙원(발할라)에 초대받을 자격이 충분했다.

이게 바로 주마등일까, 생각이 어마어마한 속도로 빠르게 흘러갔지만 그렇다고 해서 몸이 그 속도대로 움직여질 리는 없었다. 그래서 머리 위로 날아오는 통나무(죽음)를 그저 아연히 바라볼 수밖에……

픽!

그런데 팔 하나가 쑥 나와 통나무를 막았다.

검을 쥐고 있었지만, 설령 검으로 통나무를 벤다 해도 절단된 부분이 그대로 운동 에너지를 유지한 채 남자의 몸쪽으로 날아오면 즉사를 피할 수 없다. 그래서 통나무 자체를 그냥 받아내는 수밖에 없었다는 것은 이해가 갔다.

……하지만 어디 있단 말인가.

오거가 전력을 다해 내리친 통나무를 고작 한쪽 팔로 받아낼 수 있는 사람이.

게다가 그 **존재할 리 없는 사람**은 건장한 사내가 아니었다.

여성의 한쪽 팔. 그 왼팔 하나로…….

"이게 무슨……. 말도 안 돼. 정말 이건 말도 안 된다고!"

도저히 믿을 수 없는 장면을 목격해서인지, 자기가 죽을 위기에 빠졌던 것도 잊어버리고 아연실색해서 중얼거리는 헌터.

그리고…….

"그거 알아?!"

히죽 웃은 메비스가 그 남자에게 말했다.

"헌터의 몸에 뜨거운 피가 흐른 한, 불가능한 일이란 없다는 것을!"

그리고 오른손에 쥔 단검으로, 통나무를 든 채 경악해서 굳어버린 오거를 베었다.

폼 나는 명대사를 내뱉고 의기양양한 얼굴인 메비스, 행복의 절정에 있었다.

*　　*

"그아악!"

마르셀라가 오거의 일격을 그대로 받았다.

마일과 같은 열네 살로 아직 미성년자라 키가 작은 원더 쓰리세 멤버가 곡사가 아닌 직사 공격을 하고 있으니, 적과의 사이에 아군이 있으면 곤란하다.

……이는 다시 말해 그녀들이 최전선에 있다는 이야기였다.

잔챙이 정리의 주축이 된 그녀들의 주위에는 당연히 그녀들을 보호하기 위한 요원, 일반 C등급 헌터들이 있었다.

하지만 이런 난전 속에서 적을 완전히 접근 못 하게 하기란 불가능했고, 또 그녀들은 공격력은 있어도 방어력은 거의 없다고 말해도 무방한 수준이었다.

그래서 가벼운 공격 하나만 맞아도 날아가고 쉽게 무너졌다.

호위를 맡은 사람들이 몹시 당황하며 오크를 물리치느라 애를 썼지만, 마르셀라가 땅에 쓰러지고 말았다.

마르셀라는 곧바로 오른손으로 땅을 짚고 몸을 일으켜 세웠다.

그리고 이상한 방향……절대 돌아갈 수 없는 방향……으로 꺾인 왼팔을 덜렁거리며 옆구리를 꾹 눌렀다.

"오호호호! 호~호호호!"

"마, 마르셀라 님…….."

"아파서, 너무 아파서 웃지라도 않으면 못 견딜 것 같아요! 하지만 팔 하나랑 늑골 몇 대 부러졌다고 마법 공격에 지장이 가진 않아요. 치료는 나중에 해도 돼요. 지금은 쓸데없이 마력을 쓸 상황이 아니니까요. 자, 다시 공격하자고요!"

""넷!""

"좋았어……, 앗, 어라?"

마르셀라의 몸이 은은한 빛에 휩싸이나 싶더니 왼팔이 다 나았다. 그리고 늑골도…….

주위를 둘러보아도 치유마법을 걸어준 듯한 사람의 모습은 보이지 않았다.

"……가두 힐?"

그렇다, 그것은 아델의 허풍 동화에 나왔던 미지의 치유마법이었다.

……하지만 그런 치유마법을 다른 일반적인 헌터가 쓸 수 있을 리 없었는데.

그렇다는 건⋯⋯.

"여유가 있나 봐요, 아델⋯⋯."

그렇다, 올리아나가 말한 대로 마일은 자기도 싸우면서 동시에 영상 스크린을 통해 곳곳의 전황을 확인하고 덕트를 이용해 멀리서 지원 마법과 공격마법을 날리고 있었다.

영상은 광학적으로 가공했을 뿐이지만 음성을 전달하는 덕트는 나노머신이 현장에서 마일이 있는 곳까지 이어주고 있었다. 그래서 역으로 나노머신을 통해 마법을 전달할 수도 있었던 것이다. 음성처럼 굴절과 반사를 이용하는 것이 아니라 그냥 나노머신에게 명령을 전달하는 방식으로.

⋯⋯어쨌든 지금 마일은 권한 레벨이 7이니까⋯⋯.

"아아아아악~!"

마일이 갑자기 비명을 질렀다.

"왜, 왜 그래!"

참는 것 같지도 궁지에 내몰린 것 같지도 않은데 갑자기 소리치는 마일을 본 레나가 놀라서 묻자⋯⋯.

"마, 마, 마, 마리에트가 다쳤어요! 얼굴에 상처가아아아아!"

팔을 움직여 계속 마물을 잘 상대하고 있으면서도 심하게 동요한 마일.

레나가 마일이 손가락으로 가리킨 스크린을 보니 그동안 마일이 몇 번이나 이야기를 들려주었던, 단독으로 가정교사 의뢰를 받았을 때의 제자『천사처럼 귀여운 여자아이 마리에트』가 보였다.

그런데…….

"다쳤다고? 대체 어딜 다쳤다는 거야?!"

레나가 그렇게 지적했지만…….

"확대! 영상을 확대해주세요!"

마일의 지시에 따라 마리에트의 영상을 확대한 나노머신.

"봐요, 저기! 저기에 상처가아아아!"

거기에는 길이 1mm, 깊이는 0.1mm도 채 되지 않는, 피 한 방울조차 나오지 않은 아주 미세한 상처……라고 말해도 되는지조차 의문일 정도……가 나 있었다.

"귀여운 여자아이의 얼굴에 상처를 내다니……. …………용서 못 해!"

"아니, 용서 못 하고 자시고 이미 보자마자 마물을 죽여버렸잖아……."

레나의 말도 귀에 들어오지 않는지 분노에 몸을 떠는 마일이었다…….

* *

그 후, 한 발 한 발 전진한 마일은 어느덧 혼자 최전선에서 튀어나와 있었다.

마일은 전투력이 남다른 만큼 그들과 나란히 서서 싸우면 실력을 제대로 발휘할 수 없다. 그래서 조금 앞으로 나오는 편이 싸우기 편했다.

또 다른 사람이 상대하기 전에 마물에게 혼동을 줘서 모두가 한결 쉽게 싸울 수 있다는 이점도 있었다.

그래서 마일의 능력을 신뢰하는 다른 사람들도 마일의 자유에 맡겼던 것인데…….

쿵!

오거에게 아래에서부터 퍼 올려지듯 맞은 마일이 보기 좋게 날아갔다.

몸무게가 가벼운 탓에 이런 공격을 받으면 **너무 잘 날아갔다**. 이는 물리 법칙상 어쩔 수 없다.

하지만 그 바람에 위력이 줄어들어서 타격은 별로 없었다.

그래서 매번 곧바로 벌떡 일어나 원위치로 뛰어왔는데…….

퍼억!

""""""""아…….""""""""

땅에 튀어나와 있던 단단한 바위에 거세게 부딪히고 말았다. ……머리를.

""""""""으아아아아!""""""""

……아무리 그래도 이번에는 위험했다.

주변 사람들이 당황했지만 그렇다고 손쓸 방법도 없었다.

아무리 마일이 튼튼하다지만 머리를 보호하고 있는 것은 기껏해야 얇은 두께의 두개골,『뼈』에 지나지 않는다. 그리고 두개골과 뇌는 단련할 수 없는 부위다…….

쓰러진 마일은 미동도 없었다.

'머리가 멍~해져서 제대로 생각할 수가 없어…….'

기절하지는 않았지만, 몸을 움직이지도 제대로 사고할 수도 없었다. 의식이 몽롱했다. 엎드린 자세로 쓰러져, 초점이 맞지 않아 흐릿한 시야에 들어온 것은 땅뿐이었다.

뇌진탕일까, 아니면 그보다 더 심각한 상태일까…….

여하튼 그러고도 죽지 않은 게 경이로웠다.

'앗? 여기가 어디지? 나, 분명 여자아이를 구하려고……, 아아, 트럭에 치였지……. 그럼 여긴 저세상인가……. 왠지 길고 긴 꿈을 꾼 것만 같아…….'

일시적으로 기억에 혼란이 일어났는지, 전생 후의 기억이 사라진 마일.

하지만…….

'……그래도 뭔가 따뜻했던 기억이……. 나에게 없던 것. 원했지만 가질 수 없었던 것……. 결국 갖지 못하고 죽어버렸는데 어째서 꼭 그걸 가지고 있었던 것만 같은 기분일까…….'

그리고 의식이 흐릿해지기 시작하며 생각 자체를 할 수 없게 되었다.

희미한 시야에 여러 가지 빛 뭉치가 섞여 들어왔다.

아름다운 빛, 따뜻한 빛, 그리운 빛…….

'모두, 안녕······.'

'······.'

'············.'

'················.'

'······················모두, 라는 게 누구야?'

가족이 아닌, 누군가.

'······누구지?'

······알고 있을 텐데.

절대 잊을 수 없는데.

다정한 사람.

고상한 사람.

겉으로만 무뚝뚝한 사람.

함께 싸웠던 사람.

······불멸의 우정. 영혼으로 이어진 동료들.

그건······.

그 이름은······.

"······붉은 맹세!"

눈을 번쩍 뜨고 그렇게 외치며 고개를 든 마일의 눈에 비친 것은 세 사람의 뒷모습이었다.

고상한 영혼을 가진 금색 머리 소녀.

작열하는 마음을 가진 붉은 머리 소녀.

속이 시커멓지만 마음에 다정함이 숨어 있는 갈색 머리 소녀.

셋 중에 둘은 근접 전투에 약하면서 마일보다도 더 앞으로 나와 마물 무리를 막아서고, 온몸에 상처가 생겨가면서도 마일의 부활을 믿고 시간을 버는 그들은……

"……내 동료! 그리고 내 소중한 친구들!"

마일이 일어섰다.

"고작 마물 따위에게 내 동료들을 잃을 수는 없지! 가랏, 작열나선 염창!"

불에 활활 타오르는 창이 회오리를 일으키며 돌진해 마물들을 관통했다.

""마일!""

"마일짱!"

모두의 입꼬리가 씩 올라갔다.

"그럼,"

"원점으로 돌아와 다시,"

"해볼까요!"

""""하아앗!""""

그리고 『붉은 맹세』 무쌍이 시작되었다…….

*   *

상당한 시간이 흐른 후…….

"돌파력이 부족해……."

글렌이 불쑥 중얼거렸다.

마일 일행도 그 문제는 느끼고 있었다.

마물은 차원의 균열에서 무섭게 계속 쏟아져 나오고 있다.

마일을 비롯해 제1층 최전선 가장자리에 있는 자들이 열심히 상대하고는 있었지만, 마물들의 기세에 서서히 밀렸고, 점점 후방으로 그냥 보내는 멀쩡한 C등급 마물이 늘어났으며, B등급 마물도 약체화가 충분히 이루어지지 않은 것까지 통과시키기 일쑤였다.

그리고 전선 자체도 조금씩 뒤로 밀리기 시작했다.

역시 아무리 숫자로 대항하려고 해도 무리가 있었다.

체력. 강건함. 중상을 입어도 개의치 않고 계속 전진하며 싸우는 뛰어난 용맹함.

싸움 초반에는 그래도 괜찮았다. 하지만 싸움이 점점 길어지니 적과 아군의 내구력 차이가 현저히 드러났다.

"젠장, 탱크 역할이 부족해. 이대로라면 우리가 불리해져……."

물론 헌터 중에는 평소에 탱크 역할을 맡는 사람도 나름대로 있다.

하지만 그건 『상대가 인간이거나 B등급 이하 마물일 때』의 이야기다.

A등급 이상인 마물을 상대로 탱크 역할을 할 수 있는 자는 거의 없다.

마물의 일격을 버틸 수 있는 자가 없으니 당연했고, 어쩔 수도 없는 일이다.

……하지만 지금 공격력에 특화된 자들을 보호할 탱크 역할이 부족하다는 사실은 크나큰 약점이 되어 인간종을 궁지로 몰아넣었다.

마일 일행도 공격력은 높지만 한 방 제대로 맞았을 때의 방어력은 약했다.

유일하게 마일만은 타격을 덜 받긴 하나 가벼운 몸무게가 단점이어서, 한 방만 맞아도 몸이 멀리 날아가 버리고 말았다.

그래서는 아무리 자신은 무사하다고 해도 『탱크 역할』을 제대로 해낼 수 없었다.

"공격력은 있는데 말이야. 탱크, 탱크 역할만 있다면……."

글렌이 이루어질 수 없는 소원, 아무리 푸념해도 소용없는 말을 늘어놓았을 때…….

쿠웅!

뒤쪽에 있던 마물의 몸이 허공을 날았다.

"뭐, 뭐야!"

"저, 저건……."

뒤돌아본 글렌과 마일 일행이 목격한 것은…….

거대한 체구, 단단한 몸.

마물의 공격을 아무렇지 않게 받아내고 튕겨내는 강대한 힘.

그것은…….

앞을 향해 빠른 속도로 튀어나온 이형의 군단.

흙으로 된 몸, 바위로 된 몸, ······그리고 칠로 된 몸.

"의지가 되는 거대한 녀석! 고, 고담······, 아니아니, 골렘!"*

그렇다, 그것은 본래 기지를 거점으로 해서 방위하고 있어야 할 골렘 군단이었다.

클레이 골렘, 록 골렘, 아이언 골렘, 그리고 그들과 동반한 소수의 스캐빈저들······.

아마도 스캐빈저들은 골렘을 지휘하기 위해 일부만 온 것이리라.

스캐빈저는 본래 기지의 보수 정비와 골렘 수리 및 생산을 위한 존재이지 전투 요원이 아니다.

하지만 골렘의 능력으로는 임기응변과 같은 대응을 할 수 없으니 어쩔 수 없이 지휘를 맡았겠지.

"기지와 담당 구역을 방어하는 기본 방침을 버렸나? 골렘과 스캐빈저들이 그런 판단을 할 수가······, 아, 슬로 워커(천천히 걷는 자)의 지시인가!"

그렇다, 슬로 워커라면 그런 판단과 지시가 가능하겠지.

통신 수단 정도는 이미 예전에 복구되었을 테고······.

마일이 그 사실을 알아차렸다.

골렘은 아군.

마일이 대륙 전역에 한 방송을 통해 그 사실을 알고 있는 인간종 전사들이 골렘과 함께 전진하기 시작했다. ······그 모습을 본 마일은 전차(탱크)와 그에 따르는 보병을 떠올렸다.

---

*『고왓과 5 고담』.

"좋아, 할 수 있겠어! 반격하는 거야!"

"""""""하얏!"""""""

몹시 지쳐 있긴 했어도 목소리만은 기세등등한 동료들.

하늘 위에서는 로브레스가 위험해 보이는 곳에 초음파 공격(위장 피리 술)을 퍼부었다.

"……어라?"

마일이 하늘을 힐끔 올려다보니 로브레스의 상태가 어딘지 이상했다.

로브레스의 주위를 자세히 살피니…….

"앗! 어느새……."

차원의 균열에서 어느새 비룡(와이번)의 원종으로 보이는 것……이 세계에 와 대를 이으면서 점점 약해진 현행종이 아니라 혹독한 환경 속에서 살아남아 거대하고 우락부락해진 놈들……이 날아온 모양이었다

마물들과 대치하던 로브레스는 등에 태운 첼시와 함께 비룡들에게 포위되었다.

중과부적. 아무리 초음파 공격을 할 수 있다지만 무적 필살기는 아니다.

이대로라면 비룡이 날개에 달린 발톱과 다리의 날카로운 발톱, 부리 등으로 첼시까지 다 함께 찢어발기는 것은 시간문제이리라.

……그리고 인간종 측에는 그렇게 높은 하늘까지 닿는 무기와 병기가 준비되어 있지 않았다.

대형 노포(바리스타)를 가지고 오기에는 시간이 부족했다…….

키이이……잉!

로브레스가 초음파 공격을 쏘았지만, 같이 공중을 자유롭게 날아다니는 상대인 만큼 명중률이 몹시 낮았다. 그래서 브레스 종류는 쏘지 못해도 체격 차이와 수적 차이로 점점 로브레스를 위기로 내모는 침략조 비룡들.

첼시를 태우고 있어 무리한 기동도 불가능한 로브레스에게는 승산이 없었다.

첼시를 떨어트리고 가벼워진 몸으로 전력을 다해 달아난다면 어쩌면 피할 수 있을지 모르지만, 로브레스는 그럴 생각이 조금도 없어 보였다.

그리고 마침내 로브레스가 위기에 봉착해 마일이 어떻게든 손써보려는데…….

슝!
쿵!

하늘을 뒤덮은 두꺼운 구름 틈에서 날아오른 불덩어리가 명중해서, 로브레스를 공격하던 비룡 중 한 마리가 추락했다.

그리고…….

『아룡의 신분임에도 자기 등에 태운 존재를 배반하지 않고 끝까지 싸우려고 하는 그 모습, 몹시 훌륭하구나!』

"고룡 전사 부대, With 고룡 군단……."

그렇다, 구름을 가르고 등장한 것은 수많은 고룡이었다.

고룡이라면 어리든 늙었든 마물을 상대로 충분히 싸울 수 있다.

그래서 전사 부대뿐 아니라 일족이 거의 다 온 듯했다.

그것도 당연하리라. 수명이 긴 고룡들이 앞으로 수백 년, 수천 년에 걸쳐서 수도 없이 할 수 있는 무용담의 소재가 될 대사건인데 그냥 있을 리가 있나.

심지어 그것이 자신들의 존재 의의에 관한, 선조와 조물주 그리고 신들이 부탁한 비원이라면…….

"……어라? 다들 등에…….."

마일이 자세히 보니 고룡들 등에 뭔가가 타고 있는 듯한…….

그리고 비룡들을 물리친 고룡 군단이 마일 일행 앞에 착지했다.

그들의 등에서…….

"너의 활약은 익히 들었다. 도우러 왔어, 인간 신의 아이!"

"누가 가면 라이더 2호예욧! ……앗, 신의 아이! ……그리고 마족 여러분!"

고룡의 등에 타고 있던 것은 신의 아이와 마족들이었다.

『시간 딱 맞게 오려고 했는데 이 녀석들이「마족 마을에 와서 태우고 가 달라」고 하는 바람에 좀 늦어졌느니라. ……허나 주인공은 원래 늦게 등장하는 법이 아니냐? 전사 부대, 공격 개시!』

마족들을 등에서 내린 고룡들은 공격을 개시했다.

부와아앙!

염탄이 아니라 화염을 연속으로 일제히 토하는 고룡 전사 부대.

그리고 다른 **일반 고룡들**은 전사 부대처럼 훈련된 것이 아니어서 제각각 브레스를 뿜었다.

『*동방에서의 구체 때는 김빠졌었으니 말이지. 여기서 진짜로 해볼까…….*』

동방 오브람 왕국 왕도 절대 방위전이 아무리 피해가 컸다고는 하나 예상보다 쉽게 인간종의 승리로 끝났던 것을 보면 아마도 고룡이 그쪽에 가준 모양이었다.

그리고 고룡이라면 한바탕 싸움을 마친 후 곧바로 고룡 마을로 돌아가 느긋하게 쉬면서 다음 출격 기회를 기다리고 있었어도 하나도 이상하지 않다.

그러다가 평소 잡일을 도맡아주는 마족들의 필사적인 부탁에 하는 수 없이 서둘러 여기까지 데리고 온 것이리라.

마족 역시 자기들끼리 이동했다면 절대 제때 도착하지 못했을 테니 다른 수단이 없었으리라.

이 싸움에 늦어버리면 자신들의 존재 의의와 관련해 크나큰 수치겠지.

그리고 앞으로 수백 년은 다른 종족으로부터 비웃음을 살 게 틀림없다.

"그러면 필사적으로 부탁하겠죠……."

알겠다는 듯이 말하는 마일이었다…….

콰아아앙!

고룡의 브레스가 전방을 휩쓸어 마물들로 빼곡하던 땅이 살짝 민낯을 드러냈다.

하지만 금세 다른 마물과 사체로 뒤덮이며 다시 모습을 감추었다.

『으음……』

고룡의 브레스는 물론 강력하다. 같은 고룡과 마일이 아니면 아무도 막을 수 없으리라.

하지만 마물 100마리를 한 번에 쓰러트리는 동안에 마물 1,000마리가 새로 쏟아져 나온다면.

마물 1,000마리를 쓰러트리는 동안에 마물 만 마리가 새로 쏟아져 나온다면…….

이미 적과 아군의 경계는 선 하나가 아니라 폭이 있는 전선대를 이루고 있었다.

제1층 대부분이 난전 지역이 되었는데, 그래도 아마추어들이 모여 있는 제2층은 아직 그런대로『일부러 후방으로 보낸 잔챙이와 전투력을 거의 잃은 C등급 마물을 처리하는 선』에서 그치고 있었다.

하지만 제1선에서 강력한 개체를 처리하지 못하고 후방으로 보내버리는 순간, 제2층은 진정한 지옥의 문이 열리게 된다.

적과 아군이 한데 뒤섞인 곳에서 고룡이 잘못 움직이면 아군을 깔아뭉갤 수 있다.

그래서 고룡들은 최전선으로부터 한 발 전진한 장소에서 드래곤 브레스 포열을 형성했는데…….

『성가시구나…….』

마물들은 원래라면 고룡에게 맞서지 않는다. 본능적으로 절대 강자에게 맞서는 것의 위험을, 그 공포를 감지하고 즉시 달아난다.

하지만 지금은 후방에서 끊임없이 밀고 들어오는 마물 때문에 뒤로 물러날 수도 달아날 수도 없었다.

그렇다, 앞으로 나아가는 수밖에 없는 것이었다.

그리고 이 미온적인 세계에서 점점 퇴화하고 약체화된 마물들과 달리, 가혹한 세계에서 더 강인하게 진화된 높은 등급의 마물들은 조금이나마 고룡에게 맞설 수 있었다.

자신들의 목숨과 맞바꿔 비늘 하나를 떼어낸다.

자신들의 목숨과 맞바꿔 비늘을 잡고 서서 빈틈을 물어뜯거나 독침을 꽂는다.

그러면 치명상까지는 아니어도 불쾌하고 몹시 성가실 것이다.

게다가 하나하나는 경상으로 그칠지라도 그것이 백, 천, 만이 되면 천하의 고룡이라도 상황이 불리해질 수 있다.

비행하면서 공격하면 마물의 공격을 받지 않겠지만, 대신 거구를 활용한 육탄전이 불가능하고 브레스만이 공격 수단이 된다.

고룡이나 되면서 잔챙이들의 공격이 겁나 하늘로 달아나, 멀리 떨어진 곳에서 원격 공격만으로 싸우다니 그런 꼴사나운 짓을 할 수 있을 리 없다.

또 드래곤 브레스도 무한히 토할 수 있는 게 아니다. 언젠가는 지치고, 마력도 바닥난다.

『표적 변경! 모두 균열을 향해 브레스를 뿜어라!』

고룡 전사 부대 리더가 모두에게 지시를 내렸다.

아무리 쓰러트려도 끝이 없는 마물이 아니라 차원 균열 자체를 공격해 망가뜨리기로 생각을 바꾼 모양이었다.

"아, 역시 고룡! 균열을 유지하는 시스템을 파괴하는 방법을 생각해냈군요!"

마일이 감탄했는데 사실은 그저 단순히 넓게 퍼지기 전에 밀집 지역을 쏘는 편이 효율적이라고 생각한 것뿐이다.

고룡들은 차원 균열이 과학적 수단으로 유지되는 줄은 전혀 몰랐다.

……하지만 드래곤 브레스의 사정거리는 그리 길지 않다.

화염탄이라도 유효 사정 거리가 짧고, 화염(플레어)은 터널 형태인 균열의 건너편까지 절대 닿을 것 같지 않았다.

"안 되겠어. 균열 너머에 피해를 줘서 차원 관통 시스템을 파괴하려면 강력한 폭발물을 투척하거나 대출력 빔 병기 정도는 되어야……. 실체탄 병기라면 적어도 아이오와급 전함『미주리』의 16인치(40.6cm)탄 정도가……. 그거면 우주인의 전투 기계라도 다 부술 수 있을 텐데……."

마일이 주위 사람들이 이해할 수 없는 소리를 내뱉었는데, 전투 도중에 그런 말을 일일이 신경 쓸 사람은 없으니 별문제는 없다.

"뭔가 선샤인 디스트로이어 같은, 나노머신에게 말로 지시만 하면 끝이어서 나한테 부담이 하나도 없고 얼마든지 계속 쏠 수 있는 공격 수단이 있으면 좋겠다……."

　하지만 이 세상은 그리 만만하지 않다. 그런, 상황에 딱 맞는 게 쉽게 존재할 리 없다.

　마일은 햇빛을 가린 두꺼운 구름을 원망스럽다는 듯 올려다보았다.

쿠우우우웅!

"……헉?"

　갑자기 두꺼운 구름을 꿰뚫고 땅에 꽂힌 빛의 검.

　그리고 그 빛이 옆으로 흔들리더니…….

치지지직!

　마치 돋보기를 이용해 한 점에 모은 햇빛으로 개미 떼를 쫓듯.

　그 어마어마한 고열에 마물의 몸이 순식간에 뜨거워지더니 뿌지직 갈라졌다.

치지지직치지지직!
치지지직치지지직!
치지지직치지지직!

"뭐야……."

전혀 예상하지 못한 지원 포격에 정신이 멍해져 우두커니 선 마일.

그리고…….

"우오오, 여신님이 도와주신다! 하늘은 우리 편이었어!"

"""""""우오오오오오오~!"""""""

글렌이 외치자 모두 덩달아 호응했다.

사실이 어떻든 상관없다.

조금이라도 이용할 수 있는 것은 이용하고, 전의를 끌어올리도록 유도하는 것이 유능한 지휘관인 법.

그리고 이 빛의 검은 분명 자군에게 힘을 실어주었으며, 그것을 의심하는 자는 아무도 없었다.

그래서 글렌의 말은 모두의 포효를 통해 점차 전달되었고, 눈 깜짝할 사이 모든 군에게 퍼졌다.

"이, 이게 뭐야!"

【위성 직격포 공격입니다. 마일 님의 수하인 스캐빈저들이 원시적인 화학 반응식 분사 추진 시스템, 다시 말해 로켓 엔진을 통해 우주로 올라가 위성 궤도에 있던 방위 위성을 수리한 듯합니다. 대부분의 위성은 파손 상태가 심각하여 아직 공격이 가능할 정도로는 복구되지 않았으나, 그래도 이동 가능한 것은 전부 이곳 바로 위까지 이동시켰으며 그중 2~3기는 주포 발사가 가능해졌습니다. 그 밖에도 라그랑주 포인트, 항성 주회 궤도에 있는 것 등도 있는 모양인데, 그것들은 늦는 듯하네요.】

그리고 나노머신의 설명이 끝나자마자 하늘에서 빛의 검 두 개가 더 떨어졌다.

쿠우우우웅!
쿠우우우웅!

두 줄기의 빛의 검이 땅에 떨어지며 마물들을 쓰러트렸다.

분명히, 적과 아군을 똑똑히 구별하고 있었다.

"……혹시 지상에 있는 스캐빈저들이 탄착 관측원 역할을 해주고 있는 걸까?"

마일은 그런 생각을 했지만, 현대 지구를 아득히 초월한 과학 문명의 산물인 방위 위성과 스캐빈저들이 고작 구름 따위 때문에 지상을 관측하지 못할 리가 없었다.

어느 정도 마물들의 밀집 구역을 공격한 세 개의 빔이 이번에는 차원의 균열로 방향을 틀었다.

"응, 물론 생각하는 건 다 똑같겠지!"

차원의 균열에 쏟아지는 고룡들의 브레스와 방위 위성의 빔 공격.

고룡들의 브레스는 쏟아지는 마물들을 처리하는 역할을.

그리고 방위 위성에서 나오는 빔은 균열 너머를 공격하는 역할이었다.

고룡들은 의식하지 않았겠지만, 역할 분담이 잘 이루어져서 마물들이 밀고 들어오는 속도가 서서히 줄어들기 시작했다.

"마물이 이제 별로 없는 걸까, 아니면 빔 공격 덕택에 일시적으로 막힌 것뿐일까. 뭐, 이랬든 저랬든 이 상황이 계속된다면……."

그런데 마일의 말이 끝나기도 전에 세 개의 빔 중 하나가 사라
졌다.

"앗……."

【공격하던 위성 세 대 중 한 대가 폭발했습니다. 역시 노후화가
심했던 것이겠지요. 그리고 충분한 안전마진을 취함으로써 공격에
참여하는 것을 우선한 결과인 듯한…….】

"……타고 있었지?"

【네?】

"타고 있었지? 내 부하가. 이날을 위해. 인간종과 이 세계를 지
키기 위해 유구한 세월을 보낸 스캐빈저들이……."

【네…….】

그리고 또 하나의 빔이 또 쓱 사라졌다.

"아……."

【빔 병기가 손상된 듯합니다. 위성 자체는 무사한 것 같아요.】

"다행이야……. 하지만 그럼 이제 가동 가능한 건 한 대뿐인가.
이래서는……, 앗?"

두툼한 구름을 뚫고 땅으로 향하는 빛의 점.

……그것이 차원 균열로 돌입하더니 폭발했다.

【아까 빔 병기가 손상되었던 위성입니다. 무기를 잃어 이제 도움
이 되지 않게 되면서 자신의 존재 의의가 사라졌기 때문에 마지막
무기를 쓴 것이지요. 조물주와 관리자에 대한 충성심이라는, 마지

막 무기를……】

　"앗……. 허억……."

　나노머신이 무슨 말을 하는 건지, 도통 모르겠다…….

　구름을 가르며 하늘에서 잇달아 떨어지는 빛의 점.

【이곳의 상공에 도착해서 무기를 복구하고 있던 위성들입니다. 다들 조물주와 관리자에 대한 충성심으로 똘똘 뭉친, 훌륭한 피조물들입니다…….】

　조금 숙연해진 나노머신.

　계속해서 균열로 돌입하는 위성.

　그리고 이어지는 폭발음.

　……하지만 차원 균열은 사라지지 않았다.

　"……것 같아……?"

【네?】

　"저들(스캐빈저)의『죽음』을 헛되이 할 것 같아……?"

　으드득 이를 가는 마일.

　"그 애들이 가르쳐 주었어. 그야 빛은 두꺼운 구름을 통과하는 과정에서 에너지가 부족해지지. 하지만 그렇다면 구름을 통과하기 전에 에너지를 모으면 그만이야……. ……나노머신! 아이, 커맨드, 유……. 이 전역에 있는 나노머신은 하던 대로 계속 우군의 마법 행사에 대응해줘! 그리고 전역 밖에 있는 나노머신은 전력을 다해 상승해! ……최대한 많이, 최대한 높이!"

이 근방에 있는 나노머신은 마물들과 싸우는 데 필요했다.

그래서 이곳의 전투와 직접적인 관련이 없는 나노머신들에게 마일은 레벨 7의 권한을 써서 상승을 명령했다.

위로, 위로, 위로……

전역 밖에서의 마법 사용 효율이 일시적으로 크게 떨어지게 되겠지만, 그런 건 하나도 중요하지 않다.

지금은 그저 이 싸움에 모든 것을 걸어야 한다!

"나노머신은 다섯 그룹으로 나눠 1그룹부터 3그룹까지는 구름을 뚫고 우주 공간으로 올라가! 그리고 4, 5그룹은 구름 아래로 이동해! 1그룹은 거대한 반사판(솔라 시스템)을 형성하고 2그룹이 만든 렌즈로 반사광을 보내! 2그룹은 렌즈를 형성해서 햇빛을 모은다! 3그룹은 2그룹이 모은 빛의 초점에 있다가 빛들이 다시 흩어지지 않고 직진할 수 있게 굴절시킨다! 4그룹은 구름을 뚫고 온 빛다발을 받아 확산시켜 마물 무리에게 쏴! 5그룹은 4그룹이 확산시킨 빔 중 몇 개를 반사해 높은 등급의 마물 그리고 아군이 위험에 처한 곳을 조준 사격하고!"

그렇다, 쿠리하라 미사토가 전생에서 얻은 지식…… 솔라 시스템, 집속 마법, 호밍 레이저, 스프레이저 광선, 그리고 반사 위성포 등의 지식을 전부 때려 넣은 궁극의 마법이었다.

"햇빛이 구름에 막히면 구름 위에서 더 많이 모으면 되지. 그러면 구름에 그리 많이 깎이지 않은 강력한 빔이 땅까지 닿을 수 있어. 이 간단한 걸 왜 떠올리지 못했을까……."

하지만 스캐빈저들의 위성 직격포 공격으로 그 원리를 배울 수 있었다.

따라서 이 공격은 스캐빈저들의 공이 크다.

"잘 봐요, 스캐빈저들! 이것이 바로 우리의 합동 공격입니다!"

【마일님, 발사 준비 완료했습니다!】

"좋았어! 선샤인 디스트로이어, 파이어!"

전쟁터 위 아득히 높은 상공, 우주 공간에 형성된 거대 반사 필드.

거기서 반사된 햇빛이 역시 우주 공간에 역장(力場)에 의해 형성된 거대 렌즈에 모였다.

모인 빛의 초점에서, 확산하지 않게 평행으로 굴절시킨 빔이 두꺼운 구름을 쉽게 뚫고 구름 밑에서 나노머신 4그룹이 만든 광학적 프리즘장에 의해 확산, 수십 개에 달하는 빔이 되어 땅에 꽂혔다.

그리고 그중 몇 개의 빔을 받아 반사해서, 대물과 난전 중인 마물을 사격하는 5그룹.

"됐어, 후속이 끊긴 이상 B등급 이상의 마물은 거의 섬멸. 우리 쪽이 완전히 우세해요. 이제 차원 균열만 망가뜨리면 끝! ……다만 대광역 마물 소탕용 확산 광선포(스프레이건) 모드로는 차원 터널 건너편까지는 별로 큰 효과가 없을 듯한데……. 확산 마도포*……, 아니아니, 확산 광선포로는 마물을 쓰러트릴 수는 있어도 차원 균열까지는 힘들어요! 지금은 모든 빔을 모아 균열

---

*『우주전함 야마토』에 나오는 병기.

중심핵을 노려야! 나노머신, 위성 반사포(사격) 팀이 확산 광선포 팀과 합류해 2단계 렌즈에서 집속 빔을 확산시키지 말고 그대로 반사, 차원 균열을 때리면서 빙글빙글 돌며 전력 소사! 저쪽 세계를 망가트려서 차원 균열을 만드는 시스템 자체를 파괴하는 거예요!"

나노머신에게 내리는 지시를 속으로 하지 않고 직접 말로 외친 마일.

다른 사람에게 들린다거나 그런 걸 신경 쓸 상황이 아니었다.

마일은 가진 지식을 전부 짜내서 이 일격에 모든 것을 걸었다.

"차원 균열을 파괴합니다! 물질을 파괴하는 그런 어중간한 공격이 아니라 차원 공간 자체, 시공간 연속체를 날카로운 발톱으로 뜯고, 튀어나온 부리로 꿰뚫고 파괴하는 흉악한 병기에는 이 이름이 어울리겠죠. ……데스 랩터(죽음의 맹금류), 발사 준비!"

물론 마일은 옛날 스페이스 오페라를 몹시 좋아했기에 원래 출처가 『파괴자(Disrupter)』라는 것 정도는 알고 있었다.

"발사!"

하늘에서 내려온 모든 에너지가 차원 균열(터널) 안으로 돌진했다.

그런데…….

"앗?"

튕겼다.

균열 입구 근처에서 햇빛(선라이트)이 튕겨 나가 다시 상공으로 향했다.

그리고 그곳에 있는 것은…….

"로봇!"

그렇다, 마일이 외친 대로 오브람 왕국 조사 임무 때 보았던 그 로봇이 있었다.

똑같은 개체인지, 아니면 같은 형태인 다른 개체인지는 모르겠지만…….

그 로봇이 보였고, 마물들은 절대 할 수 없는 햇빛 집속 파괴광선(선라이트 브레이커)의 무효화가 일어났다.

……인과 관계는 명백했다.

그리고 필살일 줄 알았던 광선이 계속해서 튕겨 나갔다.

"배리어 아니면 반사 필드? 힘으로 밀어붙이는 것만으로는 저걸 파괴하긴 어렵겠어요. 필드를 만든 원흉인 저 로봇을 부숴야……. 하지만 공격을 다 튕겨내는데 어떻게 해야 한담……."

저런 것을 준비했을 정도니 마법 공격도 다 막힌다고 보는 편이 좋겠지.

……아니, 저건 과학적인 방법으로 하는 공격을 막기 위한 것일 테니, 공격마법도 실제로는 나노머신에 의한 과학적인 공격인 이상 막히는 것이 당연했다. 상대의 예상을 뛰어넘은 압도적 위력의 공격이라도 퍼붓지 않는 한에는…….

그렇다면 아무리 인간들에게는 강력하다지만 최강 고룡의 절반인 위력에 불과한 자신의 공격마법 정도로는 햇빛 집속 파괴광선조차 튕겨내는 저 반사 필드를 뚫을 수가…….

마일이 그렇게 생각하고 입술을 질끈 깨문 그 순간…….

『고룡 전사 부대 및 모든 고룡들이여, 일제 공격 준비! 목표물, 마일님의 공격을 반사하는 방호 마법 주변부! 브레스 발사 준비……, 발사!』

부와아아아아~~!

모든 고룡이 브레스를 내뿜었다.

그리고…….

"모든 마술사, 고룡의 공격에 맞춰라! 마력을 온존한다거나 나중 일은 생각하지 마! 전력을 다해라! 인간종의, ……우리의 의지를, 빛나는 생명을 보여줘라~!"

글렌의 외침에 호응해서 인간종 진영에서 날아가는 무수한 공격마법.

그리고 고룡의 브레스와 함께 공격마법이 차원 균열을 지키는 적의 방호 마법에 쏟아졌다.

얼음마법과 흙마법 같은 실체탄 공격은 정면에서.

불마법과 같은 마력 공격은 방호 마법 전체를 에워싸듯이.

……아무리 앞에서 들어오는 마법과 빔을 막을 수 있다고 해도 실체탄 그리고 옆에서 휘어 들어오는 화염과 열, 폭풍 등까지는 막지 못하는 모양이었다.

방호 마법을 직접 때려 부순 것은 아니지만 그 뒤에 있던 로봇이 열을 견디지 못하고 땅에 무릎을 꿇더니…… 그대로 쓰러졌다.

그와 동시에 방호 마법이 소멸했다. 마일의 필살 병기인 『데스 랩터』에서 나온 빔, 햇빛 집속 파괴광선이 차원 균열에 꽂혔다.

"가라아아아아앗~! 빙글빙글, 거침없이 돌아라~~!"

그리고 빔을 흔드는 나노머신들.

차원 균열을 형성하는 터널이 어떤 구조인지는 모르지만, 터널 내벽에 닿은 빔이 반사되어 수도 없이 벽에 부딪히며 건너편으로 나아갔다.

아마 시공간적 불연속체는 전자파가 통하지 않겠지.

……그렇다면 터널을 빠져나간 빔이 사방팔방 어마무시하게 날아가리라.

주위에 있는 모든 것들을 찢고 파괴하면서…….

"가라아앗~~!"

선샤인 디스트로이어…… 새 명칭 데스 랩터……는 마일이 나노머신에게 구두 명령을 내렸을 뿐, 마일 본인이 받는 부담은 전혀 없었다.

그리고 나노머신은 웬만한 일로는 망가지지 않고, 만약 망가지더라도 후방 부대가 얼마든지 많이 있다.

그래서 이 공격은 무한정 계속할 수 있었다. 이 성계의 항성이 전부 불타 없어질 때까지…….

후속이 없는 마물들은 급격하게 숫자가 줄어들었고, 이제는 크게 위협적이지 않아 잔당 소탕만 남은 상황에 이르렀다.

그리고…….

쿠쿵!

차원 균열이, ……닫혔다.

"……해낸, 건가……?"

아직 마물이 남아 있는데도 싸움을 멈추고 멍하니 중얼거리는 몇몇 헌터와 병사들.

"정신 차려, 방심하지 마! 여기까지 와서 죽으면 웃음거리가 될 거다!"

그리고 그것을 지적하며 방어해주는 베테랑들.

하지만 싸움을 계속하면서도 모두의 생각은 똑같았다.

((((((……끝났다. ……이겼어…….))))))

하지만 승리의 실감은 전혀 나지 않았다.

낙관적인 말을 늘어놓긴 했어도 다들 정말로 살아 돌아갈 수 있을 거라고는 생각하지 않았었다.

아마 다들 그랬으리라.

"조금만 더 버티자! 죽지 말고, 다치지 말고, 안전책으로 신중하게 가자고!"

"""""""""하아아아아앗~~!"""""""""

*   *

"······끝났다······."

잔당 소탕도 끝나고 중상자들의 응급 처치도 마무리되었다. 이제 사상자가 더 늘어날 일은 없으리라.

······이제 다시 천천히 치유마법을 걸며 돌아다녀서 완전히 치유해주기만 하면 된다.

사망자도 나왔지만 어쩔 수 없다. 그래도 이런 전투치고는 적게 나오고 끝난 편이다.

죽은 사람들은 이 세계를 지켰다는 영예와 남겨진 가족에 대한 든든한 지원으로 납득시키는 수밖에 없다.

그것은 손쓸 도리 없는, 불가항력적인 일이었다.

"마물들도 희망을 품고 신천지를 찾아온 것일까요, 이민자들처럼······. 침입자들 입장에서는 자신들을 공격하는 우리(흉악한 원주 생물들)가 『마물』로 보였을지도 모르죠······."

불쑥 그런 말을 중얼거리는 마일.

지난 침입 때 당시 사람들은 무슨 생각을 하고 어떤 결단을 내렸을까.

······하지만 이 세계에는 『마물도 살 권리가!』, 『대화를 통해 서로를 알아갈 수 있을 터!』 하면서 마물과의 전쟁에 대한 반전 운동을 하는 자는 없다.

오는 적은 무조건 물리친다.

자비로운 마음은 여유 있는 강자에게만 허락되는 마음의 사치다.

예전에 이곳으로 건너와 정착한 마물들은 이번 마물에 비해 상당히 약했다.

여기 온 뒤로 약체화된 것일까.

그리고 반대로 저쪽 세계는 계속 가혹한 환경이 이어졌던 것일까. 강해지지 않으면 살아남을 수 없는…….

"우주로 간 스캐빈저들은 전멸했을까……."

마일은 하늘을 올려다보며 쓸쓸하다는 듯 중얼거렸다.

아무리 『만들어진 것』이라지만 자신을 관리자로 떠받들어주고 지적 생물을 함부로 공격하지 말라는 지시에 잘 따라주었던 존재들이다.

그리고 마일은 예전에 일본인이었기에 모든 존재에는 영혼이 있다고 믿었다.

풀에도 나무에도, 오랫동안 소중히 써온 도구에도. ……그리고 물론 로봇에도…….

반짝

"……음?"

하늘에서 빛나는 것이 마일의 눈에 들어왔다.

"……으으음?"

빛나는 점이 하나둘 늘어나더니 점점 크기가 커졌다.

【밸류트입니다. 스캐빈저들이 대기권 돌입에 사용한 것 같네요. 아무래도 원격 조종으로 위성에 돌입해 자신들은 살아남은 듯합니다.】

"뭐얏!"

나노머신이 조금 기쁜 투로 보고해서 마일은 깜짝 놀랐다.

밸류트란 풍선(balloon)과 낙하산(parachute)을 조합한 단어다.

가스 등을 이용한 주머니 모양의 감속 장비로, 속도가 빠를 때는 일반 낙하산보다도 튼튼하다.

이는 절대 모 로봇 애니메이션을 바탕으로 고안한 것이 아니라 지구에서는 60년 이상 전부터 실제로 쓰이고 있는 기술이다.

자재와 시간만 있다면 더 안전한 방법을 선택했겠지만, 시간을 우선해서 이렇게 원시적인 방법을 골랐겠지.

자신들의 안전보다 신속한 임무 수행 쪽을 우선한 결과로…….

어느 정도 낙하하자 하나둘 하얀 우산이 펼쳐지면서 밸류트에서 분리되었다.

아마 최종 단계에 가서는 밸류트가 아니라 낙하산으로 착지하려는 것이리라.

착지 때의 충격 완화 때문일까, 아니면 낙하산이 착지 장소에서 컨트롤하기 더 쉬워서일까, 그것도 아니면 다른 이유가 있을까…….

여하튼 마일은 밸류트의 착지에 관한 지식이 전혀 없었지만, 낙하산 쪽은 대충 이해하고 있었다.

……요컨대 스캐빈저들은 무사히 지상으로 귀환할 수 있다는 이야기였다.

"……아하. 아하하하!"

생과 사의 고비에 있는 중상자에 대한 응급 처치는 끝났으나 아

직 다쳐서 땅에 누워 있는 사람이 있었다. 그리고 두 번 다시 일어날 수 없는 전사자들도.

그런데도 웃음을 터트리는 것은 경솔한 행동일까.

아니, 하지만 살아남은 사람들이 여기저기서 웃고 있었다.

그러니 마일도 자신의 부하들이 살아남았다는 사실에 기뻐하고 웃어도 용서받을 수 있을 것이다.

죽은 자에게는 감사와 존경을.

또한 살아남은 자들은 신에게 감사하고 생에 기뻐하며…….

* *

"……이겼다……."

"이겼네요……."

어느새 옆에 온 글렌이 그렇게 말하자 마일이 차분하게 대답했다.

"굉장했어! 뭐야, 네가 쓴 그 마법! 나중에 꼭 설명해줘야 해! 그리고 이제 앞으로 수백 년은 이 전투 이야기와 검증 작업으로 지루할 틈이 없겠어! 역시 내 안목은 정확했다니까!"

"아니, 아무리 그래도 그 정도까지 붐이 이어지진 않겠죠……."

아무리 마을에 틀어박혀 살아 이야깃거리에 목이 마른 엘프라지만 그래도 수백 년까지 가진 않겠지.

그렇게 생각한 마일은 크레레이아의 말을 부정했지만, 크레레이아는 몹시 흥분된 상태라 그 말을 귓등으로도 듣지 않았다.

『수고 많았구나……. 아, 아니, 고생 많으셨다, 아니 이게 아니지, 아아……, 그러니까…….』

쿵쿵 걸어온 고룡이 마일에게 그렇게 말했다.

아마도 인간(하등생물)인 마일에게 원래대로 거만하게 굴지, 아니면 신의 사자에게 예를 갖출지 판단이 서질 않아 혼란에 빠진 것이리라.

마일은 고룡의 얼굴을 전혀 구별 못 하지만, 이런 태도로 보건대 케라곤이 아니라는 것만은 알 수 있었다. 케라곤이라면 마일에게 주저 없이 높임말을 쓸 테니까…….

"아니요, 평소처럼 대해주세요. 그래봐야 저는 하등생물이니까요……."

『………….』

그렇게 말해도 곤란하겠지. 고룡은 입을 다물어 버렸다.

"굉장해……. 엘프의 말에 태클 걸지를 않나, 고룡이랑도 아무렇지 않게 대화하고……."

"역시 사자님……."

여기저기에서 놀라고 감탄했지만, 마일의 귀에는 들리지 않았다.

"아!"

"왜 그래, 갑자기……."

레나가 묻자 마일이 초조한 표정을 지었다.

"아, 그게 이 일대에 대량의 마물 사체가 생겼잖아요?"

"……그렇지. 막대한 수의 사체가…….."

"이거, 그냥 내버려 둬도 돼요? 물론 일부는 소재를 채취하거나 고기를 먹을 수 있겠지만, 그건 극히 일부에 불과하잖아요? 이 많은 양을 전부 도시에 가지고 돌아갈 수도 없고, 썩을 텐데……. 수많은 사체가 그대로 썩어버리면 이곳은 어떻게 되나요? 마물의 먹이터가 될까요? 구더기가 들끓고, 그 후에 엄청난 일이 일어날까요? 전염병의 발생원이 될까요?"

"……"

"""…………."""

"""""""……………."""""""

마일과 레나의 대화를 듣던 사람들의 얼굴에서 핏기가 사라졌다.

"……그건 높은 사람들이 어떻게든 해결하겠지. 우리랑은 상관없어. 안 그래? 상관없다고!"

마일 일행은 앞으로 제국 사람들이 얼마나 힘들어질지 우려했지만, 그렇다고 해서 절대로 관여하고 싶지는 않았기에 그 건에 대해 더는 생각하지 않기로 했다.

그리고 그녀들은 미처 알지 못했다.

앞으로 힘들어질 사람 중에 자신들도 포함되어 있다는 것을…….

……결국 이번 침략으로 이 세계에 퍼져 정착해버린 특이종은 뿔토끼뿐이었다.

뿔토끼는 가도를 지나는 여행자를 습격하는 마물이 아니고, 방심하지만 않는다면 일대일로 붙었을 때 인간이 그리 쉽게 죽는 상대도 아니다. 설령 어린 여자아이라고 할지라도 말이다.

그리고 무엇보다도 고기와 털가죽이 유용하게 쓰인다.

마을 아이와 신입 헌터가 용돈 벌기에 딱 좋은 사냥감이어서 그 수가 늘어나는 것은 오히려 두 팔 벌려 환영할 일이었다.

또 원래 약한 마물인 만큼 다소 강한 신종이 나와도 큰 문제는 되지 않았다.

그래서 처음부터 섬멸 대상에서 제외하고 일부러 그냥 통과시켰던 것이다.

그날 이후 마일 일행은 다른 마술사들과 함께 부상자 치료에 전념했다.

이미 『사자님』인 걸로 되어버렸기 때문에 힘을 아끼지 않고 절단상까지 고쳐주었다.

물론 정도가 심각해서 『붙이기만 하면 되는』 선에서 끝낼 수 없는 경우에는 완전히 복원하기까지 며칠에서 수십 일은 걸리는데, 그동안 마일이 계속 붙어 있어야 하는 것은 아니었다. 나노머신에게 지시만 잘 내려두면 되었다.

……괜히 권한 레벨 7이 아니다.

부위 결손은 그 사람의 평생에 영향을 미치는 일이다.

일자리를 잃기도 하고 일상생활이 불편해진다.

마일은 자신의 능력을 숨긴다는 별로 중요하지도 않은 이유로, 용기 있는 자들의 인생을 꼬이게 할 생각이 전혀 없었다. 그래서 마르셀라를 비롯한 원더 쓰리와 폴린, 마리에트 등과 함께 중상 자들을 보살폈다.

물론 여자 얼굴에 흉터가 남는 것은 용납할 수 없다.

남자 중에는 『훈장으로 남기고 싶다』며 흉터는 놔두고 통증만 사라지게 해달라고 주문하는 사람도 있어서, 최대한 요구를 반영 해주었는데…….

치료를 기다리는 사람 이외에는 모두 살던 곳으로 이미 돌아 갔다.

너무 많은 인원이 온 탓에 지원 태세가 아예 따라가지 못했던 것이다.

물은 제일 가까운 수원지에서 짐마차로 피스톤 수송을 했다.

마술사가 만들 수 있는 물의 양에는 한계가 있고, 이렇게 사람 이 많이 밀집한 곳에서 물마법을 펑펑 썼다가는 주변 공기 중 수 분을 다 써버려 공기가 완전히 말라버릴 수 있기에, 효율이 떨어 지는 차원이 아니라 아예 물 한 방울조차 못 만들게 된다.

게다가 공기가 그렇게 말라버리면 목과 폐에 문제가 생기는 사 람이 나올 수도 있고 자연적인 화재가 발생하는 등 제대로 되는 일이 없다.

그리고 식량 문제와…… 화장실 문제가 컸다.

아무리 마물 고기가 차고 넘친다지만 기생충이 득시글거리는 날고기를 그대로 먹을 수는 없다.

이렇게 사람이 많으면 고기를 익힐 장작도 요리 도구도 부족하고 장기 보관과 휴대성 문제도 있어서, 바로 먹을 수 있는 여행자용 휴대식을 나눠주는 정도밖에 방법이 없는데, 그것도 갑자기 수만 명, 수십만 명분을 매일 세끼 준비하는 것은 절대 불가능했다.

……또 그보다 더 큰 문제는 화장실…… 그러니까, 배변이었다.

이렇게 많은 사람이 그 근처에서 대충 볼일을 보게 되면 불과 하루 만에 발을 딛고 서 있을 곳이 없어지겠지.

근방에 뿌리면 거름이 되어 황폐했던 땅이 비옥해질 거라고 주장하는 사람도 있겠지만, 이 세상은 그리 만만하지 않다. 제대로 된 퇴비를 만들려면 시간과 수고가 드는 법이다.

막 싼 똥을 그대로 뿌리면 세균이며 기생충 알 같은 것들 때문에 오히려 토양이 오염되고 만다.

……그러니 그냥 빨리 해산하게 하는 수밖에 없었다.

농가와 상가에서 이윤을 남기지 않고 원가에 식량을 제공해준 모양이었는데, 그래도 의용군에 지원한 사람들은 만약 여기에 오지 않았더라도 어차피 매일 밥을 먹는다.

그러니 극단적으로 식량 부족 사태가 일어난 것은 아니지만, 너무 급격하게 인원이 집중되었던 만큼 물자 유통이 막혀 상당히 힘들어진 듯했다.

이제는 1일 1식으로 밥을 꼬박꼬박 잘 챙겨 먹기 힘든 상황이 되어서, 그냥 자기 마을을 향해 무작정 걷는 수밖에 없었다.

……괜찮다.

사람은 물만 있으면 2~3주 정도는 죽지 않는다.

제120장 전투가 끝나고

"돌아왔어…….."

"돌아왔네…….."

"돌아왔네요…….."

"…….."

마침내 돌아온 티루스 왕국 왕도.

""""""피곤해……."""""""

마일 일행이 잔뜩 지친 이유는 딱히 쉬지 않고 걸어왔기 때문이 아니다.

전쟁터에서 이곳으로 돌아오는 동안 만나는 사람마다 말을 걸고 악수와 사인을 요청했으며, 기념이라면서 옷을 일부 뜯고 머리카락을 뽑아가는 등…….

그래서 다들 몸과 마음이 너덜너덜했다. ……그리고 옷도…….

"제일 위협적인 마물은 인간이네…….."

"누가 그런 명언을…….."

""…………."""

이제 마일과 폴린은 뭐라고 지적할 기력도 없었다.

지쳤는데도 메비스의 말을 놓치지 않고 받아치는 레나를 보고 감탄하는 두 사람.

자신들에게 달라붙는 사람들을 피해 가려고 해도 가도는 퇴각하는 의용군과 군대, 용병, 헌터들로 발 디딜 틈이 없었다.

또 목숨 걸고 자신들에게 달려와 주었던 사람들을 함부로 대할 수도 없는 일이었다.

그래서 굳어지려는 얼굴을 겨우 풀고 웃으며 필사적으로 버틴 네 사람이었다.

아무리 그래도 밤에는 가도에서 멀리 떨어진 숲에 들어가 야영했는데, 그런데도 뒤따라오는 자가 많아 질색했다.

물론 텐트에 배리어와 방음 필드를 쳤지만, 그런 상황에서는 아무리 완벽한 방어력이 있더라도 욕실과 화장실을 쓸 마음이 들지 않아 너무 힘들었다.

"……저기 말이야, 설마 돌아간 후에도 계속 이런 상황이 이어지는 건 아니겠지?"

그리고 메비스가 묻고 말았다.

……절대 물어서는 안 되는 것을…….

"끼…….."

"끼?"

""“끼야아아악!”""

"묻지 마!"

"말하지 마!"

금단의 질문을 해버린 메비스에게 불같이 화를 내는 레나와 폴린.

마일은 얼굴이 창백해져 그대로 얼어붙어 있었다.

"여, 여하튼 여인숙으로 가자고요!"

괜히 길드 지부 같은 데 갔다간 축하 파티가 시작되어 달아나지도 못할 터였다.

완전히 녹초가 되어버린 지금은 역시 푹 쉬고 싶었다.

『붉은 맹세』의 이동 속도를 모르는 사람들은 소녀 사인조인데다가 폴린이 분명 체력적으로 많이 뒤처진다는 것을 알았기에 『붉은 맹세』가 왕도에 도착하려면 아직 며칠 더 있어야 한다고 판단했을 것이다.

……그러니 남들 눈을 피해 여인숙에 도착하면 길드 지부에 인사하러 가기 전까지 한숨 돌릴 수 있을 것이다.

그리고 길드 지부에 가서는 자신들의 활약상은 다 빼고 전부 각 나라에서 온 군대와 헌터, 용병, 고룡과 타 종족, 의용군 덕분이라고 설명하자.

그렇게 생각한 마일 일행이었는데…….

*　　*

"기다리고 있었습니다, 선생님! 바로 집필에 들어가 주세요! 우선 이번 사건을 담은 전기물을. 그다음에는 일상물『사자님 일기』, 『힘을 내, 사자짱!』이랑 『섬멸 마법 입문』, 『당신도 할 수 있다, 광마법』, 『고룡 사귀는 법』 등등. 필경사들은 확보되어 있어요. 다들, 선생님의 작품을 옮겨쓸 수 있다면서 눈을 반짝이며 기다리고 있답니다!"

"멜사크스 씨……."

그렇다, 여인숙 앞에서 기다리고 있던 것은 마일……, 아니 미아마 사토데일 선생의 책을 출판하는 올피스 출판사의 젊은 경영자였다.

……꽤 능력 있는…….

멜사크스는 마일이 여행 중일 때도 편지와 원고를 주고받았던 만큼 예전부터 마일 일행의 비정상적인 이동 속도를 파악하고 있었다.

……마일이 늘 다음 연락처로 체재 예정인 도시와 체재 기간을 알리기 때문이다.

게다가 멜사크스는 박식하고 통찰력도 뛰어난 인물이라, 이번 귀로에서 『붉은 맹세』가 어떤 상황에 처할지 정확하게 예상했고 마일 일행이 딴 길로 새거나 어디서 잠시 머무르지 않고 전속력으로 곧장 돌아오리라고 보고, 거기서부터 귀환 예상일을 계산했다.

그리하여 오늘 아침부터 쭉 여인숙 앞에서 죽치고 기다렸던 것이다.

또 지금 마일의 입장상 필경사들이 다른 일을 전부 거절해서라도 마일, 『사자님』의 원고를 기다린다는 것쯤은 충분히 이해할 수 있었다.

'그럼 한 권짜리 원고를 탈고하는 게 아니라 쓴 것부터 먼저 넘겨야 하나…….'

한 권을 다 쓸 때까지 기다리게 하면 그동안 필경사들은 일이 없어 수입이 제로가 된다.

그래서는 생활할 수가 없다. ……특히 가정이 있으면 힘들겠지.

아니, 자기들이 멋대로 다른 일을 거절하고 마일…… 사토데일 선생의 원고를 기다리는 것이니 그쪽 사정이고 마일이 신경 쓸 문제는 아니다.

……하지만 필경사는 마일이 책을 출판하는 데 있어 없어서는 안 될 사람들이어서 함부로 할 수 없었다.

"으으으……. 일단 첫 1권은 생각해볼게요……."

그것 이외에는 돌려줄 대답이 없는 마일이었다.

그 후 여인숙에 들어가니 레니가 웃으면서 맞이했다.

"언니들, 인사받으십시오. 그간 고생 많으셨습니다요!"

"교도소 출소냐고요!"

"언니들, 어마어마하게 활약하셨더라고요. 특히 천상의 여신님 께 받은 신력으로 적의 본거지를 향해 때려 넣은 그 최후의 필살 기, 이름이 뭐였더라……, 아아, 『데스 랩터』인가요!"

"""""……엥?"""""

레니가 어떻게 그리 자세히 알고 있는 것일까.

아직 마일 일행 이외에는 왕도에 돌아오지도 않았을 텐데.

군의 이동 속도는 느리고, 일반인은 원거리 이동에 익숙하지 않다.

용병과 헌터들은 돌아오는 길에 있는 도시마다 들러 술에 떡이 되고 또 술에 떡이 되면서 이동 속도가 마치 개미 걸음 같았다.

……결전에 참여했던 사람들에게는 각 도시의 주점에서 파격적인 가격에 술을 실컷 제공해주었고 여성들에게도 인기 폭발이라 평생에 단 한 번, 앞으로 두 번 다시는 없을 이 기회를 놓칠 사람은 없었다.

그런데 어째서 레니가 상황을 잘 알고 있는 것일까.

……그것도 꼭 자기 두 눈과 귀로 직접 보기라도 한 듯한 말투로…….

"굉장했다니까요. 저, 평생 못 잊을 거예요, 언니들의 그 멋진 모습……."

"엥?"

""오잉?""

"""에에에에에엥?"""

"레, 레니, 그걸 대체 어떻게…….."

마일이 조심스레 물어보자…….

"당연히 처음부터 끝까지 침을 꿀꺽 삼키면서 다 지켜봤죠! 언니들의 일생일대 최고로 빛날 무대였으니까요! 하늘에 뜬 전투 영상과 흘러나온 음성 전부 제 영혼 깊이 각인시켰답니다! 전 세계 모든 사람과 마찬가지로!"

"끼…….."

"끼?"

"""끼야아아아아아악~!"""

'그러고 보니 영상을 띄우라고 말하긴 했었지……. 그것도 최대한 많이……. 하지만 그건 이런 의미가 아니었다고! 그 정도쯤은 나노도 당연히 알았을 텐데! 게다가 그건 나노가 내가 그렇게 말하도록 유도한 거였잖아……. 나노! 좀 하네?!'

【…….】

'야, 대답하라고오오!'

*　　*

한편 원더 쓰리는…….

부상자 치료가 일단락되고 한숨 돌리고 있다가, 모레나 왕녀의 급습으로 붙잡혀 브란델 왕국에 연행되었다는 듯했다.

여성 근위 분대인가 하는 사람들이 금방이라도 달려들 듯한 눈으로 노려보았다나.

뭐, 왕궁 내 기사단 놀이로 끝나야 했을, 귀족 아가씨들로 편성된 여성 근위 분대가 이렇게 위험하고 목숨이 왔다 갔다 하는 전쟁터까지 따라온 처지가 된 원흉, 그 장본인이었으니 말 그대로 죽을 뻔한 그녀들의 원망을 사도 어쩔 수 없겠지…….

*　　*

그로부터 며칠 후.

마일을 비롯한 『붉은 맹세』는 평온한 나날을 보내고 있었다.

……아니, 물론 그런 일상이 언제까지 이어지진 않으리라는 것은 잘 알고 있었다.

마일……아델의 정체가 온 대륙에 노출되었으니까. 그 실력과 여신의 가호가 있다는 사실까지 덤으로…….

브란델 왕국에서 티루스 왕국에 자국 귀족 가문 당주를 돌려보내라고 요구할 게 뻔했고, 다른 나라에서도 초빙이며 작위 수여 같은 이야기가 나올 테고, 신전 세력 또한 사자님의 신병 확보에 나서지 않을 리 없었다.

또 견실한 나라에서는 젊은 천재 사색가 미아마 사토데일 씨를 자국에 초대하고 싶다는 요청까지 할 게 틀림없었다.

미아마 사토데일은 오락 소설뿐만 아니라『왕권론』,『귀족이란』,『사고 실험: 자본주의 경제에 대하여』등 전문 서적도 냈던 것이다.

……폭풍 전 고요.

『붉은 맹세』에서 그것을 모를 사람은 없었다.

이번 사건은 스케일이 너무 컸고, 동방에서의 전투『오브람 왕국 왕도 절대 방위전』에서 각국 파견군의 피해가 막심했다.

군 재정비, 귀족에 대한 보상, ……그리고『사자님』이라는 몹시 큰 전리품(트로피).

자국군, 그것도 자국의 귀족이라고 주장하면서 마일을 돌려보내라고 강제로 요구하는 브란델 왕국.

브란델 왕국에서 달아난 아델 폰 아스컴이라는 귀족 따위 자신들은 알지 못하며, 자국에서 헌터 등록을 하고 자국의 헌터 양성 학교를 국비로 졸업한 마일이라는 C등급 헌터는 틀림없는 자기 나라 국민이라고 주장하는 티루스 왕국.

국가 상관없이 사자님은 신전의 보호 아래에 있는 것이 당연하다고 주장하는 신전 세력.

사자님이 출현해 이 세계를 지키기 위해 싸운 곳이 자기 나라였으니 당연히 사자님의 소속은 자기 나라라고 주장하는 아르반 제국.

이래서는 이야기에 진전이 있을 리 없었고 그렇게 국제회의는 교착 상태에 빠졌다.

……그래서 현재는 어느 나라도 마일을 건들 수 없는 상황이었다.

그런 까닭에『태풍의 눈』에 있다고도 할 만큼 일시적 평온 상태에 있는 것뿐이었다.

* *

"허어억! 우리한테 귀, 귀족 작위를?"

느닷없이 티루스 왕국 왕궁에서 온,『붉은 맹세』에 대한 작위 수여 소식.

"네. 이 세계를 위기에서 구해주신 공적을 평가하여 마일 공, 메비스 공, 레나 공, 폴린 공에게 백작 작위가 내려질 것입니다. 축하드립니다! 뭐, 여러분이 세우신 공적에 대한 당연한 일, 아니, 사실은 후작 작위여도 이상하지 않습니다만, 거기까지 가버리면 이래저래 시끄럽게 구는 자들도 나올 터라. 그 점은 부디 양해 부탁드립니다…….”

“아, 아아…….”

사신이 솔직하게 말했는데, 나쁜 사람은 아닌 듯했다.

“"""…………."""”

*　　*

“어, 어어어, 어쩌지…….”

“어, 어어어, 어쩌죠…….”

“어, 어어어, 어떻게 해야 해…….”

“어, 어어어, 어떻게 하면…….”

사신이 돌아간 후 너무 동요한 나머지 말도 제대로 못 하는 네 사람이었다.

차를 한 잔 마시고 나서야 겨우 평소대로 얘기할 수 있게 되었다.

“……그래, 어떻게 할까?”

“국왕 폐하가 하사하시는 작위를 거절하면 나라에 반의를 품었다고 간주하거나 불경죄로 참수형 아니면 지하 감옥에 유폐될걸!”

“"""…………."""”

귀족 메비스의 말에는 지나칠 정도로 설득력이 있었다…….

“받아들일 수밖에 없나…….”

"""""………….""""""

"네? 승작이요?"

"네. 아델 폰 아스컴 여자작은 지금부터 후작으로 승작되셨습니다."

"……"

"""""………….""""""

브란델 왕국에서 온 사신이 마일…… 아델에게 승작 소식을 전했다.

아델이 원래 평민이 아니라 귀족, 그것도 자작가 당주이므로 단순히 두 계급 특진일 뿐 평민이 귀족이 되는 것과는 질적으로 다르다는 점과 그 이후의 일, 다시 말해 왕족과 상급 귀족의 혼인을 시야에 넣은 만큼 후작위 승작에 반대하는 사람은 아무도 없었던 것 같다.

아마 티루스 왕국이 백작 작위를 내렸다는 정보를 입수해서 그보다 더 높은 작위를, 하고 생각했겠지.

그리고 후작 승작이라면서 영지에 관한 이야기는 한마디도 없었다.

뭐, 후작령에 적합한 영지가 그리 쉽게 나오지도 않겠지만, 그렇다고 작위만 후작이고 영지는 자작령 그대로인 건 상식적으로 말이 안 되는 일이다.

아마 괜히 넓은 영지를 내려 영지 내정에만 전념하게 해서는 안 되니까 일부러 영지는 그대로 둬서 대관이 관리하게 하고, 마일 본인은 일종의 법복 귀족처럼 왕궁에 머무르게 할 계획이었으리라. 왕족이나 상위 귀족 자제와 맺어주기 위해…….

　이 사신……자작가 당주로 보이는……은 단순히 전달자에 지나지 않는다. 이미 결정된 사항을 전할 뿐인 통신용 비둘기다.

　그래서 사양한다거나 완강히 거부한다고 말해도 소용없다. 그저 소식 전달을 부탁받았을 뿐 아무 권한도 없는 심부름꾼에 불과하니까…….

* 　*

　"마일 공, 아르반 제국에서 명예 백작 작위를 내렸습니다."

　"마일 공, 오브람 왕국에서 후작 작위를 내렸습니다."

　"마일 공, 마레인 왕국에서 백작 작위를 내렸습니다."

　"마일 공, 트리스트 왕국에서 백작 작위를 내리고 근위 마법사단 고문에 임명했습니다."

　"마일 공, 바노라크 왕국에서 백작 작위를 내리고 왕족 친위대 명예대장에 임명했습니다."

"마일 공, 교황님께서 『사자』와 『대성녀』로 정식 인정하시고 추기경으로 임명하셨습니다."

"으아아아아악!"

*　　*

"어떡해……."
"저, 저도 잘……."
"어쩔 셈이야?"
"그렇게 물어보셔도……."
"내가 설립할 상회의 창고 담당이랑 짐마차 담당은 어떻게 할 거야!"
"""아니, 그렇게 따지는 건 좀 이상하지!"""
"……그리고 여러분도 백작님이 됐잖아요!"
"""아……"""
"""""이 일을 어떡하냐고…….""""""

*　　*

티루스 왕국이 촉발한 작위 수여 대결은 7파전이 되어 교착 상태에 빠졌다.

각 나라는 티루스 왕국이 야비하게 신수 친 깃을 비닌헀고, 이러면 마일만 곤란해질 뿐이라며 일곱 나라가 모여 차근차근 논의해 보자고 제안했다.

마일 이외의 세 사람은 능력이 뛰어난 헌터이긴 하지만 그래 봐야 A등급 아니면 S등급 정도인 일반인에 지나지 않는다. 사자님이자 고룡과도 잘 알고 여신의 철퇴에 비견할 공격마법을 구사하는 마일은 그들과 차원이 다르다.

게다가 티루스 왕국에 가족이 있는 본토박이 티루스 왕국 사람 메비스와 폴린은 빼돌릴 수 없다. ……한쪽은 상가의 딸, 한쪽은 백작가 따님이니까…….

반면 마일은 조국을 버리고 도망친…… 아니『출신국을 알 수 없는 단순 떠돌이 C등급 헌터』이므로 자기 나라에서 발탁해 귀족으로 만들어도 아무 문제 없다며 억지 부리고 있는 것이다.

온 대륙에『또 어느 때는 여자작 아델 폰 아스컴』이라고 밝혔던 것은 브란델 왕국을 제외한 여섯 나라에서 보란 듯이 무시당했다.『나라 이름을 밝히지 않았으니 어디 멀리 있는 나라 중에「아스컴」과 비슷한 발음의 귀족 가문이 있고 거기서 왔겠지』하면서…….

또『망명했는데 모국으로 돌려보내는 건 비인도적이다』라는 주장도 있었다.

……여하튼 아무리 억지고 트집일지라도 다른 여섯 나라는 마일을 브란델 왕국에 넘길 생각이 추호도 없었다.

그리하여 일곱 나라는 며칠에 걸쳐 기나긴 국제회의를 했다.

단, 이미 통지하고 선언한 작위 수여와 임명은 국가의 체면이 걸린 문제인 만큼 이제 와서 철회할 수 없어 그대로 유효했다.

*　*

그리고 다시 찾아온『일시적 평온』기간.

길드에서 의뢰를 받을 상황도 아니고, 여인숙에 밀어닥치는 많은 사람을 상대하다 지친『붉은 맹세』는 왕도에서 조금 벗어난 깊은 숲에서 사냥과 채취에 열중했다.

물론 계속 숲에서 야영하며 숙박을 해결했다.

"하아~, 좀 살 것 같네……."

"매일 일당 버느라 여념이 없던 양성 학교 시절이 생각나네요……."

"응, 기본과 초심을 잊어선 안 돼……."

"아하하……."

*　*

하지만 언제까지고 숲에만 틀어박혀 있을 수는 없다.

생각해보면 귀환한 후 아직 한 번도 길드 지부에 얼굴을 비치지 않았다.

이제 슬슬 위험해질 시점이었다.

왕궁에서도 무슨 연락이 들어왔을 가능성이 있었다.

……뭐, 헌터니까『상시 의뢰인 사냥과 채취를 하러 다녀왔다』
고 말하면 문제는 없지만…….

미리 약속하지도 않았는데 헌터가 일 때문에 부재중인 것을 두
고 불만을 토로할 사람은 아무도 없다.

헌터란 원래 그런 직업이니까…….

그리하여 며칠 만에 여인숙으로 돌아온 마일 일행이었는데…….

"음? 여인숙 앞에 벽보가 붙어 있는데……. 어디 보자…….."

『사자님과 「붉은 맹세」의 장기 숙소』

『사자님이 손수 만드신 「기적의 목욕탕」 있음. 여성 숙박객은 입
욕 가능』

『「기적의 목욕탕」에 사자님이 쓰신 마법으로 급수와 물 끓이기
실제 체험 가능』

『「붉은 맹세」와 「원더 쓰리」가 칼싸움 했을 때 기둥에 생긴 검
흔 견학 가능』

『그녀들은 우리가 키웠다!』

"""""…………"""""

"역시 레니네…….."
"역시 레니네요…….."
"레니답다…….."
"아하하…….."

""""우리, 돌아오긴 왔구나…….""""

*   *

"아, 언니들, 왕궁에서 사람이 왔었어요. 여기, 맡긴 편지요. 그럼 전 언니들이 돌아와서 편지를 전달했다고 말하고 올게요!"

그렇게 말하며 편지를 마일에게 건네고는 재빨리 밖으로 달려 나가는 레니.

아마 심부름 삯은 후불인 모양이다.

"왕궁 사람이 레니 다루는 법을 어찌 잘 아는 거죠?"

"애들이란 대체로 저런 법이니까……."

폴린의 의문에 그렇게 대답하는 레나.

꽤 유복한 가정에서 귀하게 자란 폴린은 그런 부분이 잘 와 닿지 않는 모양이었다.

……수전노 주제에…….

*   *

"잘 왔어! 자, 어서 자리에 앉거라."

며칠 후 마일 일행은 왕궁에 입궁했다.

그들이 안내받은 곳은 알현장이 아니라 회의실로 보이는 방이었다.

당연히 거기에 있는 사람들 전부 초면이었다. 온통 낯선 사람

밖에 없는, 대략 스무 명 가까이 되는 나이 지긋한 남성들.

모두 커다란 테이블을 에워싸고 자리에 앉아 있었다.

높은 사람들일 거라고 쉽게 예상할 수 있었다.

상위 귀족 아니면 설마 대신?

그렇게 생각한 마일 일행이었는데…….

"사양하지 말고 앉게. 안 그러면 이야기를 시작할 수 없으니."

진행을 맡았는지, 조금 전에 말한 남자가 재차 착석을 권했기에 마일 일행은 고개를 끄덕인 후 자리에 앉았다.

그리고…….

"여기까지 와줘서 고맙구나. 나는 이 나라의 왕이야. 그리고 여기 참석한 이들은 우리나라를 포함한 이웃 일곱 나라의 외교관들이다."

((((왕이었냐고라~! 여기서 제일 공손한디~~~!))))

무심코 마음속으로 허풍동화식 태클을 건 네 사람이었다…….

*   *

"……그럼 그『차원 균열』인가 하는 게 왜 닫혔는지 이유는 잘 모른다는 뜻이냐?"

"네. 저희의 공격으로 저쪽에 있는 장치…… 마법진 같은 게 망가졌을 가능성, 마술사(장치 조작자)가 죽었을(망가졌을) 가능성, 별의 배열에 따른 조건 등이 어긋나며 원래부터 그때 닫힐 계획이었을 가능성, 기타 등등. 무슨 이유 때문인지는 알 수 없습니다.

그래서…….”

“이제 침략하지 않을 수도 있고 언젠가 또 할 수도 있다…….
그리고 그때는 자네들이 이미 수명을 다해 이 세상에 없을지도
모른다는 것이냐?”

“""""""…………. """""""

마일의 설명과 국왕의 말에 입을 다무는 참석자들.

아무래도 이 나라의 국왕은 사태를 정확하게 인식하고 있는 듯
했다.

역시 한 나라의 왕답다.

침략은 또 일어날 수 있다.

그리고 그때는 이번에 활약했던 사람들이 세상에 없을지도 모
른다.

그럼 그때, 이 세계는…….

“하지만 걱정은 안 하셔도 됩니다. 이번에도 침략자들을 물리
치지 않았습니까. 그러니 다음에도, 저희를 대신할 용감한 전사
들이 이 세계를 지킬 것입니다!”

((((((너희를 대신할 존재가 있겠냐아아~~!))))))

그리고 마음속 절규를 필사적으로 억누르는 참석자들이었
다…….

포상과 식전, 모두의 대우 등에 대해 앞으로 검토해보겠다는
말과 함께, 왕궁에서의 설명회가 대충 끝났다.

『모두의 대우?』하고 마일이 의문의 목소리를 흘렸지만, 브란

135

델 왕국 외교관의 번뜩이는 눈빛에 모든 것을 깨닫고 얼굴이 굳
어졌다…….

＊　　＊

"……어떻게 하지…….”

"그렇게 말해도…….”

"어떻게 할 방법이 없죠…….”

"아하핫…….”

그렇다. 일곱 나라의 국제회의 결과가 나올 때까지는 어떻게
할 방법이 없었다.

"……그럼 일단 길드에 갈까요?"

"""아……."""

그러고 보니 돌아온 뒤로 아직 길드 지부에 가지 않았다.

이제는 정말로 얼굴을 비치지 않으면 곤란한 시점이리라.

……아니, 이미 완전히 곤란한 상황이었다.

물론 이번에는 길드에서 받은 의뢰가 아니므로 완료를 보고할
의무는 없다.

하지만 그런 입바른 소리가 통할 리 없었다.

"""…………."""

그 사실을 깨닫고 아뿔싸~, 하는 표정을 짓는 네 사람이었는
데 더 뒤로 미뤄봐야 상황만 나빠질 뿐이다.

"갈까요…….”

""""응…….""""

*　　*

""""""""만세~!『붉은 맹세』, 만세에에~~!""""""""

길드 지부에 들어간 순간, 만세 소리와 박수로 환영받은『붉은 맹세』일행.

최대한 사람이 적은 시간대를 골라서 왔는데도 이랬다.

"『붉은 맹세』여러분, 고생 많으셨습니다! 길드 마스터가 기다리고 계십니다. 어서 이쪽으로!"

환하게 웃는 접수원 아가씨가 카운터 안에서 뛰어나왔다.

그리고 선두에 있던 마일의 손을 부여잡고 자, 어서, 하고 잡아당겼기에 다 함께 2층 길드 마스터의 방으로 향했다.

"돌아왔으면서 왜 바로 안 왔나! 여인숙보다 여기 먼저 오는 게 순서 아니냐! 이렇게 며칠씩이나 기다리게 하다니……."

방에 들어가자마자 길드 마스터가 그렇게 야단쳤지만, 딱히 정말로 화난 것은 아니었다. 그 증거로 길드 마스터는 표정을 금세 풀고 미소 지었다.

"정말 잘했다! 이 세계의 모든 존재를 구원한 너희에게 나 따위가 감사 인사를 해봐야 아무 의미도 없을지 모르지만, 그래도 말하게 해줘! 정말 고맙다. 감사해……."

그렇게 말하며 자리에서 일어나 머리를 숙이는 길드 마스터.

이럴 때 마일 일행은 겸손하게 굴거나 『그런! 어서 고개를 드세요!』하고 말하지 않는다.

상대의 마음을 부정할 필요는 없으니까. 그저 묵묵히, 고마워하는 마음을 받으면 된다.

그렇게 모두 자리에 앉았다.

"미안하지만 바로 사무적인 이야기를 꺼내야겠어. 너희 입장을 분명하게 정하지 않으면 여러 가지로 차질이 생기니까."

길드 마스터의 옳은 말에 고개를 끄덕이는 『붉은 맹세』 일동.

"우선 너희는 이제부터 S등급이다."

"""""……헉? 네에에에엣~~?!"""""

"……아, 아니, 하지만 등급이 올라가려면 공적 포인트뿐만 아니라 이전 등급의 활동 기간을 채워야 하잖아요, 등급마다 정해져 있는 일정 기간……. 그건 아무리 귀족이라도 어길 수 없는 규칙이라고 알고 있는데……."

마일의 말에 다른 멤버들도 동조했는데, 길드 마스터는 고개를 가로저었다.

"거기에는 『나라를 구한 국가적 영웅이 아닌 한』이라는 단서가 붙어 있거든."

"""""아……."""""

그렇다. 마일 일행은 분명 예전에 그 말을 들은 기억이 있었다.

그리고 이번 일이 그 『나라를 구한 국가적 영웅』이라는 조건에 합치하는가 하면…….

"……아하. 아하하……."

마일의 입에서 건조한 웃음소리가 흘러나왔다.

"너희가 S등급이 아니면 다른 S등급 녀석들은 창피해서 모두 은퇴해버릴걸! 그리고 앞으로 영원히 아무도 S등급이 될 수 없겠지! 다른 헌터들 생각도 좀 해. ……그러니 사양은 사양한다."

"""……………."""

이해된다. 그 설명은 정말 잘 이해된다.

세계를 구하고도 S등급이 되지 못한다면, S등급이 되려면 이 항성계 혹은 은하 우주를 구해야 할 것이다.

"사실은 다른 S등급 녀석들의 마음을 배려해서 S등급보다 더 높은 등급을 새로 만들자는 의견도 있었지만, 원래 S등급은『A등급보다 위』로 상한이 없으니까 말이야. 그리고 앞으로 너희 이외에 그 등급에 오르는 자가 나올 것 같지도 않고. 그래서『S등급은 인외』인 걸로, 더 높은 등급을 만드는 건은 무산되었다."

"""……………."""

그 역시 완전히 납득이 가는 설명이었기에 마일 일행은 아무런 말도 할 수 없었다.

"그리고 이번 너희 일과는 직접적인 관련이 없지만, 헌터 등급 승격에 있어『이전 등급의 최소 활동 기간』이라는 조건이 사라지게 되었다. 예전부터 그걸 주장하는 자가 꽤 많았고, 티루스 왕국 상위층에서 강하게 원했다는 이유로 이미 길드 회의 때 정해진 사항이고 정식 발표만 기다리고 있었지. 그러다가 너희의 S등급 승격에 맞춰서 계획을 앞당겨 발표하게 되었다. 그러면 남아 있던 반대파가 찍소리도 못할 테니까."

"""……………."""

모두가, ……특히 메비스와 레나가 동경하고 목표로 삼았던 A 등급.

그런데 B등급도 A등급도 건너뛰고 난데없이 S등급이라니.

헌터 모두의 꿈이자 동경인 살아 있는 전설 S등급.

"우, 우리가, 살아 있는 전설 S등급 헌터……."

감정이 미처 따라가지 못하는지 멍하니 중얼거리는 레나.

"아니, 너희, 딱히 S등급 헌터가 아니라도 이미 『살아 있는 전설』이잖아!"

"""하긴……."""

듣고 보니 그랬다.

"……그런데 너희 말이야, 왜 모든 정보를 다 공개한 거야? 앞으로 힘들어질 텐데…… 아니, 이미 힘들어졌나……."

길드 마스터의 말에 힘없이 어깨를 떨구는 마일 일행.

"그때는 우리 넷이서만 싸우는 줄 알고, 설마 살아서 돌아올 수 있을 거라고 생각하지 않았거든요……. 그래서 나중 일 같은 거 따지지 말고 조금이라도 더 많은 사람이 믿을 수 있게, 신뢰도 높은 소재는 아낌없이 전부 털어놓았던 거예요……."

그렇게 말하며 멋쩍게 웃는 마일.

"맞아. 너, 귀족일 때의 이름뿐만 아니라 우리한테도 숨기고 있던 미아마 사토데일이라는 이름까지 다 말해버렸으니까……."

"……헉?"

끼긱끼긱 목을 돌려 경악한 표정으로 레나를 보는 마일.

"레, 레레레, 레나 씨, 서, 설마……."

"당연히 한참 전부터 눈치챘지. 메비스도 폴린도."

"어, 어어어, 어떻게……."

"아니 오히려 왜 안 들킬 거라고 생각한 거야?"

"설마 마일짱, 『실은 다 들켰는데 모두 모른 척해주고 있는 설정』이라고 생각한 게 아니라 정말로 안 들켰다고 생각한 건…… 아니……겠지……?"

"띠~~~~용!"

마일, 통한의 일격!

"하지만 책 내용이 『일본 전래 허풍동화』랑 꽤 많이 겹치는 데다가 표현이라든지 클리셰 개그 같은 것도 똑같은데……. 헌터 양성 학교 사람들한테도 다 들켰을 거고, 네가 예전에 다녔던 학원의 사람들도 다 눈치채지 않았을까? 너, 이런저런 이야기를 자주 하고 다니니까……."

레나의 이어진 타격에 힘없이 주저앉는 마일이었다…….

"그리고 다른 사람들 말인데, ……물론 참전한 많은 사람이 승격할 거야. 다만 모두는 좀 힘들어. 그러기에는 너무 많고, 전투 직전에 갓 승격한 자, 승격에 적합한 실력이 없는 자도 있을 테니까. 실력에 맞지 않는 등급에 오른 자는, ……죽을 확률이 확 올라가니 말이지……."

길드 마스터의 말에 묵묵히 고개를 끄덕이는 『붉은 맹세』 일동.

"그리고 조직적으로 움직인 병사들은 둘째치고, 헌터들은 대부분 의뢰를 받은 게 아니라 혼자 결정해서 참전한 거잖아. ……고로 의뢰 보수는 나오지 않는다. 우리도 자선 사업을 하는 게 아니니까. 이번에 참전한 헌터 전원에게 그에 맞는 보수를 줬다간 크게 적자가 나 망하고 말 거다. 또 일반 민중들이 아무 대가도 바라지 않고 전쟁에 뛰어들었잖아, 그런데 헌터만 특별 대우를 해 줄 수는 없지."

그건 어쩔 수 없다. 마일 일행이 간섭할 수 있는 부분이 아니었다.

"대신 나라에서 나름대로 보상금이 나올 거야. 그리고 죽은 자의 유족에게는 충분한 액수의 돈과 아이들 교육, 일자리 등 여러 가지로 배려해 주기로 했어. 이건 우리나라에 해당하는 이야기인데, 이 이야기를 전해 들은 다른 나라도 똑같이 대처하겠지. 여기서 돈 아끼다가 명예가 땅에 떨어지는 선택을 할 왕족은 없을 테니까. 그랬다간 국민의 신뢰를 잃는 건 물론이고 국내 헌터들 전부 다른 나라로 떠나버릴걸. 그런 나라를 위해 목숨 걸고 일하고 싶은 헌터가 어디 있겠어. 헌터는 자기 땅을 떠날 수 없는 농민, 고객을 잃을 수 없는 상공 길드 가맹자들과 다르니까. 그 도시, 그 나라가 가망 없다 싶으면 쉽게 포기하고 거점을 옮기지. 그게 한두 명이면 아무 영향도 없겠지만 모든 헌터가 그 나라에서 사라지고 만다면……."

그다음은 말하지 않아도 알 수 있다.

상단 호위.

마물 솎아내기.

식육과 약초 채취, 납입.

여인숙과 무기 방어구 상점, 식당과 술집의 수입.

필요한 일을 처리해 줄 사람이 없어지는 것은 물론이고 가처분 소득이 많은…… 다시 말해 돈을 팍팍 써줄 존재가 조용히 사라진다면 그 도시는 심각한 경기 침체에 빠질 것이다.

요컨대 헌터를 함부로 대할 나라는 없을 거라는 이야기였다.

또 딱히 이런 날을 예견하고 한 행동은 아니었겠지만, 마일 덕분에 이웃 모든 나라의 보육원이 경영 상태가 호전되어서, 이제 건물을 증축해 고아 수용인원을 늘리는 것도 가능할 터였다.

나라 그리고 세계를 지키기 위해 싸우다 간 영웅들이 남긴 아이인 것이다. 험하게 대할 사람이 있을 리 없다.

길드 마스터의 설명에 자신들과 직접 관련은 없어도 납득하고 고개를 끄덕이는 『붉은 맹세』였다.

그리고 길드 마스터의 어조에 살짝 변화가 생기더니 진지한 얼굴로 마일 일행에게 물었다.

"……그런데 그거…… 또 올까?"

그렇다.

왕궁 회의 석상에서도 질문받았던, 책임 있는 위치에 있는 자들이 지금 가장 신경 쓰일 그것.

하지만 마일도 그 답을 몰랐다.

"몰라요. 그들의 목적이 무엇이었는지…… 아니, 애당초 목적이 있었는지 어떤지도 잘 모르겠고, 차원 균열이 생긴 이유도 모르겠어요. 자연 현상이었을 수도 있고, 누군가의 의지가 개입된 작위적인 일이었을 수도 있고……. 그리고 그 마지막 공격으로 차원 균열을 형성하는 수단이 완전히 망가졌는지, 그냥 일시적인 건지도 잘…….”

“그런가…….”

많은 말을 하지 않고 조용히 고개를 숙이는 길드 마스터.

이차원 세계의 위협은 완전히 해결되지 않았을 수도 있지만, 그건 이것대로 장점이 전혀 없지도 않다.

마물들은 다시 공격해올 가능성이 있지만, 반대로 두 번 다시 오지 않을지도 모른다.

미래에 대한 불안은 여전히 남아 있지만, 공통된 적과 공통된 위협이 있으면 타 종족과의 갈등 그리고 인간들끼리 벌이는 전쟁도 억제할 수 있겠지.

미래는 그때를 살아가는 자들이 대처하면 그만이다.

거기까지 다 챙길 수는 없다고 생각하는 마일이었다.

“따분한 이야기는 여기까지만 하자. 이래저래 피해도 있지만, 너희 덕분에 그것도 최소한으로 그칠 수 있었어. 그리고 헌터들은 『세계를 위해 아무런 대가 없이 목숨을 바치고 최전선에 선 용사들』로 지위가 크게 향상되었다. 그 전쟁에 참전했던 자들은 앞으로 밑바닥 인생을 사는 낙오자, 인간쓰레기라고 매도되는 일이 더는 없을 거야. 또 우리 티루스 왕국 왕도 지부는 사자님과 그 종인 『붉은 맹세』, A등급 파티 『미스릴의 포효』, 그 밖에 많은 『최전선의 영웅들』을 배출한 지부로 온 대륙에 이름을 알리게 되었어. 덕분에 난 길드 마스터 등급 2계급 특진에 특별 보상금은 확실…… 콜록콜록!"

뭐, 늘 고생하니 그 정도 부수입은 있어도 되겠지.

그렇게 생각하고 못 들은 척해주는 『붉은 맹세』 일동.

"그리고 축하 파티……라고 할까, 그냥 술 마시고 떠드는 자리가 되겠지만 여하튼 연회도 계획되어 있어. 실내에서 하기에는 자리가 부족할 테니 아예 대로를 한 구역 나눠서 통행금지하고 거기서 할 예정이야. 중앙 대광장에서 하면 요리랑 술을 나르기도 힘들고, 헌터가 아닌 자들도 대거 섞여 공짜 술이랑 공짜 밥을 먹을지도 모르니까 말이야……. 너희는 술을 별로 즐기지 않는 모양이지만, 이건 죽은 녀석들을 애도하는 의미도 담겨 있어. 큰 소동에서 살아남은 자들의 기쁨과 감사의 목소리를 죽은 녀석들에게까지 닿게 해야 해. ……그러니까 너희도 꼭 나와라."

"……알겠습니다……."

모두를 대표해 메비스가 고개를 끄덕이며 대답했다.

그런 말을 들었는데 어떻게 거절하겠는가.

그 후로 등급 변경 수속을 기다리는 동안 길드 마스터와 이런저런 이야기를 나눈 마일 일행은 1층 사람들에게 붙잡히지 않게 건물 뒤편에 있는 외부 계단을 이용해 길드를 빠져나갔다…….

* *

"······여자작으로 임명한다. 그리고 마찬가지로 C등급 헌터 파티『원더 쓰리』소속, 브란델 왕국 국민 모니카와 올리아나에게는 여준자작(baronetes)을 내리노라."

"""············."""

굳어서 아무 말도 못 하는 세 소녀.

시중들기 위해 바로 뒤에 서 있던 남자가 마르셀라의 등을 살짝 찌르자, 그제야 마르셀라가 허둥지둥 대답했고 모니카와 올리아나도 그녀를 따라 했다.

"아, 아 네, 황공하옵니다······."

""황공하옵니다······.""

"'어쩌다가 일이 이렇게······.'"

마르셀라는 귀족의 딸이므로 자작 작위.

그리고 평민인 모니카와 올리아나는 여준자작 작위를 받았다.

여준자작은 정확하게 말하면 귀족은 아니다.

어디까지나『평민에게 주어지는 명예로운 칭호』로 신분은 여전히 평민이었다.

그래도 세습되긴 하지만······.

나노머신이 의도적으로 세 사람의 명장면을 방영했기 때문에 중상을 입고도 치료보다 공격을 우선한 마르셀라도, 마르셀라를 뒤에서 지원해주며 눈부신 팀워크로 A등급 마술사에 필적하는 능력을 선보인 모니카와 올리아나도 귀족과 평민을 불문하고 많은 인기를 얻었는데, 아무리 활약했다고 해도 평민을 정식 귀족으로 올리는 것은 보수적인 브란델 왕국에서 허들이 다소 높았던 듯하다.

사자님인 마일과 함께 싸운 파티 멤버이자 세계를 구한 영웅인 『붉은 맹세』를 자국의 위광을 높이기 위한 기수로 이용하려는 생각이 가득한 티루스 왕국처럼 유연한 대처를 하기에 이 나라 상위층은 융통성이 너무 없었던 것이다.

뭐, 『붉은 맹세』에는 귀족인 메비스도 있었으므로 귀족과 평민의 포상에 너무 노골적으로 차이를 둬버리면 왕가에 대한 국민감정이 악화되지 않을까 걱정한 것일지도 모르지만……

반면 브란델 왕국은 공적을 『두 평민을 이끌고 싸운 귀족 영애 마르셀라』에게 집중시키고 『그녀를 따른 평민 소녀들』에게는 평민에게 주어질 수 있는 최고의 영예를 내리는 것만으로 충분하다고 판단했겠지.

아델과 마르셀라.

기수는 그 두 귀족 소녀만으로 충분하고, 평민에게 과도한 포상을 내릴 필요는 없다고 여겼을지도 모른다.

아무리 마르셀라와 함께 강력한 연사 마법으로 대전과(大戰果)를 올렸다고 하나, 그래 봐야 『공격마법에 재능이 있을 뿐인, 다소 강한 평민』에 지나지 않는다. 귀족의 피가 흐르고 예전부터 국왕 부부와 두 왕자와 그 밖의 많은 귀족으로부터 주목받았고 두뇌가 명석하고 품행이 방정하며 귀족의 긍지와 자애가 가득하고 마법에 재능이 넘치며 평민들의 신망도 두터운 미소녀 마르셀라와는 이야기가 다르다.

뭐, 마르셀라는 왕자비에 어울리는 더 그럴듯한 지위여야 한다는 뜻에서 자작 작위를 내린 것도 있겠지만…….

아니, 그래도 공격마법에 재능이 있고『사자님의 친구』에 왕자비 후보 0순위 마르셀라의 절친이자 모략 왕녀 모레나와도 주종 이상의 관계라는 점에서 모니카와 올리아나를 결혼 상대로 원하는 곳 또한 많으리라.

……뭐, 두 사람이야 어느 귀족이 양녀로 받아들이고 그 집에서 귀족 가문에 시집보내는 형태를 취하게 될 테니 그런 부분은 별로 상관없겠지.

한편 마르셀라의 가문도 남작에서 자작으로 승작된 모양이었다.

아버지의 작위가 딸보다 낮으면 너무 가엾다고 국왕이 동정해서 그런 걸까, 가문이 약하면 다른 귀족이 시비를 거는 등 마르셀라에게 약점이 될 것을 염려했을까, 아니면『마르셀라』라는 사람을 키워낸 공적에 대한 포상일까…….

그리고 마르셀라 일행은 아직도 같은 생각을 하고 있었다.

"'어쩌다가 일이 이렇게…….'"

*　　*

브란델 왕국의 귀족들 사이에서는 모레나 왕녀의 주가가 폭등

했다.

그 여성 근위 분대를 설립한 솜씨, 그 뒤로 감추었던 특명 부대 『원더 쓰리』의 아스컴 여자작 수색 계획.

그리고 이번에 소수의 군사만 꾸려 『원더 쓰리』와 함께 최전선에 참전까지.

이번 전투에 참전한 주변 모든 나라 가운데 왕위 계승권 제5위 이내에서 『아르반 제국, 대침략자 절대 방위전』의 최전선에서 싸웠던 유일한 존재.

다른 왕족들은 정규군을 이끌고 동방의 『오브람 왕국 왕도 절대 방위전』에 출격했었기에 어쩔 수 없는 일이긴 했다.

하지만 왕족기를 내세운 유일한 왕위 상위 계승권자이자 어리고 연약하고 아름다운 소녀가 허세 부리거나 안전한 후방에서 지시만 내리는 것이 아니라 직접 최전선에 나가 싸우는 그 모습은 한 폭의 그림 같았다.

그리고 신입 헌터로서 그 임시 편성 파티에서 대마물전이라는 실전을 경험한 모레나 왕녀는 겁먹지 않고 오크와 오거에게 강력한 공격마법을 때려댔다.

그렇다, 모레나 왕녀는 마법에 천부적인 재능이 있었던 것이다.

그것도 당연하겠지. 귀족과 마찬가지로 왕족도 탑 브리더들의 작업으로 미인에 마법 재능도 많은 자들의 피를 오랜 세월에 걸쳐 계속 섞었으니까……

게다가 왕녀를 죽게 두고 자신들만 살아 돌아갈 경우를 상상하며 필사적으로 모레나 왕녀를 보호하며 싸우는 귀족 소녀들.

이 아름다운 그림을 나노머신들이 놓칠 리 없었다.

또 모레나 왕녀는 마일의 지인이 아닌가. ……딱 한 번 만났을 뿐이지만.

그래서 나노머신이 중점적으로 픽업하는 『모든 대륙의 하늘에 비출 전투 영상』에 선정되는 것은 당연한 결과였다.

모든 나라, 아니 모든 대륙에 방영된 모레나 왕녀와 여성 근위 분대의 활약상.

그 여성 근위 분대도 모레나 왕녀가 직접 기획하고 설립한 부대다.

덧붙이자면 대활약하고 있는 『원더 쓰리』 역시 모레나 왕녀가 설립한 여성 근위 분대의 일원이고.

다가오는 마물이 무서워 몸을 떨고 우는 소리를 내면서도 한 걸음도 물러서지 않고 용감하게 맞서서 공격마법을 쏘아대는 미모의 왕녀.

그 씩씩한 모습이 대륙에 방영되었고, 그것을 본 귀족과 왕족들은 전쟁터에 나가지 않은 자신을 부끄러워함과 동시에 앞으로 두 번 다시는 저 소녀를 울리지 않겠다, 자신이 저 소녀를 지키겠노라고 속으로 맹세했다.

그리고 평민들은 자신들을 지키기 위해 최전선에 선 왕족 소녀를 보며 눈물을 흘렸다.

……모레나 왕녀가 모든 대륙 사람들의 마음을 사로잡고 전국적, 아니 전 세계적 아이돌의 자리를 꿰찬 순간이었다.

이미 『다음 국왕으로는 모레나 왕녀가 좋지 아니한가』, 『모레나 왕녀 폐하께서 다스리신다면 우리나라는 평안할 것』이라는 이야기가 귀족과 국민 사이에서 들끓었고, 근방의 모든 나라에서는 모레나 왕녀를 자기 나라 왕태자와 혼인시키기 위해 일제히 물밑 작업에 들어가기 시작했다.

……모레나 왕녀, 전성기가 도래했다.

한편 여성 근위 분대 소녀들도 신분 높은 귀족 가문의 후계자들로부터 결혼 이야기가 쇄도했다.

생긴 지 얼마 되지도 않은 여성 근위 분대가 결혼 퇴직 러쉬로 공중 분해되기 직전이었다.

*　　*

"……난감하네요. 어쩌죠……."

티루스 왕국 왕도에 있는 두 학원 중 수준이 낮은 쪽인 아우구스트 학원.

그곳의 여자기숙사에서 평민 특기생 마리에트는 고민에 빠져 있었다.

그렇다. 『원더 쓰리』의 올리아나에 해당하는 포지션이다.

다른 점이 있다면 올리아나는 실력으로 획득한 포지션인 반면 마리에트는 마일의 주입식 교육과 『전속 나노머신』의 힘을 빌려 마법 위력이 향상되면서 특기생으로 합격했다는 것이다.

……또 올리아나처럼 시골의 가난한 농가 출신이 아니라 중견 상가의 딸이라는 차이점도 있다.

하지만 마리에트는 원래부터 친절하고 정의감 강한 아이였고, 힘을 빌려주신 여신의 권속들에게 버림받는 것이 두려워 절대 나쁜 짓에 손을 더럽히지 않았다.

말 그대로 성녀라 부르기에 적합한 소녀였던 것이다.

그런 그녀가 지금 왜 난감해하고 있는가 하면…….

"구혼이랑 양녀 제안이 벌써 100건도 넘었어요……."

그렇다, 아버지께서 보내신 편지 내용 때문이었다.

아버지가 중견 상가를 경영하고 있는, 평민의 딸 마리에트.

하지만 마일 때문에 입학 시험날부터 사고를 잔뜩 쳐버려서 『여신』, 『수폭왕녀』, 『폭렬성녀』, 『학원의 수호자』 등의 별명을 얻고 신전과 치유 마술사, 헌터들 사이에서 이미 유명했다.

거기에 사자님과 친구, 치유마법뿐 아니라 공격마법도 규격 외, 기타 등등이 공공연히 드러나면서 귀족 가문과 큰 상회의 후계자 등으로부터 혼담이 구름처럼 몰려들었던 것이다.

……참고로 『수폭』이란 물을 폭발적인 기세로 내리치는 마법을 말한다.

핵융합 같은 것과는 절대로 관련이 없다.

마리에트의 집은 귀족과 규모 큰 상회, 신전 등의 압력에 버틸 힘이 없다.

그렇다고 해서 그 많은 요청 중에 하나를 고른다고 해도 다른 신청자들이 순순히 포기할 것 같지도 않았다.

그리고 무엇보다도 마리에트 본인이 아직 미성년자인데다 한 번도 만난 적 없고 나이 차이가 크게 나는 남자와의 혼인이라니 절대로 사양하고 싶었다.

"어쩌죠……."

고민하는 마리에트였는데…….

"아!"

머리 위에 전구가 켜진 듯한 표정을 짓는 마리에트.

"그렇지, 무녀가 되는 거예요!"

타개책을 떠올린 모양이었다.

"뒷배가 없는 제가 혼자 있으면 눈에 띄어서 표적이 되겠죠. 그럼 뒷배가 있고 저보다 더 눈에 띄는 사람 옆에 있으면 저는 묻혀서 공격을 안 받지 않을까요! 그리고 귀족과 신전에서도 불평할 수 없고 건들 수 없는 곳! 그래요, 사자님(마일)의 무녀가 되어 옆에서 모시는 일을 하면 돼요! 성녀 소리를 듣는 저라면 사자님을 모시기에 아무런 문제도 없고, 아무도 뭐라고 하지 않겠지요. 그리고 무녀한테 약혼, 결혼을 강요할 수도 없으니! 마일 선생님이라면 저를 반드시 지켜줄 거예요!"

……아무래도 도피처를 찾은 듯했다…….

* * *

"허어어어억!"

이번에는 『붉은 맹세』 전원이 아니라 마일 혼자 부름을 받고 왕궁에 입궁했다.

브란델 왕국 관련 이야기나 사자님으로서의 마일과 나눠야 할

이야기라면 그것도 딱히 이상하지는 않다. 그래서 마일 혼자 가서 국왕 폐하에게 직접 들은 이야기는…….

"저, 저의, 시, 신전을 세운다고요오오오~~?"

그렇다. 어마어마한 이야기였다.

"사자님이 계실 거처를 마련하는 건 당연한 일이 아니냐? 근방의 각 나라에서 불평이 나오지 않도록, 장소는 우리 티루스 왕국과 브란델 왕국, 아르반 제국이 모두 접하고 있는 곳으로 정했다."

국왕은 일단 마일에게 경의를 표하고는 있었으나 인간이 여신을 대할 때 그리고 하등생물이 지고한 존재를 대할 때와 같은 태도와 말투를 쓸 생각은 없어 보였다.

마일도 그러는 편이 더 고마웠다.

한편 세 나라가 모두 접한 장소라면…….

……그렇다, 전 알레이멘 남작령이자 지금은 켈빈 폰 벨리엄이 다스리고 있는 곳이었다.

"세 나라가 모두 접한 지점을 중심으로 반경 1,000m 원 안. 그곳을 어느 나라도 간섭할 수 없는 성역으로 정하고 그 중심에 신전을 건립할 것이다. 그리고 신전 주위에는 신관과 신도들의 거주 지역, 멀리서 참배하러 찾아온 신도들을 위한 숙소, 상점 등을 조성하고 외곽에는 광장과 공원, 밭 등을 만드는 거야. 그곳에는 작은 강 하나가 흐르니 우물과 병용하면 물 문제가 일어나지도 않을 거고……. 또 **마일 폰 아스컴 백작령**은 그곳과 접하고 있는 우리나라 땅이 아니냐."

참고로 제국의 아스컴 백작령 역시 성역과 접했다.

두 나라 모두 원래 그 일대를 다스리던 여러 귀족을 좋은 조건에 다른 영지로 옮기게 하는, 상당히 강제적인 수단을 쓴 모양이었다.

하지만 그 귀족들은 더 좋은 영지를 받았고, 마일에게 영지를 양보함으로써 상당한 정치적 카드를 손에 넣었기에 불만을 느끼기는커녕 몹시 만족한 듯했다.

또한 주민들은 자신들이 사는 영지를 구세주 사자님이 다스리게 되었다는 소식에 뛸 듯이 기뻐하며 야단법석을 부렸다나 뭐라나…….

믿을 만한 대관도 나라에서 파견해준다는 모양이어서 적어도 영지와 관련된 문제는 없어 보였다.

……애당초 사자님을 속이거나 배신할 사람이 있을 것 같지도 않지만…….

만약 그런 자가 있다고 하더라도 동료를 늘리기 위해 제일 먼저 제안한 사람의 손에 의해 경비대에 넘겨질 것이 확실했다.

브란델 왕국만 유일하게 원래의 아스컴 자작령을 이름만 후작령으로 바꾸었을 뿐이었는데, 성역과 거리도 꽤 멀고 도저히 후작령이라고 부를 만한 넓이가 아니었다.

그렇게 한 이유는 마일을 당장 왕족 또는 대귀족과 혼인시킬 계획이라 후작령을 줄 필요가 딱히 없다는 의견이 다수를 점하기도 했고, 조상 대대로 물려받아 애착 있는 영지야말로 마일에게 더 **누름돌**이 될 수 있다는 점, 그리고 영지가 성역과 좀 떨어져 있어야 마일이 성역에만 틀어박혀 있지 않고 국내를 빈번히 이동할 수 있기 때문으로 짐작되었다.

"무, 무무무슨⋯⋯."

아무래도 이미 각부와는 이야기가 다 된 모양이었다.

마일 본인만 빼고⋯⋯.

*　　*

"""뭐어어어?!"""

왕궁에서 돌아온 마일의 보고에 경악하는 레나 삼 인방.

"그, 그그그, 그거⋯⋯."

"마, 마마마, 마일쨩이⋯⋯."

"헌터를 은퇴하고 신전에서 살게 된다는 얘기 맞지?"

"""뭐야, 그게에에!"""

다들 있는 힘껏 소리를 질렀다.

물론 그럴 줄 알고 마일이 미리 방음 결계를 쳤기 때문에 걱정할 필요는 없었다.

"마, 마마마, 마일, 너, 너너너, 여신님이 될 생각이니?!"

"『신세계의 신』인가요!"

"교주님인가?"

다들 놀랄 것은 예상했지만⋯⋯.

"네가 없으면 『붉은 맹세』가 분해되어 버리잖아!"

"수입이 확 줄어들잖아요!"

"아아, 지금 마일이 빠지면 짐이랑 사냥감 운반이랑 식사는……."

지나치게 놀란 레나와 폴린 그리고 의외로 차분한 느낌인 메비스.

"……음?"

그리고 마일은 레나, 폴린, 메비스의 말에 어리둥절한 표정을 지었다.

"아뇨, 저도 물론 여러분과 헤어지고 싶지 않지만요. 그런데 여러분이 헌터가 된 목적은 이미 다 이루지 않았나요? A등급을 꿈꿨던 레나 씨랑 메비스 씨도 그렇고, 자기 상회를 세우기 위해 돈을 모으던 폴린 씨도……."

"""어?"""

마일의 지적에 말문이 막힌 레나 일행.

"드, 듣고 보니……. 헌터로서의 목표였던 A등급이 된 것도 모자라 그 위인 S등급이 되어버렸고, 또 그다음 목표였던 기사가 되는 것도 이미 마일의 수호 기사인 성기사로 임명되었네. 만난 적도 없는 그냥 노인일 뿐인 국왕한테 임명되는 것보다 훨씬 가치 있는, 『사자님이 임명하신 성기사』가 되었으니 기사로서 이보다 더 좋은 신분, 칭호는 없지……. 그리고 신명을 받은 정의의 전투, 성전에서 승리하고 세계를 구한 신화 같은 영웅담으로 이름을 떨치게 되었고. ……이제 기사를 꿈꾼 몸으로 모든 목표, 모든 소망을 이룬 건가……."

"그러고 보니 나도 A등급이라는 목표를 이뤘어……. 처음에 세웠던 계획 이상으로 유명해졌으니까 자서전을 쓰면 출간될 수 있

157

겠지……."

레나의 비원이었던, 자신이 유명해져 자서전을 냄으로써 『붉은 번개』의 공적을 역사에 새겨 후세에 남기는 것.

S등급이 된 지금, 이제 집필해서 출판사에 의뢰하기만 하면 된다.

"아, 책을 내실 생각이시면 괜찮은 출판사를 소개해드릴게요. 잘 팔릴 것 같으면 자금이 하나도 들어가지 않지만, 안 팔릴 것 같은 책이면 필요한 경비를 자비 부담으로 출간해야 해요. 뭐, 하지만 예전에 살짝 봤던 레나 씨의 원고라면 지금 이 유명세도 있고 출판사가 덤벼들 게 틀림없어요!"

메비스, 레나, 그리고 마일이 그런 이야기를 하며 흥분하는 동안 줄곧 표정이 어두운 폴린.

"다들, 자기들 꿈만 이루고……. 저는! 제 꿈은 어떻게 되는 건데요!"

그리고 갑자기 소리를 질렀다.

"아니, 너도 백작이 됐으니까 네 영지에서 장사를 시작하면 되잖아? 영주님 직영이면 직접 여러 가지로 우대 조치도 할 수 있고, 다른 영지나 다른 나라와도 거래하기 쉬울 텐데, 강력한 인지도와 신뢰도로……. 자금도 영지 예산이랑 이번에 받은 포상금이면 충분하지 않아? 영지의 부흥을 위한 영주 직영 상회라고 하면 영지 예산을 써도 문제 될 것 없잖아? 게다가 마일한테 부탁하면 『성녀옥』이라는 상호를 쓰는 것도 신전에서 허락해주지 않겠어? 그 상호면 그야말로 무적일 텐데."

"아⋯⋯."

이번 일만으로도 충분하지만, 예전의 『아스컴령, 기적의 철퇴 작전』이 온 나라에 퍼진 제국에서는 무적의 인지도를 자랑했다. 그것도 수많은 자국 병사의 목숨을 구했다는, 호감도 MAX로⋯⋯.

"그리고 모두 영지를 받으시잖아요? 그거, 관리해야 하지 않아요?"

"""아⋯⋯."""

그렇다. 마일⋯⋯ 아델의 모국 브란델 왕국이 아스컴가의 작위를 올려주기는 했으나 영지는 그대로였다. 그래서 대관이 다스리고 있는 지금 상태 그대로여도 문제가 없었다. 그 이외에 이번 일로 작위를 받은 마일 관계자는 마르셀라 일행뿐이었다.

그 밖에 다른 나라에서 작위를 내리고 임명한 것은 마일뿐이고, 또 전부 명예 작위, 명예직이어서 정말 거기서 일해야 하는 것은 아니었다. 그냥 신분과 귀족 연금, 급여 등을 일방적으로 받은 것뿐이다. 물론 영지를 실제로 받는 것이 아니라 법복 귀족 같은 개념이었다.

⋯⋯당연하다. 자기들 멋대로 다른 나라 사람을 지명해 자기 나라에서 노동을 시키고 국민의 의무를 강요하는 것이 가능할 리 있는가.

⋯⋯하지만 이곳 티루스 왕국은 『붉은 맹세』 멤버 모두에게 예전 신분과 상관없이 『명예 백작』이 아니라 진짜 백작 작위를 내렸다. 영지까지 함께⋯⋯.

백작령은 자주 자리가 나거나 쉽게 하사할 수 있는 게 아니다.

따라서 이는 티루스 왕국의『이 녀석들을 절대 놓치지 않겠다!』라는 강력한 의지 표명이라고 봐도 좋았다.

뭐, 오브람 왕국 왕도 절대 방위전에 영지군을 파병하면서 허술해진 주변 영지를 건드렸거나, 왕명인 오브람 왕국 파병을 거부한 귀족의 작위가 떨어지고 영지를 몰수당하는 바람에 영지와 작위에 빈자리가 생긴 것도, 넷이나 되는 신규 귀족 그것도 백작가의 신흥을 가능케 했으리라.

마일이 후작이 아니라 백작 작위에서 그친 것도『같은 파티 멤버니까 똑같은 대우』를 해주기 위해서였는지도 모른다.

그게 일반 국민이 받아들이기에도 훨씬 좋을 테니까…….

이런 부분에 있어서는, 융통성 없는 브란델 왕국과 달리 대처가 훌륭했다.

참고로 폴린 같은 경우는 예의 사건으로 망했던 폴린의 집이 있는 영지를 하사받았다. 원래는 자작령이었으나 이웃 남작령과 병합해 규모가 조금 작은 백작령이 되었다는 모양이다.

전의 자작령이 부패해 망한 후 국왕이 대관을 파견해 영지를 다시 바로 세웠는데 그 문제가 일단락되었고 마침 또 우연히 이웃 남작령이 이번 일로 작위 박탈을 당하면서 시의적절했던 것 같다.

또 메비스는 오스틴령과 가까운 영지를 하사받았다.

아버지와 오빠들에게 많은 도움을 받을 수 있도록 한 배려겠지.

레나는 폴린과 메비스가 받은 영지의 중간 정도 위치에 있는, 백작령치고는 다소 규모가 작은 곳을 받았다.

……다소 작다지만 입지가 좋고 토지가 비옥한 좋은 영지였다. 괜히 넓기만 하고 메마른 토지보다 백 배 낫다.

아무리 그래도 세상을 구한 대영웅에게 이상한 토지를 내밀어서야 국가의 위신이 말이 아니라고 생각했겠지.

각 영지는 거리가 조금 떨어져 있었는데, 중간에 왕도가 사이에 낀 형태로 사방에 퍼져 있었다.

아마도 네 사람을 가까이 붙이면 다른 지방에서 불만이 나올 것 같기도 하고, 네 사람을 너무 한곳에 모아두면 무슨 짓을 저지를 것 같아 왠지 불안해서 그런 것이리라.

또 왕도를 사이에 두고 분산시키면 모두의 중간 지점인 왕도에 오는 횟수가 늘어날 테고, 서로의 영지를 방문할 때도 왕도를 경유할 수밖에 없다.

……여러 가지로 머리를 잘 굴린 티루스 왕국 왕궁 상위층이었다.

그래도 마일의 영지는 신전 건설 예정지에 인접해 있지만…….

여하튼 그런 이유로 이제 마일 일행은 헌터 생활을 계속할 수 없을 것 같았다.

……마일처럼 자기 영지를 내팽개치고 다른 나라로 도망이라도 치지 않는 이상에는…….

하지만 마일 때와 달리 지금은 네 사람 모두의 얼굴이 온 대륙에 알려졌다.

어딜 가든『붉은 맹세』는 일개 헌터 파티가 아니라『사자님 일행』,『구세주님들』로 사람들이 대해서 일반 의뢰나 위험한 의뢰도 못 받게 하고, 그냥 내버려 두지 않고 계속 집요하게 따라다닐 것만 같았다.

그것은 『붉은 맹세』의 활동 불가능, 요컨대 『해산』을 의미했다.

"""""…………."""""

그 사실을 깨닫고 멍한 표정으로 우두커니 선 네 사람이었다……

제121장 그리고 반년 후……

"그럼 여러분에게 좋은 바람이 불어오기를 기도하며……."

와아아아아~~!

함성을 터트리는 군중들을 내려다보며 손을 흔든 후 가설 건물 베란다에서 안으로 들어가는 은발 소녀.

"아~, 지루해……."

【참으십시오, 마일 님…….】

지금 이 사태를 초래한 가장 큰 원인 제공자가 자신들이라는 것을 자각하고 있어서인지, 마일을 달랠 때가 많은 나노머신.

뭐, 그 나노머신의 『전군 방송』이 없었더라도 결과는 크게 다르지 않겠지만…….

……그렇다, 그로부터 반년.

마일은 티루스 왕국, 브란델 왕국, 아르반 제국이 모두 접한 곳에 건립 중인 신전 옆에 급하게 지은 이곳 가설 신전에서 본전이 완성될 때까지 살고…… 아니 **사는 것을 강요받았다.**

모든 일은 많은 사망자를 내고 토지를 황폐하게 만든 전투 때문에 무너진 민심을 다독이기 위해서라며 강행되었고, 그래서 이렇게 매일『사자님으로 근무』하게 된 것이다.

물론 브란델 왕국에 있는 아스컴령이나 티루스 왕국이 새로 하사한『아스컴 백작령』의 경영 등이 가능할 리도 없어서 그것들은 각 국왕이 파견한 대관에게 맡긴 상태였다.

참고로 귀족으로서 마일의 호칭은 브란델 왕국에서는『아델 폰 아스컴 여후작』이고 그 밖의 다른 나라에서는『마일 폰 아스컴 여백작』또는『마일 폰 아스컴 여후작』이었다.

어디까지나 마일…… 아델이 자기 나라 귀족이라고 주장하는 브란델 왕국 그리고 그 말을 무시하는 다른 나라들의 자세가 잘 드러나 있었다.

하지만 마일이 작위로 불리는 경우는 극히 드물었고 평소에는『사자님』,『마일 님』,『구세주님』,『수호자님』, 기타 다양한 호칭으로 불렸다.

그리고…….

"지루해……."

이거다.

애당초 마일에게 신전 생활은 무리였다.

어디에선가 갑자기 나타난『신관』,『무녀』, 기타 등등에게 이런저런 지도를 받고 작법이며 신에게 올리는 제사 같은 것을 배우고, 왕족이며 대귀족이며 교황이며 거상 등을 만나 시답잖은 이야기와 권유를 들었다.

그리고 때때로 화려하게 차려입은 권력자와 부자들의 별로 심하지도 않은 상처와 질병에 치유마법을 걸어줘야 했다.

……그곳에는 복슬복슬한 것도, 어린 소녀도 없었다.

……그곳에는 복슬복슬한 것도, 어린 소녀도 없었던 것이다!!

*　　*

"지루해……."

이미 전기, 『붉은 번개』와 나~붉은 레나의 반생~』을 탈고하고 마일의 소개로 올피스 출판사에서 책을 출간한 레나 폰 레드라이트닝 여백작.

……물론 책은 큰 성공을 거두었다.

『세계를 구한 대영웅』 중 한 명이 쓴 자서전이니 당연했다.

중판에 또 중판.

어느 대륙 할 것 없이 불티나게 팔렸고 이 책을 들여놓지 않은 도서관이 없었다.

……그렇다, 레나는 이미 인생의 목적을 다 이룬 것이다.

『이루지 못할 꿈』이 이루어지고 말았다…….

"영지 경영 같은 건 하나도 몰라서 폐하께서 파견해주신 사람한테 다 떠넘겨 버렸고……. 재미가 없네……."

*　　*

"지루해……. 난 뭐랄까, 이렇게, 피가 끓고 살이 떨리는 대활약을 펼쳐서 사람들에게 기쁨을 주고 다 함께 화기애애한 삶을 살고 싶었지, 딱히 영지를 경영하느라 눈코 뜰 새 없이 바쁘고 책상 앞에 앉아 일만 하는 나날을 원했던 게 아닌데…… 게다가……."

"메비스, 슬슬 식사 시간이야. 오늘은 카리오스 후작가 사람들이 오셨으니 예를 잘 갖추고."

……첫째 오빠에게 변고가 생겼을 때를 대비해 영주 교육을 받는 중인 둘째 오빠가 영지 경영 그리고 귀족과 어울리는 법을 코치하러 왔던 것이다.

그리고 귀족과의 어울림이란 완전히 메비스를 노린 신부맞이 대결이었는데…….

"아아! 아아아악! 날 구해줘, 마이일……."

메비스 폰 마일레린 여백작.

새로운 귀족 가문이 탄생하면서 그 가문명에 친구들의 이름을 넣은 메비스였다…….

*   *

"따분하네요……."

영지 저택의 자기 방 집무용 의자에 앉아 푸념하는 폴린 폰 베케트 여백작.

영지 운영의 대부분은 국왕이 파견해준 대관에게 맡기고 자신은 영지 운영 공부를 하면서 영도에 자기 가게 『성녀옥』을 오픈했다.

영지 운영비에 자기 개인 자산을 보태 열었기 때문에 영주와 폴린의 공동 출자 가게였다.

……동일 인물이라 사실상 자기 생각대로 흘러가는 가게지만.

그래서 이익은 출자 비율에 따라 영지 운영비에 들어갈 몫과 폴린의 개인 자산이 될 몫으로 분류되었다. 그런 부분에 있어서 폴린은 공명정대, 정직하게 계산했다.

영주, 그것도 세계를 구한 대영웅이자 사자님의 동료 중 한 사람이 경영하는 가게인데 건드리려고 하거나 사기 칠 사람이 있을리도 없었으므로 장사는 순조로웠고 계속 이익을 냈다.

……하지만.

"재미가 없어요! 스릴도 없고 장사하는 맛도 전혀 안 난다고요!"

……그렇다, 상인으로서 하나도 즐겁지도 기쁘지도 않았다.

그리고 지루해서 힘겨울 지경이었다…….

＊　　＊

"마일 님, 편지가 왔습니다."

한 무녀가 은색 트레이에 담은 편지를 공손하게 들고 와 자기 방에서 느긋하게 쉬던 마일에게 내밀었다.

……물론 보낸 이는 신분이 확실하게 밝혀진 자였다.

어떻게든 마일과 가까워져 보려는 상인, 귀족, 기타 등등으로부터 편지가 쏟아지고 있지만, 그 모든 것을 마일에게 전달하지는 않고 신관들이 알아서 처분했다.

어쩌면 학창 시절 친구나 헌터 지인, 사이가 좋았던 도시 사람들, 레니가 보낸 편지도 그대로 처분될 가능성도 있었다. 그런 것들은 제대로 받을 수 있게 지시는 해두었지만…….

이런 점 또한 마일이 이곳 생활이 싫은 이유 중 하나였다.

하지만 지금 받은 편지는 절대 도중에 처분하면 안 되는 이가 보낸 것이었다.

……지고한 네 영웅.

그렇다, 『붉은 맹세』 동료가 보낸 편지였다.

"아, 레나 씨가 보냈다! 뭐지 뭐지…….."

무녀에게서 편지를 받아든 마일은 크게 기뻐하며 봉투를 뜯은 후 편지를 손에 쥐고 침대로 뛰어 들어갔다.

최근 들어 영 기운이 없는 마일이 『붉은 맹세』 멤버의 편지를 받을 때만은 활기가 생기기에, 편지를 전달한 무녀는 은은한 미소를 지으며 조용히 방을 빠져나갔다.

"어디 보자, 지난 편지에서는 늘 그렇듯 『지루해!』로 시작해서 『지루해!』로 끝났었는데……. 뭐, 메비스 씨랑 폴린 씨의 편지도 똑같은 느낌이지만…….."

자신이 모두에게 보내는 편지도 비슷하면서 그런 말을 중얼거리는 마일.

그리고 침대에 누워 편지를 읽어내려갔는데…….

"음음, 그렇구나……. 뭐, 그렇겠지. 그리고, ……오오! 아하. 아하하하!"

'나노!'

【네!】

'그거, 바로 쓸 수 있는 상태야?'

【그거, 라고 하심은……?】

'예전에 만들어서 딱 한 번 사용하고 바로 창고에 처박혔던 그거 말이야. ……이름이 생체 로봇『마일 001』이었던 거 말이야, 『초반니』 씨가 하룻밤 만에 만들어 준 그거! 그걸 쓸 때가 왔어!'

【……오오! 오오오오오오!】

나노머신, 대환희!

마침내 그것의 재등장. 활약의 장이 펼쳐질 수 있다!

*　　*

"……여기야!"

"아, 레나 씨! 메비스 씨랑 폴린 씨도! 오랜만이에요!"

이곳은 티루스 왕국 왕도와 가까운 숲이다. 그 수인 마을이 있는…….

역시 그렇게 큰 화면으로 온 대륙에 얼굴을 내비쳤으니 왕도 안에서 몰래 접선하는 것은 불가능했다.

아니, 마일만이면 광학 미채 마법을 쓰거나 얼굴을 위장(페이스 체인지)하면 어떻게든 되겠지만, 다른 세 사람은 그럴 수도 없을뿐더러 변장한 마일을 알아볼 수도 없다.

그래서 숲속에서 접선하기로 했던 것이다.

이후 행동 계획을 생각해도 그편이 나았다. 아직 마일밖에 모르는 계획이긴 하지만…….

"편지가 분명 검열될 거여서 대놓고 쓸 수는 없었지만, ……다들 같은 생각이겠지?"

레나가 갑작스레 본론을 꺼내자 세 사람도 고개를 끄덕였다.

"귀족 생활은 지루해……."

"사자님이 하는 일은 더 지루해요……."

"자기 능력이랑 상관없이 배려받으면서 돈 버니까 짜증만 올라오고 하나도 재미없어요!"

"""그치~?!"""

"그래서 편지에 숨긴 암호를 알아보고 하라는 대로 바로 빠져나온 모두에게 새삼스럽게 물어볼 것도 없지만…….'

그리고 어금니를 드러내고 씨익 웃으며 말을 잇는 레나.

"영지는 대관한테 맡기고 헌터 생활을 좀 더 해보지 않을래?"

"""하아앗!"""

……그렇게 의기투합한 『붉은 맹세』 네 멤버였는데…….

"하지만 헌터를 계속하고 싶어도 우리 얼굴이 온 대륙에 다 퍼졌잖아요? 젊은 여성 4인조가 활약한다면 아무리 변장하고 가명으로 헌터 등록을 다시 해도 들키는 건 시간문제 아닐까요? 네 명이 동시에 도망쳐 행방불명 되는 거니까…….'

"맞아. 애당초 F등급 헌터로 신규 등록하고 파티를 결성한 시점에서 들켜버릴 것 같은데. 길드 접수원이 바보도 아니고…….'

"문제는 그거네……. 이제 와서 다시 F등급으로 등록하고 약초 채취만 하고 다닐 수도 없는 노릇이고……. 스킵 등록 같은 걸 하면 바로 들킬 거고……."

폴린, 메비스, 레나가 그렇게 말하며 한숨을 쉬었는데…….

"아, 저는 안 들킬 텐데요, 빠져나온 거……."

""""뭐어어어어?""""

"대역을 두고 왔거든요. 마법으로 만든, 저랑 똑같이 생긴 『마일 001』을!"

""""………….""""

그 『마일 001』이라는 게 뭔지는 모르겠지만, 『뭐, 마일이니까……』 하면서 태클 거는 것도 생각하는 것도 포기한 레나 일행.

세 사람은 두고 온 편지에 영지 경영은 대관, 아버지, 오빠들에게 전부 위임하겠다, 만약 자신이 죽거나 5년 넘게 돌아오지 않을 경우 폴린은 남동생, 메비스는 둘째 오빠에게 작위를 물려주겠다고 명기했다.

레나는 천애 고아여서 그렇게 되면 작위를 반환하겠다고 썼다.

"그리고 얼굴이 들킬 염려도 없어요. 저희 얼굴이 노출된 건 **여기 대륙뿐**이라……."

""""……뭐?""""

"아니, 그러니까 저희가 한 경고 방송도, 그 전투 생중계도 이 대륙에서만 방영되었다고요. 다른 대륙에서 저희는 완전히 무명 일반인, 엑스트라입니다!"

""""뭐라고오오오오오오?!""""

"곰곰이 생각해보니 사람들은『전세계~』라고 말하는데 나노들은『이 대륙의~』이라고 말한 거예요. 그래서 나중에 자세히 물어보니까 그 영상이랑 음성을 내보낸 게 여기 대륙뿐이었다는 거예요. 하긴 우리를 아는 사람도 없는데 이번 일이랑 아무 상관 없는 다른 대륙에 그 영상을 비춰봐야 무슨 일인지 하나도 모를 거고, 아무 도움도 안 되잖아요. ……그러니까 다른 대륙에서 우리는 아무도 아는 사람이 없는 무명 신인인 거예요!"

"……신인은 무슨 신인? 다른 대륙에는 헌터 길드도 없을 텐데. 애당초 말도 안 통하는 거 아니야?"

레나가 그렇게 꼬집었지만, 마일은 그 말을 가볍게 받아넘겼다.

"노노! 이 세계는 먼 옛날엔 하나의 문명권이었대요. 그러다 지난번 이차원 세계에서의 침공으로 엉망진창이 되었고 그 후 점점 문명이 후퇴하고 대륙 간의 교류도 사라지게 되었어요. 그래서 말은 통하고, 대륙 간의 연락과 왕래가 끊기기 전에 만들어진 조직이라면 저쪽 대륙에도 비슷한 게 있어도 이상하지 않아요!"

마일이 자신만만하게 단언하는 이유는 물론 나노머신에게 물어서 다른 대륙의 상황을 이미 확인했기 때문이다.

원래의 언어가 같았으므로, 발음이 조금 달라졌거나 혹은 일단 잃었다가 재발견된 것의 명칭이 바뀌긴 했지만 그래봐야『나침반』이『방위자침』,『시북반』같은 것으로 바뀐 정도인 모양이었다.

요컨대 같은 언어를 사용하는 자가 같은 발상으로 이름을 붙이는 것인 만큼 오랜 세월 동떨어져 있었음에도 큰 차이가 나지 않

173

고 방언 정도의 느낌으로 대화가 가능할 터였다.

한편 다른 대륙에도 마물이 있고 헌터 길드가 있다는 사실도 확인했다.

이번 마물 침공은 이 대륙에서만의 일이지만, 마물은 원래부터 다른 대륙에도 존재하는 것이다.

이번에는 전쟁 초반에 차원 균열을 망가트렸지만, 그대로 방치했다면 전 세계에 차원 균열이 열렸을까.

아니면 저번에는 이 대륙에 퍼진 마물이 바다를 건너 다른 대륙까지 갔을까.

당시까지는 운행했을 선박과 수송기를 몰래 탔거나 그 기계 지성체가 어떠한 방법을 써서 옮겼거나…….

여하튼 그렇게 해서 다른 대륙도 비슷한 사회 형태인 듯했다.

"……이동은 어떻게 하고? 그런, 아무도 가본 적 없는 머나먼 대륙까지 어떻게…….”

"케라곤 씨를 타고 가는 거예요!”

전시 임명까지 포함한 처리로 권한 레벨이 7이 되었고, 전쟁이 끝난 후에도 그대로 추인되어 여전히 7인 마일은 나노머신의 힘을 빌려 먼 곳까지 음성과 영상을 보낼 수 있었다.

요컨대 마일은 고룡 케라곤을 부르는 방법을 터득한 것이다.

『수평 방향으로 떨어지는』이동 방법은 아무래도 너무 상식에서 벗어났기에, 혼자가 아닐 때는 자제하기로 했다.

""""…………."""”

다른 대륙.

아직 본 적 없는, 새로운 모험의 세계.

다들 몸과 마음이 근질근질해지는 것을 느꼈다.

그 모습을 본 마일은 생각했다.

'됐어, 다들 내키는 눈치네!'

그리고 레나가 입을 열었다.

"그런데 마일, 너 애클랜드 학원 학생 지도실에 가야 하는 거 아니야?"

"누가 간대요! 반년도 더 지난 이야기를 다시 꺼내지 말라고요 오오! ……반성문 50장 써서 내고 용서받았어요!"

갑자기 기분이 팍 상한 마일.

"……그럼 합의한 걸로 받아들여도 되겠죠?"

"""하아앗!"""

다시 기분을 푼 마일의 말에 모두 오른팔을 하늘로 번쩍 들어 올리며 입을 모았다.

"그럼 케라곤 씨를 부를게요!"

"전개가 너무 빠르지 않아? 준비 같은 건……."

너무나 갑작스러운 전개에 메비스가 살짝 당황했는데…….

"식량도 필요한 장비도 전부 제 수납(아이템 박스)에 들어 있으니 문제없어요. 돈도 모두와 나눈 것 중 제 몫이 전부 그대로 남아 있고, 사냥감이랑 채취물도 일부 보관하고 있으니까 거기 도착하는 대로 환전하면 초기 자금은 충분할 거예요."

레나 일행은 금화와 오리하르콘화를 가질 만큼 가지고 있었

175

지만, 나눈 자금은 지금은 대부분 영지 서택에 있다.

전부 가지고 나오려니 마음에 찔렸고, 애당초 물리적으로 불가능하기도 했기 때문이다. 수납마법도 아이템 박스도 없으니까…….

"……미안, 난 일부만 가지고 왔는데……."

"저도요……."

"나도……."

"뭐, 저처럼 수납마법을 쓸 수 있는 것도 아니니 어쩔 수 없죠. 그리고 다른 대륙에서는 통화로 쓰이지도 못할 테니 그냥 돈 만드는 재료로서의 가치밖에 없을 거고요. 그것도 얼마나 될지 알 수 없는 거고……. 그러니까 돈은 그냥 여기 두고 가는 게 나아요. 딱히 영영 안 돌아올 것도 아니니까. 또 저쪽에서 무일푼으로 처음부터 다시 시작하는 게 더 재미있지 않겠어요? ……아!"

레나 일행이 전 재산……영지 예산 말고 헌터로 모은 개인 자산…… 중에 일부만 가지고 나온 건 당연한 일이었다고 말한 후, 이어서 계속 감싸주려다가 말을 도중에 멈춘 마일.

"……왜 그래?"

레나가 묻자 마일은 살짝 자신 없는 투로 대답했다.

"……저기, 여러분, 전쟁 전에 나노랑 계약해서 레벨 업 하셨죠? 그럼 지금은 수납마법을 쓸 수 있을지도 모르는데……."

"""""허어어어어억?!"""""

그렇다. 그런 것이다.

예전에 레나와 폴린이 마일에게 배워서 수납마법에 도전했을 때는 둘 다 실패로 끝났었다.

……하지만 권한 레벨이 2가 된 지금이라면?

권한 레벨 2는 나노머신과 직접 대화할 수 없고 마일처럼 이차원 공간을 아이템 박스로 쓸 수도 없다. 마르셀라 일행처럼 마일이 나노머신에게 특별 지시를 내리지 않는 한.

……하지만 그냥 수납마법이라면…….

끼긱.

끼긱끼긱끼긱…….

레나와 폴린의 목이 삐걱거리며 마일 쪽으로 돌아갔다.

"마, 마일…….”

"마일짱…….”

"무, 무서워! 무서워요, 레나 씨, 폴린 씨!!”

*　　*

날뛰는 두 사람을 겨우 설득해서 수납마법에 대해서는 여러 가지로 확인할 필요가 있으니 나중에 천천히 하기로 한 마일은 곧바로 케라곤을 불렀다.

방법은 간단했는데, 권한 레벨 7이므로 나노머신 네트워크를 이용해 먼 곳으로 영상과 음성을 보내기만 하면 된다.

구체적으로 말하자면 케라곤의 얼굴 앞에 작은 스크린을 형성해 영상을 비추고 말을 하면 끝.

대륙 전역에 방송했을 때와 달리 이번에는 쌍방향 통신이다.

음성도, 전투할 때와 같이 덕트를 형성하는 것이 아니라 그때의 경고 방송처럼 데이터로 송수신하게 되어 있었다.

거리를 생각해보면 전송 방식을 변경하는 것은 당연하겠지.

……연락하고 얼마 후 케라곤이 나타났다.

『세계의 수호자 마일님! 불러주셔서 영광스럽기 그지없습니다!』

나날이 태도가 공손해지는 케라곤.

……그것도 당연하리라.

예전에는 케라곤이 개인적으로 입은 은혜에 감사했을 뿐이었던 반면 지금의 마일은 세계를 구한, 말 그대로 구세주였으며 고룡 입장에서는 조물주로부터 받은 명령, 자신들의 존재 의의와 관련된 사명을 다하는 데 힘을 실어준 은인인 것이다.

『아, 이건 우리 씨족의 명예 평의위원이라는 증거인 보옥입니다. 앞으로 명예 고룡으로 다니셔도 좋습니다. 마을의 평의위원회와 천체 집회 양쪽에서 만장일치로 결정되었습니다!』

그렇게 말하며, 용의 보옥(드래곤볼)을 내민 케라곤.

족장들의 발톱과 뿔에 조각을 새겨주었을 때 받은 것과는 완전히 다른, 너무도 아름다운 보옥이었다.

"""""이게 뭐냐고오오오!"""""

그리고 무심코 소리치는 『붉은 맹세』 일동.

……마침내 명예 고룡까지 되어 버린 마일.

뭐, 어쩔 수 없겠지. 고룡도 사자님과 친한 걸로 해두고 싶은 마음은 이해된다.

"그럼 미리 전했던 대로 다른 대륙으로 우리를 데려다줄 수 있어?"

『넵! 옛날에 다른 대륙에 간 적 있는 어르신들께 이야기를 들었습니다. 비행하는 데에는 문제가 없다고……. 방향은 어느 대륙 쪽으로 하시겠습니까?』

그건 이미 생각해두었다.

북쪽은 춥고 남쪽은 덥다. 따라서 목적지는…….

"서쪽! 서쪽 대륙으로!"

*　　*

마족의 주거지에 갔을 때보다 더 높은 고도를 나는 케라곤.

그렇게 해야 공기 저항을 적게 받아 속도가 잘 나오고 전망도 좋다.

몸에 닿는 바람과 추위 문제, 희박한 공기 문제는 케라곤과 마일이 이중으로 친 장벽 마법과 마일의 온풍 마법, 공기 압축 마법으로 해결해서 크게 문제 되지 않았다.

『뇌조 사건』으로 생긴 레나의 고소공포증도 지난번 마족 주거지에 갔을 때 극복했다. 또 어중간한 고도보다는 차라리 아예 높은 편이 덜 무서운 법이다.

한편 마일은 시야에 들어오는 게 아무것도 없고 주위가 온통 하늘과 바다뿐이라, 지루함을 달래기 위해 이런저런 생각을 했다.

'스캐빈저랑 골렘이 같은 편이라는 게 널리 알려졌으니 가지에 있는 유적을 나쁜 사람들이 건들지 않을까 걱정이네. 숨어들어도 살해당하지는 않겠지 하는 안일한 생각으로……. 값나가는 거라든지 희소 금속 같은 걸 훔치려고 하거나……, 아니, 철조차도 스캐빈저들이 만든 건 인간이랑 드워프가 만든 것과는 순도가 차원이 다르니까 유적을 노린 도굴꾼, 트래저 헌터는 나타날 게 분명한데……. 뭔가, 유적을 보호할 조직을 만드는 편이 좋을까. 그 조직의 이름은 으음……『아스컴 재단』!'

마일은 이 이름을 떠올리고는 몹시 기뻐했다.

……그렇다, 그『이런 마법의 레나 건(초화 염탄)』을 떠올렸을 때 이후 다시 맛보는 기쁨이었다.

'실제로 활동할 부대는 통칭『스프레이건*』으로 하자…….'

*   *

꽤 오랜 시간에 걸친 비행으로 모두 몹시 따분해하고 있는데…….

"앗? 마일, 저거 뭐 같아?"

늘 가장 먼저 마물을 발견하는 메비스가 앞에 펼쳐진 바다를 손가락으로 가리키며 물었다.

시력은 마일이 더 좋을 텐데 왜 그런지 메비스는 마일보다 빨리 사냥감을 발견했다. 물론 마일이 탐색 마법을 쓸 때만 빼고…….

---

*만화 『스프리건』의 패러디. 고대문명을 지키는 조직 '아캄 재단'이 있다.

"……네? 으음, 저건……, 케라곤 씨, 방위를 살짝 왼쪽으로 변경! 고도를 낮추면서 전속력으로! 배가 습격당하고 있어요!"

『알겠습니다!』

"모두 공정 강하(에어본) 준비!"

"""하아앗!"""

가까이 접근하니 자세한 상황이 보였다.

배는 20톤 가까이 되는 연안 항로용 소형선 같았다.

……아니, 마일한테는 소형선이라도 이 세계에서는 대형선일지 모르지만…….

그 배를 공격하고 있는 것은 시 서펜트였다.

시 서펜트란 『바다에 서식하는 몸이 가늘고 길고 거대한 미확인물체(UMA)』를 총칭하는 것으로 딱히 특정 마물을 가리키는 이름은 아니다.

그것들이 집단으로 배 한 척을 공격하고 있었다.

"메비스 씨, 검을 뽑으세요! 레나 씨와 폴린 씨는 공격마법, 영창 개시! 예전에 설명드렸던 대로 저의 중력 마법과 바람 마법으로 강하 속도를 완전히 제어할 거예요. 그러니 아무 걱정하지 마시고 뛰어내리세요! 잠시 후 온 탑! 강하 준비(스탠바이)~, ……3, 2, 1, 돌격!"

"""""우오오오오오오~~~!"""""

상당히 고도를 낮춰서 해수면까지 50m 정도밖에 되지 않는 케라곤의 등에서 망설임 없이 뛰어내린 『붉은 맹세』.

물론 마일과 케라곤이 친 실드는 해제되었다.

천하의 레나마저 태연한 얼굴로 뛰어내렸다. 마일을 무조건 믿기에 가능했으리라.

……게다가 마일에게는 로브레스와 싸웠을 때 낙하하는 몸을 마법으로 받쳐 준 실적도 있다.

시 서펜트와 싸우느라 필사적인 승무원들은 소리도 없이 내려온 케라곤을 전혀 보지 못했다.

그리고 귀를 찢는 함성을 내지르며 내려온 네 명의 소녀를 알아본 뒤 하늘을 올려다보고는, ……눈에 들어온 고룡의 거대한 몸에 그대로 얼어붙었다.

그 틈을 놓치지 않고 승무원들을 덮치는 시 서펜트.

하지만…….

"참룡검!"

"용멸검!"

"아이스 커터!"

"워터 커터!"

하늘에서 내려온 것은 마음씨 착한 평화주의 천사들이 아니었다…….

제122장 　신천지

휘익!

퍽!

탁!

타타탁!

시 서펜트 네 마리의 목이 날아가고, 네 소녀가 갑판에 착지했다.

"폴린 씨는 부상자 치료를! 다른 분은 시 서펜트를 섬멸!"

""""하아앗!""""

주위가 온통 물이기도 하고 배가 불타는 것을 피하기 위해 레나는 특기인 불마법이 아니라 물마법을 연사했다. 불마법을 특히 잘하는 것뿐이지 딱히 다른 마법을 못 하는 게 아니어서 공격력에는 아무런 문제도 없었다.

마일과 메비스는 당연히 검으로 공격했다.

휙, 퍽, 타탁~!

""""끝났다…….""""

"너무 빨라요! 아직 치유를 시작하지도 않았는데요!"

폴린이 불평했지만 어쩌겠는가…….

그리고 다친 승무원들에게 치유마법을 걸기 시작한 폴린.

"저, 저기……."

시 서펜트와 싸웠던 사람 중 한 명이 계속 굳어 있다가 겨우 몸을 떨면서 마일 일행에게 말을 걸었다.

"다, 당신들은……."

""""아!""""

튀지 않고 평범한 헌터로 새 출발 하려고 다른 대륙에 가던 중이었으면서 고룡의 등을 타고 등장해 순식간에 시 서펜트를 죽이다니 어쩌자는 건가…….

""""으으으으으……""""

그리고 목소리를 낮춰 몰래 상의하는 마일 일행.

"이름을 밝힌 것도 아니고 얼굴 정확히 알아볼 리 없어요. 지금은 말하지 말고……, 아니, 대충 아무 이름이나 갖다 대고 얼른 떠나요! 딱히 이 사람들 모국에 가는 것도 아니니까 괜찮을 거예요!"

""""그렇겠네!""""

조금 전 폴린의 이름을 있는 힘껏 외쳤던 것은 잊어버린 모양이다.

마일은 대충 아무 이름이나 댔다.

"우리는 정의와 진실의 사도, 용무녀 네 자매! 용감하고 올바른 자들이여, 앞으로도 정진하도록. 그럼 이만!"

그리고 중력 마법(케이버라이트)을 써서 모두를 데리고 하늘로 올라가 상공에서 선회 대기 중이던 케라곤의 등을 타고 실드를 펼치며 떠났다!

그 모습을 그저 멍하니 바라보는 승무원들.

"목숨을……건진……, 건가……."

"용무녀……, 님들……."

"용무녀, 네 자매…… 님……."

"마, 만세~~! 용무녀님, 만세에~!"

""""만세~!""""

""""""""용무녀님, 만세~~!""""""""

승무원들은 배 주위에 둥둥 떠 있는 시 서펜트 사체를 끌어올리기 시작했다.

상당히 비싸게 팔 수 있는 데다 고룡과 무녀님들이 구해주셨다는 이 기적을 믿게 하는 증거로 가지고 돌아가려는 게 분명했다.

소재를 판 이익, 그리고 이 이야기를 유료로 여기저기에 들려주기만 해도 평생 먹고살 수 있는 돈이 될 것이다.

이런 행운은 그리 흔하지 않다.

선창에 숨어 있던 승객들은 기적을 목격하지도 못했고, 굳이 시 서펜트 소재의 몫을 나눌 필요도 없다.

전부 목숨 걸고 싸운 자신들의 것이다.

((((((용무녀님…….))))))

지금 이 순간, 새로운 종교가 탄생했다.

* *

"대양을 항해할 만한 배가 아니었으니까 가까이에 해안가가 있을 것 같아요."

"……하지만 그럼 보통 육지가 보이는 거리에서 항해하지 않나? 육지가 안 보이는 위치에서 다닐 이유가 없잖아? 먼바다는 대형 마물이 득시글거려서 위험한데……."

마일의 말에 레나가 반론했는데…….

"좋은 어장이 뭍에서 좀 떨어져 있거나 해협을 건너는 운송선이라거나……."

"뭐, 별로 어선으로는 보이지 않았지만요. 정기 항로 같은 게 아니라 무슨 사정이 있지 않았을까 싶어요. 떨어져 있는 섬의 왕복선일지도 모르고……."

메비스와 폴린이 그렇게 지적했다.

"뭐, 계속 생각해도 추측의 영역에 불과하니 아무 소용 없어요. 어쨌든 곧 해안이 보일 것 같네요. 케라곤 씨, 지상에서 우리를 보고 소동이 일어나지 않게 다시 고도를 높여 주세요. 해안에 다다라도 잠시 상공에서 정찰하면서 도시랑 마을 위치를 확인해요. 그런 다음 착륙하기 좋은 장소 그리고 저희가 『새 출발 할 도시』를 어디로 정할지 다 함께 의논해요!"

『알겠습니다, 마일님!』

아무래도 마일 일행이 있던 대륙……구대륙……과 서쪽 신대륙이 마치 태평양을 사이에 둔 일본과 북미 대륙처럼 거리가 굉장히 떨어져 있는 건 아닌 듯했다.

그와 비교하면 신구 두 대륙 사이의 거리는 꽤 가까워 보였다.

뭐, 말은 그렇게 해도 고룡의 비행 속도일 때의 이야기지만…….

적어도 초기 소형 범선을 타고 바다 마물과 비행형 마물이 많은 대양을 쉽게 건널 수 있는 거리는 아니다.

대륙 간의 왕래가 끊긴 지 얼마나 되었을까.

고성능 배와 항해 기술을 잃었기 때문일까. 아니면 마물이 만연해진 게 먼저였을까.

어찌 됐건 대륙 간 왕래도 통신 수단도 끊긴 뒤로 꽤 오랜 세월이 흐른 듯하다.

* *

"저것이 다른 대륙……."

전방에 드디어 대륙이 보이기 시작하자 모두 해안가를 주시했다.

그리고 잠시 후 육지에 도착. 그대로 광범위하게 정찰 비행을 이어나갔다.

"……왠지 별로 다른 게 없어 보이네요……."

"그야 다들 너무 추운 것도 더운 것도 싫다고 해서 위도가 비슷한 장소를 골랐으니까 그렇죠. 그리고 옛날에는 세계가 하나의

문명권이었으니, 기후 조건이 달라지지 않았다면 당시의 동식물
이 대체로 비슷한 게 세계적으로 퍼졌겠지요……. 그래서 식물상
도 별로 차이가 없는 게 당연해요. 다른 풍경이 보고 싶으시면 작
열하는 적도 직하 아니면 극한의 극지방으로 갈까요?"

"아니, 그게 아니라……."

마일에게 논리정연한 설명을 듣고 입을 다무는 폴린.

"매일 땀을 뻘뻘 흘리는 것도, 추워서 얼어붙는 것도 싫어. 무
난한 게 좋다고, 무난한 게!"

""""그죠~!""""

레나의 의견에 모두 찬성하는 『붉은 맹세』였다…….

*　　*

"저기, 괜찮지 않아요?"

꽤 높은 하늘을 날고 있는 케라곤의 등 위에서 지상에 있는 도
시를 손가락으로 가리키는 마일.

"으~음, 나쁘지는 않은데 좀 더 나라의 중심부에 가까운 곳이
나 수도 같은 데가 좋지 않을까?"

하지만 레나가 약간 난색을 드러냈다.

지방 도시보다는 수도가 의뢰 건수도 많고 난도 높은…… 재미
있는 의뢰가 있기 때문이었다.

마일이 가리킨 곳은 해변 도시였다. 어촌이 아니고 꽤 규모가
컸다.

이 세계치고는 그럭저럭 큰 항구도 있어서, 작은 어선뿐 아니라 화물선의 모항 역할도 하는 듯이 보였다.

마일이 그곳을 선택한 까닭은 전 일본인으로서 지극히 당연했다.

……신선한 생선이 먹고 싶다. 생선 이외의 다양한 해산물을 맛보고 싶다.

큰 항구가 있으면 먼 곳의 보기 드문 식재료가 모이기도 하고 다양한 요리법이 전해지고 있을지도 모른다.

그리고 멀리서 배가 온다면 이 대륙의 넓은 범위에서 정보가 모이는 것을 기대할 만했다.

그것은 마일이 그 도시를 고집하는 충분한 이유가 되었다.

한편 레나가 별로 내키지 않아 하는 것은 아무래도 그 도시가 규모는 크지만 왕도나 제도가 아니고 그냥 지방 도시에 지나지 않는 것처럼 보였기 때문이다.

뭐, 수도와 그 나라에서 가장 번성한 대도시가 따로 있거나 국가의 중핵 기능이 여러 도시에 분산된 나라, 그리고 아예 수도가 없는 나라도 있겠지만 이곳은 딱히 그렇지는 않은 듯했다.

그리고 이 항구도시는 아무리 봐도 수도 같지는 않았다.

하늘에서 내려다본 것뿐이라 확증은 없지만, 왕궁이라든지 제도성 같은 특징적 건물이 보이지 않았기에…….

마일은 해운의 중심지인 큰 항구도시를 수도로 삼으면 되지 않나 생각했지만, 배를 이용한 먼 지역과의 교역이 보급되지 않았을 지금은 수도를 그런 구석이 아니라 나라의 중심부로 정하는 것이 정치적, 물류적으로 편하겠지.

그리고 당연히 헌터로 활동하기에는 수도가 효율이 높다. 돈을 벌기에도, 이름을 알리기에도…….

"하지만 지금 우리는 그렇게 급하게 돈을 벌거나 이름을 알릴 필요가 없잖아? 이번에는 천천히 여유를 즐기면서 하는 것도 좋지 않을까?"

"급하게 돈 벌 필요는 없다는 의견에는 이의가 있지만, 수도가 아니라 지방 도시라면 마일짱이 어떤 사고를 치더라도 모여들 귀족과 상인 수가 한정적이니 편하긴 하겠네요. 그리고 만일의 사태가 벌어져도 정보가 다른 도시에 퍼지는 속도가 수도보다 느릴 테니, 도망쳐서 본거지를 다른 도시로 옮길 때도 좀 수월할지도 모르겠어요."

"우우……."

폴린의 말에 뭔가 하고 싶은 말이 있는 듯한 마일.

하지만 메비스와 폴린은 마일이 선택한 도시에 별 불만이 없어 보였다.

그리고 폴린과 메비스가 말을 이었다.

"또 이 도시라면 마일짱이 어패류로 맛있는 요리를 잔뜩 만들어 줄 거잖아요?"

"그리고 처음부터 대뜸 수도에서 시작하는 게 아니라 지방 도시에서 활동을 시작해 수도에 도착할 때까지 각지에서 활약하며 명성을 쌓는 모험 여행을 하는 것도 좋지. 수도에 다다랐을 즈음에는 이미 소문이 자자해져서 『오오, 너희가 그 유명한!』하는 말을 들고 막……."

구대륙처럼 일상생활에 지장이 올 만큼 도가 지나친 명성은 사양하고 싶지만, 실력이 뛰어난 헌터로서의 명성과 칭찬은 그럭저럭 얻길 원했다. 헌터라면 누구나 그렇게 생각하겠지. 물론『붉은 맹세』멤버들도…….

"……일단 저 도시에 대해 알아보자. 마음에 안 들면 바로 이동하면 되니까!"

레나, 쉬운 사람이었다…….

또『붉은 맹세』는 헌터 파티이므로 일시적으로 한곳에 안주할 때는 있어도 젊었을 때 여기저기 여행하고 거점을 바꾸는 것은 드문 일이 아니었다. 그래서 첫 도시를 선택하는 데에 그렇게 연연할 필요는 없었다.

"그럼 일단 저 도시로 가볼까요. 케라곤 씨, 인기척 없는 근처 숲에 착륙해주세요!"

『알겠습니다!』

이렇게 해서『붉은 맹세』의 새로운 거점 예정지가 결정되었다.

* *

"자, 가볼까요……."

항구도시와 가까운 숲에 내린『붉은 맹세』일행은 이 대륙의 고룡 마을에 가서 인사하고 구대륙의 고룡 마을로 돌아가겠다는 케라곤을 떠나보낸 후 항구도시가 아니라 거기서 조금 떨어진 작은 마을로 향했다.

그야 그렇겠지. 말도 습관도 상식도 모르는 나라에서 대뜸 대도시에 들어가면 리스크가 너무 크니까.

아무리 원래의 언어가 같다고 해도 긴 세월이 흐르는 사이에 단어의 의미가 달라졌을지도 모르니까, 인사하려는 의도로 가볍게 오른손을 들었는데 알고 보니 상대방을 모욕하는 몸짓일 수도 있는 것이다.

말하자면 이런 거다. 항복의 신호로 백기를 들었는데 상대편 입장에서는 『반드시 네놈들을 섬멸해주마!』라는 선전포고와 도발 행위였다는…….

그리고 너무 무지한 상태에서 대도시로 가면 바보, 질 나쁜 녀석들과 얽히거나 사기당할 확률이 너무 높았다.

지금의 『붉은 맹세』는 그 위험성을 사람들이 충분히 알고 이해하는 파티가 아니고, 이곳 사람들에게는 그냥 어린 소녀 4인조에 불과했으니까…….

덧붙이자면 초기 생활 자금을 마련하기 위해 마일의 아이템 박스에 있는 것을 조금만 꺼내 돈으로 바꿀 예정이어서 소악당에게 찍힐 확률도 높았다.

게다가 이곳의 상품 가치도 모른다면 바로 호구로 전락하게 된다.

그래서 일단 처음에는 작은 마을에서 튜토리얼을 하려는 것이었다.

그러면 다소 실패를 하더라도 소문이 그 마을 안에서만 퍼지리라고 여기고.

"뭐, 그렇게까지 극단적인 차이는 없겠지만요. 원래 같은 언어, 같은 풍습, 같은 상식을 가진 하나의 문명권이었으니까……. 문명이 아주 많이 쇠퇴하기 전까지는 배를 통해 계속 교류했을 거고, 통신 기기도 있었던 것 같고. 그런 것들이 완전히 못 쓰게 되었을 무렵에는 이미 대부분의 기술과 지식을 잃었고 지금과 크게 다르지 않은 상태가 되었을 테니, 구대륙과 비슷할 거라고 봐요."

"그럼 좋겠지만 말이지……."

마일의 낙관적인 이야기에 메비스는 회의적으로 대답했지만, 물론 마일은 나노머신에게서 어느 정도의 정보를 얻었기에 근거 없는 희망적 관측은 아니었다.

아무리 하나부터 열까지 쉽게 나노머신에게 물어보는 것을 꺼리는 마일이라도 퍼스트 콘택트에서 오해로 인한 치명적 대참사를 일으키기는 싫었는지, 그런 부분은 꼼꼼히 확인을 마쳤던 것이다.

＊　　＊

"……쉽게 들어왔네요……."

마일이 그런 말을 했는데, 이곳은 담장이 마을을 에워싸고 있는 것도 아니고 문지기가 서 있는 것도 아닌, 그저 작은 어촌이었다. 그러니 누구나 자유로이 드나들 수 있는 게 당연하겠지.

큰 항구도시에서 도보로 2~3시간 정도 거리에 있는 이 마을은 어업을 전문적으로 하고 있었다.

……자기들이 먹을 채소는 조금씩 키우는 듯했지만, 밀 같은 대규모 농업을 하는 것 같지는 않았다.

아마도 수확한 해산물을 큰 항구도시나 내륙 마을에 가서 팔고 그 돈으로 필요한 것들을 사겠지. 고기는 별로 먹지 않고, 곡물과 어패류 중심. 지극히 평범한 어촌이다.

"여인숙은…… 없는 것 같네……."

레나의 말대로 그런 건 있을 것 같지 않았다.

무리도 아니다. 바로 근처에 큰 도시가 있으니 숙박은 당연히 거기서 하겠지. 도시에서 이 마을에 볼일이 있어 오는 사람도 당일에 돌아갈 테고.

이 마을은 도시와 너무 가깝기에 숙박업으로 먹고살 수 있을 정도의 손님은 없을 듯했다.

"뭐, 그건 문제없지. 마을과 떨어진 곳에서 야영하면 그만이니까. 오히려 그러는 편이 작은 마을 여인숙이나 촌장 집에서 묵는 것보다 훨씬 쾌적할 거고……."

메비스가 말한 대로 일반 헌터라면 모를까 『붉은 맹세』는 그렇게 하는 게 침대도 화장실도 욕탕도 훨씬 쾌적하다. 그래서 마을 사람들과 조금 대화를 나눠 정보를 얻은 후에 그대로 항구도시로 출발하고, 가다가 도중에 야영하면 그만일 뿐이었다.

그리하여…….

"자, 그럼 첫 마을 사람과의 퍼스트 콘택트를 목표로, 렛츠 고!"

"아 네네……."

참고로 『렛츠 고!』란 『일본 전래 허풍동화』에 가끔 나오는 단어여서 레나 일행도 그 뜻을 알고 있었다. 그 밖에도 『렛츠라고*』, 『돌격』, 『가자, 페가스**』 등과 같은 동의어까지 이해하고 있는 듯했다.

*　　*

한가로워 보이는 노인에게 말을 걸고, 마일이 아이템 박스에서 꺼낸 술과 안주를 대접하며 이런저런 정보를 얻었다.

이미 나이를 너무 많이 먹어 고기잡이에 나설 수 없어서 멍하니 바다만 바라보고 살던 노인은 젊은 여성들이 말을 걸어준 것도 모자라 술과 안주까지 제공하니까 말이 끊어질 새가 없는데!

보통은 모르는 사람이 말을 걸면 조금은 경계하기 마련이지만 이제 인생도 본전 뽑을 만큼 뽑았고 언제 저세상에 가도 이상하지 않은 노인은 자기 안위보다 어린 여성과의 대화가 훨씬 중했던 모양이다. ……게다가 술과 안주까지 있지 않은가.

노인은 소녀들이 말할 때 억양이 약간 이상하거나, 종종 모르는 단어를 쓰거나, 이상하게 세상 물정을 모르는 것 같아도 전혀 개의치 않았다.

다른 나라에서 왔거나 혹은 국내에서 살았어도 먼 산속 깊은 골짜기 출신은 사투리가 강할 수도 있고 물정을 잘 모르는 것도 드문 일이 아니었다. 왕도민도 아니고 이 부근에서는 그런 걸 이상

---

*렛츠고의 사어.
**『우주의 기사 테카맨 블레이드』.

하게 여기는 사람은 아무도 없었다.

비교적 큰 항구도시와 가깝다고는 하나 이곳은 왕도에서 멀리 떨어진 변방이고, 왕도민들이 시골 촌놈들이라고 부르는 지역이었다.

……그렇다, 똑같은 『시골 촌뜨기 동지』였던 것이다.

그리하여 마일 일행이 노인에게서 이런저런 정보를 수집하고 있는데 우르르 모여들기 시작했다.

……다른 노인들이 말이다.

젊은 사람들은 작은 배를 타고 고기를 잡으러 나갔거나 바위터에 어패류, 해조류를 따러 갔는지 모습이 보이지 않았고 노인들은 해변이나 실내에서 그물망 수리며 어패류 가공 등을 하는 모양이었는데, 같은 노인 중 하나가 무려 젊은 여자와 술 마시고 노닥거리는 모습을 목격하고는 일을 내팽개치고 몰려온 것이다.

그리고…….

"마시세, 마시세, 술 마시세! 먹으세, 먹으세, 고기 먹으세!"

술도 음식도 아이템 박스에 충분히 있다.

신대륙에서는 수납마법을 쓰는 사람이 구대륙에 비해 많은지, 노인들은 마일의 수납마법……인 척한 아이템 박스에서 술과 음식이 줄줄이 나오는 것을 보고도 많이 놀라지는 않았다. 기껏해야 굉장하구나, 부럽구나, 하고 말하는 정도였다.

그리고 마일은 어린 소녀와 노인에게 약했다.

"안주는 오거 고기를 유기적으로 가공한 오거니쿠 요리입니다!"

……참고로 유기 농법(오거닉)과는 아무 관계도 없다.

물론 노인들만 술을 마셨고, 마일 일행은 과일 주스를 마셨다.

이 나라에도 딱히 음주에 나이 제한이 있는 것은 아닌 듯하지만 이럴 때 술을 마시는『붉은 맹세』가 아니고, 원래 마일 일행은 아직 술이 달게 느껴지는 나이도 아니었다.

그래서 마셔봐야 식전술(아페리티프)을 살짝 입에 대는 정도였다.

"호오, 젊은 사람들은 다들 어부가 되기 싫어서 가까운 항구도시나 왕도로 떠나 출세해보려고 한다는?"

"그래. 밑천도 연줄도 없고 무지한 시골 촌놈이 도시에 나가서 다 성공하면 항구도시에도 왕도에도 백수, 양아치가 왜 있으며 빈민촌과 슬럼가에 사람들이 왜 살겠냐는 말이야…….""

""""그쵸~!""""

뭐, 시골 청년들이 도시에 꿈과 동경을 품는 건 어쩔 수 없는 일이다.

"결국에는 나처럼 좌절하고 마을로 돌아오겠지……."

""""할아버지도 가셨네, 가셨어~~!""""

……그야 할아버지도『젊은 시절』이 있겠지.

어쩔 수 없다. 어쩔 수 없는 일이다…….

이런저런 이야기를 듣던『붉은 맹세』는 네 명 모두 점점 어떤 위화감을 느꼈다.

그것은…….

'어라? 이 할아버지들, 혹시 이야기를 부풀리나?'

'하는 얘기는 분명 실화일 텐데 뭔가 마물이 지나치게 강하달까, 헌터랑 용병이랑 병사들이 너무 약한 거 아닌가?'

……그렇다.

왠지 들려주는 에피소드 대부분이, 그렇게까지 강하지 않을 마물을 상대로 인간종이 고전하는 내용이었던 것이다.

보통 당사자인 헌터 본인들이 마을에 돌아와 이야기를 들려줄 때는 자신들이 얼마나 강하며 어떤 식으로 마물을 압도했는지라는, 헌터 무쌍으로 부풀린 무용담을 펼친다.

……그런데 지금은 묘하게 초라했다.

그리고『강한 마물과의 싸움에서 어떻게 열심히 버텨서 무사히 생환할 수 있었는가』라는, 무쌍과는 거리가 많이 먼 이야기들뿐이었다…….

*　　*

"……어떻게 생각해?"

"""…………."""

레나가 묻자 생각에 잠긴 얼굴인 마일 일행.

그 후, 3시간 정도 더 해변에서 노인들과 술잔치를 벌인 다음 아쉬워하는 그들을 남기고 어촌을 떠난『붉은 맹세』일행.

더 갔다간 일을 마치고 돌아온 젊은이들이 참전하면서 일이 엄청나게 커질 것이 눈에 보였기에, 노인들도 억지로 붙잡지는 못

했다.

무한 술 무한 음식에 어린 여자까지 있는 그 광경을 어촌 청년들이 보면 어떻게 될지는 불 보듯 뻔했다. 어촌의 젊은 여자들은 죄다 마을을 떠나 항구도시로 가버렸으니까…….

도보로 2~3시간이라는 어중간하게 가까운 거리였기에 부모들도 말리지 못했던 것이다.

그게 아니라 붙잡을 만큼 마을에서 멀었다면.

혹은 반대로 마을에서 통근 가능할 만큼 가까웠다면.

……그 어느 쪽도 아닌 어중간한 위치에 있는 초라한 마을, 『흔히 있는 일』이지 않은가…….

그렇게 내놓은 술과 음식을 그대로 노인들에게 기부하고 항구도시 쪽을 향해 절반 정도 간 지점에서 야영을 하며 회의에 들어갔다.

아까 술잔치 때 실컷 먹어 별로 배고프지 않았기에 저녁은 패스했다.

메비스도 폴린도 말을 하지 않아서 마일이 레나에게 대답하고 상황을 정리했다.

"……우선 언어 차이는 생각했던 것보다 별로 없네요. 약간의 억양 차이랑 명칭 차이 같은 건 있지만 시골 사투리라든지 먼 나라에서 왔다고 둘러대면 딱히 의심스러워하지 않을 거고 의사소통이 안 되지도 않을 거예요. 바디랭귀지도 비슷하니까 만약에 무슨 일이 생겨도 『제가 살던 데서는 이렇게 하거든요. 죄송합니다』

하면 그만이고요. 그 밖에도 마물의 종류, 주변국의 통치와 귀족 상황도 비슷비슷하고, 헌터 길드도 구대륙이랑 거의 같아요. 세세한 부분에서 규칙이 조금 다르니 주의는 필요하지만요. 이건 아마 대륙 간 교류가 끊기기 전에 이미 길드가 존재했거나 아니면 교류가 끊긴 이후에 한쪽에서 상대 쪽에 배가 닿아서 다양한 풍습과 제도를 전파했을 수도……."

사실은 나노머신에게 다 들었지만, 굳이 그 이야기를 할 필요는 없어서 모두의 상상에 맡기는 마일.

언어 같은 경우 현대 일본에서조차도 여행할 때 그 지역 어르신이 말을 걸면 무슨 소리인지 하나도 못 알아듣는데 그에 비하면 훨씬 나았다. 거의 지장 없다고 말해도 좋을 수준이었다.

"그리고 알아낸 정보 중에 제일 신경 쓰이는 건……."

"""마물이 너무 강해!"""

레나 일행의 목소리가 일치했다.

"네. ……아니면 인간종이 너무 약하거나요. 이야기해준 분들이 다 어부셔서 마물과 싸우는 것을 생업으로 하는 사람들이 아니니까 어쩌면 남에게 전해 듣고 마물의 힘을 과하게 인식했을 뿐인 가능성도 있지만 말이죠……."

헌터들은 자신이 강하다는 것을 강조하기 위해 자기가 싸우는 마물을 필요 이상으로 강하게 표현하는 법이다. 그건 구대륙에서도 일반적인 일이었지만, 아무리 그래도 아까 노인들이 해준 이야기는 정도가 너무 심했다. 구대륙의 상식으로 생각해도 말이다…….

"뭐, 다소 강하긴 하겠지만 고블린은 고블린, 코볼트는 코볼트 겠죠. 딱히 고블린이 오거보다 강하다거나 오거가 고룡보다 강한 건 아닐 테니 그리 큰 문제는 아닐 거예요."

"……뭐, 그야 그렇겠지만……."

그런 건 별로 상관없다며 낙관적인 레나와 다소 걱정스러운 말을 흘리는 메비스.

역시 파티 리더는 아무리 조금이라도 불안 요소가 있으면 무시할 수 없겠지.

"지금 당장 마물을 토벌하러 갈 것도 아니니까 그 문제는 보류해도 되지 않을까요? 어차피 앞으로 항구도시에 가서 헌터 등록하면서 여러 가지 설명을 듣게 될 테고, 선배 헌터한테 술을 대접하면 현장 이야기도 자세히 들을 수 있고……."

"그것도 그러네. 아무것도 모르는 사람이 자기 마음대로 상상해봐야 의미가 없지. 일단은 지역 헌터에게 이야기를 듣는 것부터 시작하자."

레나는 자신의 나이와 외모 때문에 다른 헌터들에게 얕보이지 않으려고 늘 센 척하면서 콧대 높게 굴었지만, 딱히 얼간이가 아니라면 괜한 고집은 부리지 않았다. 그래서 마일의 의견에 순순히 동의했다.

……그리고 『붉은 맹세』는 원래보다 **강한 마물**에 이미 익숙했다.

그 후로 앞으로의 행동 계획과 목표를 의논하고, 늘 있는 『일본 전래 허풍동화』 시간으로 들어갔다…….

　　　　　　*　　　*

"도착했어요……."

다음 날 오전, 항구도시에 도착한 『붉은 맹세』 일행.

"성곽 도시가 아니네요……."

마일이 그런 말을 했는데, 이곳의 문명 수준으로 봤을 때 지방의 항구도시가 성곽으로 둘러싸인 경우는 그리 흔하지 않을 터였다.

앞으로 항구도시의 중요성이 올라가고 선박 건조 기술과 함재 무기가 발달해 바다 쪽에서 들어오는 침략과 공격 수단이 발전한다면 이야기가 달라지겠지만, 현재까지는 『적은 육지에서 공격해 오는 게 정석』이었다.

그래서 국경에서 보면 왕도를 끼고 반대편, 다른 나라에서 보면 가장 멀리 있는 이 항구도시에 만약 적이 쳐들어온다면 이미 왕도가 함락되었다는 뜻이어서, 지금 시점에서는 굳이 이 도시에 거금을 들여가며 성곽을 쌓을 필요가 전혀 없었다.

또 위치로 보나 산업, 정치, 병력으로 보나 적국이 간첩을 보낼 이유가 없는 장소였기에 이 도시를 드나드는 것도 프리패스였다.

게다가 더 가봐야 바다밖에 없는 막다른 도시여서 이곳을 경유하는 상단이 없었다.

여기 오는 상단은 전부 이 도시에 짐을 가져오고 여기 생산물을 왕도와 다른 영지 그리고 내륙 방면의 다른 나라로 가져가는 것이 목적이어서, 세금을 우대받아 상당히 저렴했다. 그래서 위험을 무릅쓰고 밀무역을 하려는 사람이 없기 때문에 검문도 하지 않았다.

"항구도시답게 자유롭고 호탕한 느낌이네요……."

"응, 다종다양한 느낌이어서 타지 사람도 잘 적응할 수 있겠어."

"……우리가 『새롭게 출발할 도시』로는 나쁘지 않네……."

아직 시각은 아침 2의 종(오전 9시) 무렵이었다.

도시 안으로 들어와 넓은 도로의 인도에서 팔짱을 끼고 뭐라도 되는 듯한 느낌으로 서 있는 마일 일행은 출근하는 사람들의 통행에 방해가 되었지만, 누가 봐도 어디 시골에서 갓 올라온 게 분명한 귀여운 소녀들을 험상궂은 눈빛으로 보는 사람은 없었고, 다들 흐뭇한 표정을 지으며 조용히 마일 일행을 피해 지나갔다.

"아직 오전이긴 하지만 숙소부터 잡을까? 해가 지고 나서 찾기 시작했다가 모든 여인숙이 『만실입니다』라고 하거나, 이상한 여인숙만 빈방이 남아 있는 건 싫으니까……."

"그래. 이 대륙에서의 첫 여인숙이 꽝이면 좀 눈물날 것 같아……."

마일과 폴린도 메비스와 레나의 의견에 이의가 없는지 고개를 끄덕였다.

특히 마일은 여인숙에……, 아니 여인숙 카운터 보는 사람을 중요하게 여겼기에 신중하게 고를 생각이었다.

그리고 다른 세 사람은 그걸 처음부터 꿰뚫어 보고 있었다…….

　　　　　　　* 　　*

"여기예요! 여기로 해요!"

"그래그래…….""

신난 마일을 보고 단념한 표정을 짓는 레나.

그 여인숙이 괜찮은지 별로인지는 직접 묵어보지 않으면 알 수 없다.

기껏해야 현관 주변 청소 상태라든지 드나드는 손님층을 통해 판단하는 정도이지, 식사와 서비스, 인테리어, 침대 청결 상태 등은 묵기 전에 언뜻 보는 것으로는 판단하기 힘들다.

그래서 물론 마일의 선택 기준은 오로지 『카운터에 있는 사람이 어린 여자아이 또는 자신보다 나이가 적은 소녀인지 아닌지』였다.

사실 마일이야 복슬복슬한 수인 소녀가 있으면 최고지만 그런 여인숙이 있을 확률은 상당히 낮았고, 특히 헌터 길드 지부에서 그리 멀지 않은 범위에서는 찾을 수가 없었다.

입구 문을 열고 안을 슬쩍 들여다봐서 카운터를 확인한 다음 문을 쾅 닫는, 살짝 매너 없는 행동을 반복하던 마일이었는데, 아마도 더 찾아봐야 헛수고라며 그만 포기한 모양이었다.

그렇게 타협해서 고른 곳은 7~8살 정도의 평범한 인간 소녀가 카운터 위로 목만 빼꼼 내밀고 있는, 여인숙치고는 규모가 아담한 곳이었다.

물론 귀족이나 부자들이 많이 이용하는 고급 여인숙이 아니고,

그렇다고 해서 밑바닥 직업군 집합소처럼 치안 상태가 나쁜 곳도 아닌…… 말하자면『평범』.

상회주나 총지배인 같은 사람이 아니라 일 때문에 이동 중인 하급 지배인, 중간 종업원이라든지 헌터 중에서 다소 수입이 좋은 편인 자…… C등급 중반에서 B등급 하위 정도가 이용할 법한 곳이었다. 그 위로는 더 좋은 숙소에서 묵을 것이다.

요컨대 구대륙에서『붉은 맹세』가 장기적으로 묵었던 레니의 여인숙과 비슷한 수준이랄까.

그렇다,『붉은 맹세』의 새로운 출발에 있어서 장기 숙소로 적합한 여인숙이었던 것이다…….

*　　*

아직 오전이라 방만 예약하고 곧바로 여인숙을 나온 마일 일행은 그 길로 헌터 길드 지부를 찾았다.

우선 신인으로 등록해야 하는 것은 당연했고, 이곳의 통화를 갖고 있지 않았기에 마일의 아이템 박스에 들어 있는 소재를 팔아 당분간 쓸 자금을 확보해야 했기 때문이다.

여인숙을 예약할 때 선금을 걸지는 않는데, 방에 들어가기 전에는 값을 치러야 한다. 그래서 그전까지 돈을 마련해야 했다.

한편 마일은 예약할 때 카운터에 있던 소녀(여인숙 주인딸)에게 직접 만든 사탕을 건네며 처음부터 노골적으로 길들이려고 해서 레나 일행은 어깨를 움츠렸다…….

"자, 들어가자!"

""하잇!""

길드 지부 앞에서 작은 목소리로 기합을 넣는『붉은 맹세』일동.

지금의『붉은 맹세』는 신규 등록하러 온 신인이다. 그래서 문을 열고 대뜸 큰 소리로 인사하지 않는다. ……그건 수행 여행으로 각지를 돌아다니는 파티나 하는 행동이지 신규 등록하러 온 신인이 할 행동이 아니다.

그래서 조심스레 문을 열고 조용히 접수 카운터로 향하는『붉은 맹세』였는데…….

힐끔

힐끔힐끔…….

완전히 주목받아 버렸다.

그것도 무리는 아니다.

이곳은 나라에서 제일가는 변두리 도시. 아무리 이 근방에서는 규모가 크다지만 굳이 다른 지역에서 헌터가 찾아올 만한 장소가 아니다. 지방 헌터가 목적지로 삼는 곳은 왕도이지 절대 비슷비슷한 이웃 지방 도시가 아닌 것이다.

그리고 지방의 신인이나 헌터를 꿈꾸며 10살 이전부터 길드 지부를 들락거리며 잡심부름을 하는 아이들의 얼굴은 헌터 대부분과 길드 직원이 알고 있었다.

그런데 분명히 한 번만 봐도 절대 못 잊는 소녀 4인조, 게다가 몸에 찬 방어구와 복장도 잘 어울려 도무지 방금 산 것 같지 않은 느낌을 풍긴다면 흥미를 보이는 것도 당연하겠지.

하지만 마일 일행은 처음 방문하는 길드 지부에서 주목받거나 얽히는 데 이미 익숙했기에 딱히 아무 생각도 없었다.

그리고…….

"신규 등록 부탁드립니다."

"""""""""…………."""""""""

접수 카운터에서 메비스가 그렇게 말하자, 헌터와 길드 직원들의 시선이 더욱 집중되었다.

물론 그건 이 네 사람의 무기와 방어구가 새것이 아니고, 그렇다고 해서 신인이 중고를 몸에 찬 듯한 부자연스러운 느낌이 전혀 없이 이미 몇 년이고 사용해 몸에 완전히 익은 것처럼 보였기 때문이다.

……그런데 신규 등록이라니.

모두의 주목을 모아도 어쩔 수 없다.

"……신규 등록, 이라고요?"

"……신규 등록, 이요…….."

접수원 아가씨의 왠지 수상해하는 질문에 생글거리며 대답하는 메비스.

"…………여기요."

그리고 접수원이 슬쩍 내민 등록 신청서를 받아들었다.

개인 등록용 4장, 파티 등록용 1장이었다.

뭐, 이런 상황에서 이 네 사람이 파티 등록을 하지 않을 거라고 생각하는 사람은 없겠지.

아마 이 접수원도 절대 신인으로 보이지 않는 이 네 사람이 신규 등록한다는 점을 의심스럽게 여기는 듯했지만, 그렇다고 해서 등록을 거부할 근거가 없었다.

그래서 규정대로 접수해주는 수밖에 없었다.

······다만 어리고 성실해 보이는 소녀 4인조여서 부정 등록 등의 걱정을 하는 것은 아니었다.

이런 나이라면 아직 근거 없는 자신감으로『자신들이 대성공을 거두는 미래』를 굳게 믿고 있을 터였고, 위법 행위를 해서 푼돈이나 벌 계획이라면 헌터 길드를 적으로 돌리는 위험을 무릅쓰는 바보 같은 짓을 하지 않아도 이 네 명의 젊음과 기량이면 더 쉽고 편하게 돈을 벌 수단이 얼마든지 있을 테니까.

그런데도 젊은 여성이 고를 수 있는 손쉬운 수단을 취하지 않고 헌터가 되려고 한다는 것은, ······굉장히 성실한 사람들이라는 증거였다.

"······여기, 잘 부탁드립니다."

모두 다 쓴 등록 신청서를 모은 메비스는 파티 등록 신청서와 함께 접수원에게 내밀었다.

"아, 네······."

받은 신청서를 확인하는 접수원.

"으음, ······네, 문제없는 것 같네요. 그럼 접수 처리가 끝날 때까지 게시물이나 의뢰표라도 보시면서 잠시만 기다려 주세요."

보아하니 글자도 문제없었던 듯했다.

아니, 어촌에서 일단 확인은 마쳤지만, 혹시라도 철자가 조금 다를 가능성이 있었기에 조금 걱정했었는데…….

"저, 저기, 실기 시험이랑 스킵 등록 확인 같은 건…….

"네? 실기 시험? 스킵 등록?"

같은 실수를 반복하지 않으려고 질문한 마일에게 무슨 뚱딴지 같은 소리야? 하는 표정을 짓는 접수원.

"아니 그러니까, 헌터로서 필요한 전투력을 확인한다거나 자신 있는 신인에게 등급을 건너뛰고 등록시켜주는 제도라든지……."

"네? 아니요, 신인은 아마추어니까 전투력이 없는 게 당연하잖아요? 그러니 그런 이유로 등록 거부를 하진 않아요. 헌터로 등록한 후 여러 경험을 쌓아 강해지는 거니까……. 그 어떤 베테랑도 처음에는 다들 초보잖아요? 실기 시험을 치러서 약하다고 등록을 거부한다면 아무도 헌터가 될 수 없을 거예요, 원래부터 강한 사람이 아니면……. 그리고 아무리 강해도 약초 채취의 기초라든지 뿔토끼 사냥법이라든지 해체 방법도 몰라서는 헌터 일을 잘 해낼 수 없죠. 언제 숲에서 동료가 크게 다치거나, 언제 이동이 불가능한 상황에서 도움을 기다려야 할지 모르는데, 현지에서 약초도 못 찾고 작은 동물도 못 잡고 전투만 잘하는 사람을 처음부터 대뜸 높은 등급으로 등록시키면 되겠어요? 그런 부분을 잘 모르는 멍청이가 가끔 있긴 하지만요!"

접수원의 쩌렁쩌렁한 목소리에 목을 움츠리는 몇몇 헌터.

분명 예전에 그 비슷한 실패를 했거나 자신은 강하니 빨리 등급을 올려달라고 우겼거나 뭔가 그런 흑역사가 있는 자들이겠지.

그리고 물론 이 접수원은 일부러 크게 외쳐서 다른 헌터들에게 위협이랄지 경고랄지, 좌우지간 『착각하지 말라고, 이 자식들아!』하는 교육 효과를 노렸던 것이리라.

신인 교육이라는 형태라면 크게 소리쳐도 괜찮기에 마침 잘 됐다면서 이용한 듯하다.

""""헉……!""""

스킵 등록 제도가 없다.

그렇다는 것은 제일 낮은 등급부터 시작해야 한다는 뜻.

그 경악할 만한 사실에 무심코 놀라 소리친 네 사람이었는데…….

"그것도 재밌겠네요!"

"그럼 약초 채취랑 뿔토끼 사냥부터? 초심으로 돌아가 느긋하게 해도 되려나……."

"뭐, 딱히 통상 의뢰를 안 받으면 높은 등급 마물을 못 잡는 것도 아니고. 상시 의뢰로 마음껏 사냥하고 소재 판매금만 받으면 그만이지."

"으으, 의뢰비가 없는 건 불만이지만, 최소 등급으로 받을 수 있는 통상 의뢰로 채취랑 뿔토끼 사냥만 하는 것보다는 소재 판매금만 나오는 상시 의뢰로 오크라도 잡아 납입하는 게 더 돈이 되겠네요……. 경우에 따라서는 토벌 보수도 나올 수 있고요……."

그 말을 듣고 역시 신규 등록이라도 마물을 잡은 경험이 있겠다고 판단한 접수원.

그렇다면 나이, 외모와 달리 빨리 죽지 않고 잘 성장할 것을 기대해볼 만했다. 그렇게 여기고 마음을 놓았는데…….

"그럼 헌터증이 나올 때까지 정보 보드와 의뢰표라도 볼까요?"

"아, 그전에 소재를 팔아서 자금을 마련해야……."

"깜빡했네……. 저기가 환전소인가 봐. 마일, 부탁해."

"넷!"

마일의 건의에 레나는 우선 당장 쓸 현금을 만들어야 한다는 것을 떠올렸다.

그리고 그녀의 지시로 환전소로 향하는 마일.

이곳은 소재를 받는 곳과 환전 창구가 다른 건물에 따로 있지 않고, 길드 본관의 각종 접수창구로부터 조금 떨어진 장소에 있었다. 거기서 소재를 받아 뒤편으로 옮기겠지.

물론 말이 환전『창구』이지, 접수창구와 달리 사냥감과 채취물을 올릴 넓은 대가 있을 뿐이었고, 바닥도 사냥감의 피가 떨어져도 괜찮게 되어 있어 그냥 바로 바닥에 내려놓을 수도 있었다.

소재 매입소라는 표현이 이미지에 더 가깝다.

"저기요~, 매입, 부탁드려요~!"

"오, 거기 내려놔!"

그리 값나가는 것을 가져오지 않을 신인이라도 상대가 귀여운 소녀인 만큼 매입을 담당한 아저씨의 기분이 썩 나쁘지 않을 터였다.

그가 하라는 대로 사냥감을 바닥에 내려놓기로 한 마일.

……대 위에 올리면 대가 부서질지도 모른다는 생각에.

그리고…….

두둥!

오크 한 마리가 통째로 등장했다.

“““““““……”””””””””

“““““““…………”””””””””””

“““““““……………”””””””””””””

제123장 항구도시

"""""""이게 뭐야아아아아아~~~!"""""""

이곳에 있는 사람 중 절반 가까이가 그 외모와 나이 그리고 신규 등록이라는 점 때문에 『붉은 맹세』를 완전히 신인, 생초짜라고 생각했었다. 그녀들의 무기와 방어구에 생긴 흠집, 낡은 정도, 장착한 본인과의 어울림, ……그리고 몸놀림과 주위를 보는 시선 등을 알아차리지 못한 **평균 이하**는 말이다.

……그리고 헌터 중 절반은 평균 이하의 능력밖에 되지 않았다.

'……그럴 줄 알았지…….'

억지스러운 생각을 하는 접수원이었는데, 그래도 자신이 받은 네 소녀 파티가 아마추어가 아님을 눈치챈 것은 사실이었다.

아무리 헌터 등록이 처음이라 해도 그것이 그자가 싸움에 완전한 초짜임을 의미하지는 않는다. 전 용병, 전 병사, 전 검술도장 문하생, 몰락한 귀족이나 기사. ……그리고 마물이 날뛰어 매일 목숨을 걸어야 하는 최악의 시골 영지에 사는 개척민들…….

그래서 다른 많은 헌터와 직원들은 몰라도 직접 대화를 나누고 몹시 가까운 거리에서 관찰하고 등록 신청서까지 확인한 그녀는 이들이 완전한 아마추어는 아니며 그 나름의 경험을 쌓아왔다는 것은 느끼고 있었다.

신규 등록인 까닭은 지금까지 헌터 길드 지부가 없는 곳에서 활동했거나 이 근방의 헌터 길드와는 상관없는 아주 먼 나라에서 왔거나 그것도 아니면 헌터가 아닌 다른 직업…… 용병이라든지 상가 전속 호위였다거나.

하지만 아무리 마물과 싸워 본 경험자일 거라고는 짐작했어도 설마 수납마법 보유자, 그것도 수백 킬로그램짜리 오크를 통째로 수납 가능할 정도로 어마어마한 용량을 가진 자라고는 조금도 상상하지 못했을 것이다.

도대체 몇 명 중에 한 명이 수납마법을 쓸 수 있다고 보는가.

하물며 그중에서도 100kg 이상의 대용량을 쓰는 자는 과연 몇이나 되겠는가.

또 그 엄청나게 희소한 능력을 가진, 어리고 예쁜 소녀가 왜 굳이 헌터 따위가 되려고 하겠는가.

……대규모 상회에 비싼 연봉을 받고.

아니, 귀족 가문에 양녀로.

아니아니아니, 왕궁에 좋은 대우로.

어쩌면 남작 작위까지 받을지도…….

그건 절대 과장된 얘기가 아니었다.

마차 한 대 분은 되는 짐을 고작 말 한 마리로 초고속 운송.

불시에 세무 조사가 들어와도 증거물과 이중장부를 순식간에 은닉 가능.

그리고 군사적으로도 이용 가치가 몹시 높다.

……적어도 그런 능력이 있으면서 신인 헌터가 되려고 하는 것

은 제정신이 아닌 짓이었다.

하지만 사람은 저마다 사정이라는 게 있고, 또 헌터 길드에서 그 자세한 사정을 캐는 것은 법도에 완전히 어긋난다.

그래서 접수원은 아무 말도 할 생각이 없었지만, 다만 딱 하나 걱정스러운 점이 있었다.

'……설마 특별한 사정이 있는 게 아니라 이 아이들이 **단순히 자기 가치를 모르는 것뿐**인 건, 아니겠지…….'

……아무리 그래도 그건 아닐 거야.

그렇게 생각하는 접수원의 귀에 소녀의 기쁜 목소리가 들려왔다.

"됐다, 이제 어디에나 있는 지극히 평범한 신인 헌터 생활, 시작이에요!"

'아악! 아아아아아아악!'

속으로 절규하며 자기도 모르게 자리에서 일어서 버린 접수원.

아직 헌터증이 나오려면 한참 기다려야 했다.

금속 플레이트에 수많은 글자를 각인해야 하므로 몇 분 만에 뚝딱 나오는 것이 아닌데 심지어 네 개를 만들어야 해서 어느 정도 시간이 걸렸다.

"잠깐, 여기 좀 부탁해!"

그래서 뒤쪽에서 사무를 보고 있던 동료에게 창구 업무를 맡기고 재빨리 달려가는 접수원.

서둘러야 할 돌발 상황이 생겼다거나 화장실에 가야 한다거나 그런 일은 자주 있기 때문에 부탁받은 동료는 이상하게 여기지 않고 고개를 끄덕이며 늘 그렇듯 자리를 비운 접수원 자리에 대신 가서 앉았다.

……단지 평소와 달랐던 것은 달려간 접수원의 목적지가 화장실이 아니라 길드 마스터가 있는 곳이라는 점이다…….

＊　　＊

"……그런데 왜 여기에?"

길드 마스터의 집무실로 불려 갔을 뿐 아직 자리에 앉으라는 이야기도 듣지 못한 상태에서 메비스가 의문을 던졌다.

무리도 아니다.

신인이 헌터 등록을 하려는데 난데없이 길드 마스터 집무실로 호출받은 것이다.

이는 말하자면 신입생이 등교 첫날 교장실에 불려간 것이나 마찬가지였다.

"…………."

우락부락한 체격.

진부한 패턴인 왼쪽 눈에 난 큰 흉터. ……저러고도 어떻게 눈알은 멀쩡한지 의문이다.

눈알을 치유할 정도의 치유마법이라면 흉터도 말끔히 나아야 하지 않나.

((((흉터는 일부러 남겼나?))))

……그렇다. 그게 더…….

((((멋있으니까!))))

레나와 폴린도 마일과 메비스의 사고방식에 물들기 시작했다…….

여하튼 길드 마스터는 살벌하게 생긴 육체파로 헌터로서는 전위, 그것도 기사나 경검사가 아니라 전사, 중전사, 부술사(斧術士) 같은 파워 유형으로 보였다.

너무도 역전의 전사 같은 박력이 느껴지는 것이, ……말하자면 『어린이가 보면 울음을 터트릴 것』 같달까 여성이 밤길에 마주치면 비명을 지르며 도망칠 것 같달까.

기가 약한 신인은 잔뜩 겁먹는 게 당연하리라.

……물론 『붉은 맹세』에는 그런 사람이 없지만.

게다가 비슷한 일은 이미 몇 번이나 경험했다.

길드 마스터는 메비스의 질문을 무시하고 『붉은 맹세』를 가만히 응시하기만 했다.

환영의 인사는커녕 자리도 권하지 않고 아무 말도 없이…….

"""…………."""

길드 마스터의 무례한 태도에 메비스와 멤버들 역시 입을 다물고 그를 볼 뿐이었는데.

딱히 자신들이 먼저 말을 꺼낼 필요는 없다.

용건이 있어서 부른 건 저쪽이므로 말도 저쪽이 할 일이다.

게다가 말 없는 길드 마스터에게 메비스가 일부러 먼저 말을 걸지 않았는가.

물론 약간 예를 갖추지 않고 말하긴 했어도, 그건 상대 태도에 따른 것뿐이다.

아무리 상대가 길드 마스터라지만 이유 없는 무례한 태도에 순순히 머리를 숙이고 들어갈『붉은 맹세』가 아니다.

그리고 아직 헌터증을 받지도 않았고, 오크도 감정 중이어서 매각 거래가 다 끝나지 않았다.

……그래서 정확히는 현재까지『붉은 맹세』는 헌터가 아니다.

요컨대 아직 길드 마스터의 예하가 아니라 그냥 일반 시민인 것이다.

만약 트집을 잡거나 억지로 무리한 요구를 한다면 그것을 이유 삼아 이대로 헌터증을 받지 않고 이 길드 지부를 나와 다른 도시의 길드에서 등록하면 그만이다.

등록 처리가 끝나기 전에 길드 지부 쪽에서 트집을 잡았다면 등록은 취소, 무효로 해도 문제 되지 않는다.

그리고 다른 도시에서 등록할 때『그 도시에서 등록하려고 했는데 이상한 짓을 당했다』라고 말해버린다면 소녀 네 명으로 구성된 파티라는 점을 보고 대충 감을 잡겠지

이곳 길드 마스터에게는 불리하게, 그리고『붉은 맹세』에게는 유리하게 해석해서.

……아직 아무 말도 없는 길드 마스터.

그리고…….

"이만 돌아가자. 여긴 위압적이고 시험하는 태도로 신인을 갖고 노는 길드 마스터가 담당한 길드 같으니 우리가 소속될 가치

가 없어. 숙소 예약을 취소하고 바로 다음 도시로 이동해 거기서
등록하자."

"""하앗!"""

그리고『붉은 맹세』는 줄줄이 방을 빠져나갔다.

그 뒷모습을 멍하니 바라보는 길드 마스터와 접수원.

"……자, 잠깐만! 잠깐만 기다려줘!"

퍼뜩 정신을 차리고 허둥지둥 붙잡는 길드 마스터.

당연하다.

신규 등록하러 온 어린 신인 소녀들을 자기 방으로 호출한 위
압적 행동.

다른 도시 지부에 가서 이상하게 소문낸다면 오해를 살 수밖에
없다.

그리고 그 이전 문제로…….

'대용량 수납마법 구사자를 멍청하게 시험하다가 놓쳤다는 소
문이 퍼진다면 이웃 지부로부터 비웃음을 살 거야! 아니, 그것만
이면 그나마 다행인데, 이 도시에 이익을 가져다줄 인재들을 자
기 손으로 뿌리치는 짓을 했다고 영주님이 노발대발하시겠
지……. 또 이번 일로 헌터가 되는 것을 단념하고 다른 직종으로
바꾸기라도 한다면 길드에서 내 입장이…….'

"기다려! 미안하다! 부탁이니 제발 가지 말고 기다려줘어~!!"

몹시 당황하며『붉은 맹세』를 뒤쫓는 길드 마스터였다…….

*　　*

"미안, 정말 미안하다!"

계단을 내려가던 『붉은 맹세』를 겨우 따라잡고는 머리 숙이며 방으로 돌아가자고 애원하는 길드 마스터.

그리고 직원을 불러와 최고급 찻잎을 우린 홍차와 화과자를 가져오라고 시켰다.

그러면서 네 사람의 길드증을 최우선으로 준비하라고 명령했다.

아마 소녀들의 마음이 변하기 전에 서둘러 등록시키려고 생각했겠지.

뭐, 아무리 등록을 서둘러 봐야 소녀들이 헌터 길드를 탈퇴하는 것은 언제든 가능하다.

설령 『이미 등록해 버렸다』, 『등록 후 바로 취소하는 것은 불가능하다』 같은 말을 한다고 해도, 의뢰를 수주하지 않고 그냥 내버려 두면 몇 달 뒤 등록 말소, 자동으로 제명 처리되고 헌터 자격을 유지하기 위해 최소한의 일만, 다시 말해 몇 달에 한 번 뿔토끼 몇 마리를 납입하는 것으로 끝내는 『형식적으로만 소속』이어도 뭐라고 말할 수 없지만…….

길드로서는 최대한 빨리 마물의 폭주(스탬피드)라든지 긴급 상황이 생겼을 때 강제로 징집할 수 있는 C등급 이상이 되어주지 않으면 곤란하다.

마차가 갈 수 없는 현장에 보급 물자며 의약품을 대량 운송하는 능력은 말 그대로 많은 헌터들, 아니 도시 사람들의 생활을 좌우한다.

게다가 애당초 이 도시에 등록했다고 해서 꼭 이곳에서 활동해야만 하는 것도 아니다.

등록만 하고 곧바로 다른 도시로 이동해버리면 끝이다.

……그런데도 길드 마스터가 그런 행동을 저지른 것은 접수원의 보고를 믿지 못했기 때문일까, 소녀들이 어디서 왔는지 경계해서일까, 아니면 그저 단순히 처음부터 위압적으로 굴어 권력관계를 보여주고 자신의 지시에 충실히 따르게 만들려고 생각한 것일까…….

정말로 접수원이 보고한 대로의 능력이 있다면 구직자 중심 시장이어서 언제든 원하는 곳으로 전직할 수 있다.

그렇기에 자신들의 가치를 알고 콧대가 올라가기 전에 상하관계를 확실히 주입하고 가끔 다정하게 대하면서 의존적으로 만드는 것이다.

접수원의 보고에 따르면 다소 특이한 말투며 발음으로 볼 때 어디 촌구석에 살다가 이제 막 도시에 나온 촌뜨기라는 게 거의 확실해 보였다. 그렇다면 세상 물정 모르는 어린 소녀를 구워삶기란 식은 죽 먹기. 산전수전 다 겪은 자신이라면 말이다…….

그렇게 생각했는지도 모르나, 분명 상대를 잘못 만났다.

상대는 자신들의 능력과 가치를 충분히 이해하고 있고, 나아가 **이 도시에서 한 번 살아줄까** 하고 생각했을 뿐.

그리고 만약 이곳 길드가 거만하게 나오면서 자신들을 이용해 먹으려고 들면 즉시 이 도시를 버리고 다른 곳으로 갈 것이다.

자신들의 가치를 알고 있다면 지극히 당연한 판단이었다…….

"……뭐, 자기 잘못을 순순히 인정하고 사과하면 이야기 정도
는 들어줄게."

"그, 그래, 고맙다! 아니, 요새 들어 헌터가 되려는 사람이 줄어
서 말이지. 그리고 은퇴자, 부상자, 사망자 등도 늘어나 상황이 점
점 안 좋아지고 있거든. 그러니까 유망한 인재가 오면 절대 놓치
고 싶지 않아……. 그리고 정말로 유망한지 아닌지 확인해보고 싶
은 마음도 있었어. 생각해봐, 대용량 수납마법 구사자까지 있고,
마물과의 전투 경험이 있어 보이는 미소녀 4명 파티잖아? 그런데
신인이라면서 길드에 등록하러 왔는데 바로 믿을 수 있겠어?"

"『『『『『…………』』』』』."

자신의 필사적인 호소를 듣고 입을 다무는『붉은 맹세』를 본 길
드 마스터는 그녀들이 그 설명을 받아들였다고 생각했지만, 사실
은 늘 비주류로 분류되어서 대놓고 하는 외모 칭찬에 썩 익숙하
지 않은 멤버들이『미소녀』라는 말을 듣고 조금 쑥스러워하고 있
는 것뿐이었다.

……하지만 이렇게 해서 길드 마스터에 대한 모두의 감정이 상
당히 풀어졌기 때문에, 별로 의식 없이『미소녀』라는 단어를 내뱉
었던 길드 마스터로서는 행운이었다.

또 뻔한 사탕발림이 아니라『의식 없이 한 말』임을 레나 일행이
알았다는 게 아주 높은 점수로 이어졌다는 것도 길드 마스터의
행운을 더욱 뒷받침해주었다.

"……그, 그럼 뭐, 정상참작의 여지는 있겠네……."

레나, 쉬운 사람이었다…….

"네, 이번 일은『빚 하나 만든 걸로』기억해둬도 되겠네요."

잊어줄 수 있다거나 그냥 넘어가 주겠다고는 절대 말하지 않는 점이 폴린다웠다.

"……아니, 그 설명은 일단 이해하겠지만 처음 보는 사람한테 일부러 시비 거는 것처럼 굴어서 첫인상을 망치고 관계 악화와 결렬을 초래한 것이랑 무슨 상관이 있는지 잘 모르겠는데요……."

일단 상대를 길드 마스터의 위치에 맞게 대하기로 했기에, 반말한 레나라든가 폴린과 달리 정중하게 말하는 메비스.

역시 리더로 뽑은 보람이 있다.

……아니, 귀족의 딸로서 받은 교육의 산물이거나 아니면 단순히 성격에서 기인한 것인지도 모르지만.

"윽……."

메비스의 말에 길드 마스터가 무심코 입을 다물었는데, 여기서 접수원이 나서서 길드 마스터를 감쌌다.

"그건 길드 마스터가 뇌까지 근육으로 된 바보이기 때문이에요!"

"""""아하!"""""

……다들 대충 이해했다.

그리고 접수원의 설명에 따르면…….

길드 마스터라는 직업은 바보가 감당할 수 있는 일이 아니다.

그래서 사무 쪽으로 유능한 사람이 그 자리에 앉는 경우가 많은데, 이곳에는 적임자가 없어 상위 등급 헌터 중 모두의 신망이 두텁고 존경받으며 현장부터 차근차근 밟아 올라온 이 남자가 맡게 되었다나…….

머리는 나쁘지만 후배를 잘 챙기고 실력도 뛰어나『머리』를 써야 하는 일은 주위 사람이 잘 도와주기로 하고, 본인은 한사코 싫다고 했는데도 억지로 자리를 떠맡겼다는 모양이다.

그래서 자신의 실패를 두고 부하가 신랄하게 비판해도 화내지 않고 순순히 따르기 때문에, 부하들도 실수를 지적할 때 부하들도 꽤 거침없이 말한다고 한다.

게다가 이번에는 타지인에게 하는 사과였으므로, 아무리 자신에게 상사라도 높이지 않고 말한 건 올바른 행동이다.

* *

"……그래서 헌터 숫자가 서서히 감소하고 있어……."

그 후 일단 화해하고, 이 근방 헌터의 입장과 상황을 물어본 『붉은 맹세』에게 이런저런 정보를 알려준 길드 마스터.

술까지 사가면서 자신을 좋게 보이려고 적당히 이야기할 헌터들에게 정보를 얻는 것보다는 길드 마스터에게 듣는 편이 더 정확하고 신빙성이 있을 게 틀림없었다.

그렇게 여긴 레나 일행은 원래라면 길드 마스터를 그런 용건으로 이용할 수 없음에도 불구하고 조금 전에 잡은 약점을 고맙게 이용하기로 했다.

그리고 길드 마스터에게 들은 이야기에 따르면 레나 일행의 상식에 비해 마물과 싸웠을 때 입는 헌터의 피해가 지나치게 컸다.

호위 의뢰 중 도적을 상대할 때 같은 대인전은 별로 큰 차이가 없다. 같은 인간끼리 하는 싸움이어서 각자의 개인 능력 차이에 좌우했고 오차 범위에 있었다.

……하지만 마물과의 싸움에서는 호위, 토벌, 소재 채취, 기타 다양한 의뢰에서 분명 피해가 너무 컸다. 이래서는 헌터 일로 먹고살기는커녕 파티의 존속 자체가 위태로울 수준이리라.

무기와 방어구의 소모, 고가 약품의 대량 사용, ……그리고 부상 및 사망에 의한 멤버 결원.

헌터에게도 필요 경비라든지 리스크 관리가 필요한 법이다.

그리고 이는 돈벌이가 시원찮은 약자들, 밑바닥층일수록 더 크게 다가온다.

강자는 수입이 많고 무기 방어구의 소모가 적으며 약품 사용량도 적은 데다 부상도 적다.

하지만 약자는…….

약자가 바로 탈락해서는 인재가 클 수 없다.

경험을 쌓으며 점점 강해져 베테랑으로 성장해야 할 사람들이 초보일 때 죽거나 일을 그만두고 만다면.

이래서는 헌터 길드의 미래는 절망적이다.

그리고 그것은 마물을 솎아내 줄 사람이 없어진다는 것을 의미하며, 마물의 개체 수가 점점 늘어나 먹이가 부족해지면 폭주가 일어날 것이다.

……정말 간과할 수 없는 문제였다.

"그건 헌터가 약해서야? 아니면 마물이 강해서?"

그리고 레나가 근본적인 질문을 했는데, 구대륙에 비해서라는 단어가 들어 있지 않았으므로 길드 마스터는 그게 무슨 뜻인지 잘 이해하지 못했다.

설령 알았어도 구대륙에 대해, 그리고 그곳 헌터와 마물이 얼마나 강한지 모르니 대답할 길이 없었겠지만…….

그래서 대답하지 못하는 길드 마스터를 이번에는 마일이 감싸고 나섰다.

"레나 씨, 상대적인 문제는 기준이 없으면 대답할 수가 없죠. 승패가 결정 났을 때 이긴 쪽이 강해서인지 진 쪽이 약해서인지, 그건 그 표준을 알아야 대답할 수 있는 거잖아요?"

"……아. 그것도 그러네……."

레나는 납득할 수 있게 설명만 잘 해준다면 바로 물러난다.

그리고…….

"그럼 우선……."

"한 번 알아볼까요!"

한 번 알아본다는 것은 『한 번 상대에게 덤벼 보겠다』, 『승부를 걸어 보겠다』는 뜻이었다.

전력을 다하는 게 아니라 상황 파악을 위한 가벼운 시도 같은 느낌이지만, 처음 의지와 다르게 전력전으로 가버리는 경우도 없지는 않다.

상대가 강한지 약한지는 싸워 보면 알 수 있다.

"……그럼 어느 쪽이랑 싸워 볼까? 마물? 아니면 인간?"

레나의 말에 어리둥절한 표정을 짓는 길드 마스터.

"그, 그그그, 그건……."

길드 마스터가 왠지 초조해 보이자, 메비스가 안심시키듯이 설명했다.

"그게 아니라 단순히 소재 채취 상시 의뢰를 받고 이 근방의 마물과 살짝 붙어 보거나 길드 훈련장에서 시간적 여유 있는 분에게 모의전을 부탁드려보겠다는 것뿐이에요. 딱히 사람을 공격하거나 죽이는 게 아니라요……. 저희가 훈련 상대를 구하면 응해주실 분이 있지 않을까 싶은데……."

그렇다, 반드시 있다.

신인에게 매운맛을 보여주고 헌터라는 직업이 얼마나 힘든지 느끼게 해주려는 사람.

여성 파티와 가까워지고 싶은 사람.

신인 파티에게 압승을 거둬 자신들의 힘을 과시하려는, 어른스럽지 못한 작자들.

기타 등등 모의전 상대는 어렵지 않게 구할 수 있을 터였다.

……첫 대결은 말이다.

두 번째 이후부터는 대전 희망자가 격감, 혹은 아예 없을 가능성이 있다.

그래서 최악의 경우 처음이자 마지막 대결로 끝날 가능성을 고려해 첫 대전 상대로 실력이 표준일 듯한 자를 선택하고 싶었다.

그러려면…….

"일단 적당히 골라줘 볼래?"

"…………."

레나가 가볍게 요구하자 난감한 표정을 짓는 길드 마스터.

수납마법의 존재는 이 파티의 가치를 확실히 보여준다.

하지만 그렇다고 이 파티의 전투력까지 보여주는 것은 아니다.

전위 둘 중 한쪽은 분명히 미성년자로 체구가 아담하고 몸무게가 가벼워 보였다. 이래서는 강한 공격을 받을 경우 쉽게 날아가 버리겠지.

마술사 둘은 마법 실력은 둘째치고 적의 공격에 속수무책이겠지. 두툼한 마술사용 옷을 두르고 있긴 하나, 제대로 된 방어구 하나 착용하고 있지 않으니까…….

뭐, 생각해보면 알 수 있는 일이다.

미성년자까지 포함한 젊은 미소녀 4인 파티.

차원이 다른 수납마법 보유.

이것만으로 이미 충분하니까.

방어력과 공격력까지 뛰어날 리 없다.

만약 그런 파티가 있다면 이미 한참 전에 B등급이 되었거나 왕도 지부에서 확보하고 그곳의 얼굴로 내세웠거나, 아니면 나라나 어느 영주, 대규모 상회에서 자기 사람으로 만들었을 것이다.

……다시 말해 그런 자들은 죽었다 깨어나도 절대 이런 지방 도시에 올 일이 없고 하물며 거기서 헌터 등록을 할 일은 더욱 없다는 이야기다.

아니, 수납마법만으로도 그렇게 되는 게 당연하다.

아무리 지금까지 길드에 등록한 적 없는 지방 출신(촌뜨기)이라 할지라도 그 마을의 어른들이 한 명도 빠짐없이 모두 멍청하고 무지하다는 건 말이 안 된다.

어느 시골이든 세금은 내지 않는가.

그렇다는 건 최소한 영주 밑에서 일하는 징세관이라든지, 세금……밀가루를 보내는 영도와의 교류가 있을 터.

고로 시골 사람들이 모두 그 정도로 무지할 리는 없다.

뭐, 이것저것 억측해봐야 아무 소용 없지만, 적어도 이 소녀 파티가 우수한 공격력과 방어력을 갖추었을 확률은 상당히 낮다.

길드 마스터가 그렇게 생각하는 것은 당연했다.

……딱히 바보든 아니든.

그래서 고민했다.

그냥 자기들 출신지 주변의 마물과 헌터의 실력 그리고 이 근방의 평균 실력을 비교하고 감을 잡아보고 싶을 뿐.

그런 거라면 평균, 즉 C등급 중간에 전형적인 헌터 수준인 자를 골라주는 게 좋을까. 아니면 이들과 수준이 비슷한 자를 내보내 저들이 여기서 어느 정도의 위치인지 알려주고 판단하게 해줄까.

"으으음……."

고민에 빠진 길드 마스터에게 접수원이 호탕하게 말했다.

"C등급 중간으로 가죠!"

"어……?"

접수원의 생각지 못한 말에 깜짝 놀란 길드 마스터.

"초보자는 원래 가진 자질에 따라 실력 편차가 크니까 검증 작업을 하기에는 적절하지 않아요. 그리고 이분들은 분명 전투를 경험해보신 듯하니 초보자를 시켜봐야 의미가 없어요. C등급 상위도 실력이 천차만별일 수 있는데 자신들과의 차이가 너무 나면 애초에 비교하기 불가능하죠. 지금은 실력 편차가 적고 평균적인 사람을 확실하게 선택할 수 있는 C등급 중간 정도가 적절해 보여요. 그럼 이분들의 출신지 근처 헌터들과 비교하기도 쉽겠죠. 그리고 그 정도 수준이면 힘 조절도 잘할 테니, 이분들에게 무심코 중상을 입혀버릴 걱정도 없고요…….”

과연 뇌가 근육으로 된 길드 마스터를 모시는 길드 직원다웠다.

레나 일행도 호오, 하고 감탄한 눈빛으로 쳐다보았다.

……힘 조절을 잘해야 하는 쪽은 상대가 아니라 자신들이지만.

그리고 길드 마스터도…….

“그렇군……. 그럼 그렇게 하자.”

자기 머리가 썩 좋지 않다는 것을 자각하고 있어서, 부하의 납득할 만한 의견에는 순순히 따르는 길드 마스터. 다루기 쉽고 꽤 괜찮은 상사였다.

*　　*

길드 중정에 있는 훈련장.

여기서 지금, 길드 마스터의 진행으로 모의 시합이 시작되려 하고 있었다.

이 자리에 있는 사람은『붉은 맹세』, 길드 마스터, 접수원과 그 밖의 길드 직원들, 모의전 상대로 선택된 남성 4인조 C등급 파티, 그리고 흥미진진한 눈빛으로 구경 중인 헌터들이었다.

직원들은 앞으로『붉은 맹세』를 응대할 일이 많아질 만큼 얼굴을 익히고 무리한 의뢰를 받게 하지 않도록『붉은 맹세』의 실력을 모두가 파악하기 위한, 업무 명령에 따른 견학이었다.

그래서 일시적으로 창구를 닫고 거의 모두 와 있었다.

헌터들은 그냥 시간도 때울 겸 오락 삼아서 왔다.

또 합동 수주 등 수납마법 덕으로 돈을 벌어보려고 하거나, 어린 여자들과 가까워지기 위한 정보 수집 등 다양한 목적이 있었다.

이번에는 어디까지나 모의전이고 진짜 싸움이 아니었기에 내기 대상은 아니었다.

뭐, 한다고 해도『붉은 맹세』에게 돈을 걸 사람은 없을 테니 내기 자체가 성립하지 않겠지만…….

한편 대전 상대에게는 절대 소녀들을 다치게 하지 말라고 길드 마스터가 거듭 신신당부해두었다.

만약 상대를 다치게 할 것 같으면 동료 중 누군가가 끼어들어 자기 몸을 방패로 삼아서라도 소녀들을 지키라는 말을 듣고 어이없어한 남자들이었지만, 그만큼의 실력 차이가 있다면 그런 상황에 빠지는 것부터 일단 불가능했다.

사용할 무기는 날을 뺀 모의검이어서 진짜 진지하게 힘을 싣지 않는 한, 조금 맞는다고 해도 크게 다칠 일은 없었다. 상대도 일단은 방어구를 차고 있으니.

게다가 공격할 때 힘을 빼고, 속도는 유지하더라도 위력을 별로 담지 않고 할 생각이라 조금 아프거나 심해도 가벼운 타박상으로 끝나고 치유마법을 걸면 문제없을 정도였다.

여유롭고, 힘 조절을 할 수 있는 것.

그럴 목적으로 고른, 이렇게 실력 차이가 나는 대전 카드(매치 메이크)니까…….

"그럼 위치로. ……준비됐나?"

고개를 끄덕이는 『붉은 맹세』와 대전 상대 C등급 파티.

길드 마스터는 모의전 심판으로 몹시 유능했고, 위험한 행동을 하면 즉시 말릴 능력이 있었다. 그래서 자신도 날이 없는 단단한 검을 장비했다.

그렇다, 서툰 사무가 아니라 이런 일이면 갑자기 활기가 생기고 유능해지는 것이었다.

"좋아! 레디…… 파이트!"

훈련이 목적인 모의전이므로, 한 번 승부가 난다고 해서 끝이 아니다.

그리고 대전 상대로 선택된 이 남성 파티는 신인이, 그것도 귀여운 미소녀가 모인 파티가 일찍 죽으면 안 된다며 C등급 헌터의 실력이 어떤 것인지를 이 햇병아리들에게 확실히 알려줄 생각이었다. 다른 의도가 있는 게 아니라 100% 선의로.

그래서 초반부터 봐주지 않고 밀어붙이려는 생각으로 진지하게 임했다.

휘익!

가만히 서 있다가 시작하자마자 전력 기동으로 전환한 전위 검사 둘.

중위인 창사는 창을 쥔 채 대기했고, 후위인 마술사는 고속 영창을 시작했다.

그리고 두 검사가 『붉은 맹세』의 두 전위에게 달려들었다.

……이렇게 하면 일단 전위 둘이 한 번 사망. 그대로 후방의 두 마술사에게 두 검과 위력을 거의 빼다시피 한 공격마법을 쏘고, 이어서 창으로 굳히기.

그럴 계획이었다.

그리하여 두 전위는 힘 조절을 한 가벼운 일격을 몸에 맞고 쓰러졌다.

이어서 마술사가 쏜 힘 조절한 공격마법을 맞고 나머지 둘도 쓰러졌다. 이렇게 해서 상대의 실력을 충분히 파악하게 되었다.

……남성 파티 쪽이.

"""""""이게 무슨 일이야아아아아아!"""""""

자주 있는 일.

……그렇다, 자주 있는 일이었다.

그리고 접수원이 허무한 목소리로 중얼거렸다.

"…………이럴 줄 알았다니까…….."

"""""………….""""""

아연실색.

망연자실.

그런 얼굴로 굳어버린 남성 파티.

충격이었겠지.

중견 C등급 파티로서 나름대로 자부심이 있었을 텐데, 모든 길드 직원과 많은 헌터들이 보는 앞에서 새파랗게 어린 신인 소녀 파티에게 순식간에 당하고 말았으니.

보통은 좌절해서 재기 불능 상태가 되어도 이상하지 않다.

"……어떻게 생각해?"

"보통이네요…….."

"보통이네…….."

"그래도 아직 몰라요. 좀 더 해봐요."

조용히 그런 말을 주고받으며 다시 전투 시작 위치에 가서 서는 『붉은 맹세』.

물론 남성 파티도 여기서 그만둘 수는 없었다.

"……방심했어. 생각했던 것보다 좀 하네. 그럼 위력 이외에는 힘 조절 없이 진짜로 한다. 대인 전투 패턴 6, 두 번 실수는 용납하지 않아. 알겠나?"

""""하아앗!""""

그리고 다시 시작 위치로 가는 네 명의 대전 상대.

길드 마스터의 목소리가 다시 들렸다.

"레디…… 파이트!"

챙! 채챙, 퍽, 슈욱!

퍽, 챙, 뚜욱!

쿵!

슈웅!

슈웅!

검이 튕겨 나가고, 막히고, 부러졌다.

……날을 뺀 모의검이라지만 철로 만든 것이다.

게다가 공격마법은 요격당했고, 아마 일부러 그냥 놔둔 듯한 공격은 명중 직전 뭔가에 튕겨 나가며 무효화되었다.

"""""…………"""""

아무 말 없이 우두커니 선 네 명의 대전 상대.

"""""""…………"""""""

조용해진 객석.

"""""""이게 무슨 일이야아아아아아!"""""""

그리고 반복된 절규.

C등급 중간 헌터가 순식간에 졌다.

그게 가능한 것은 C등급 상위, 그것도 틀림없이 B등급이 되기 일보 직전인 헌터. 도저히 미성년자 둘(레나도 그렇게 보였다)이 포함된 10대 신입 소녀 4인조가 할 수 있는 일이 아니다.

길드 직원과 헌터들의 머릿속은 지금 연기가 모락모락 피어오를 것 같은 정도로 빠르게 회전하고 있었다.

적대국에서 온 간첩인가?

……말도 안 돼. 간첩이 이렇게 튀어서 어쩔 거냐고!

기사나 고명한 마술사 가문 출신이어서 어릴 적부터 수행했나?

미소녀가 넷이 모여서?

……그게 무슨 확률이냐고!

상식에서 벗어난 시골 아니면 마경(魔境) 근방의 마을 출신인가?

아니, 제대로 갖춘 장비가 몸에 완전히 익어 있고, 외모도 행동도 세련된 것이 마치 귀족 같은…….

어리고 미인에 세련되었으며 겉모습에 어울리지 않는 전투력. 그리고 세상 물정 모르고 상식이 없다.

그런 자들이라면…….

""""""""아아!""""""""

모두 손뼉을 짝 쳤다.

그렇다, 그 모든 것이 설명되는 이유가 떠오른 것이다.

""""""""엘프다!""""""""

"틀림없어요!"

모두 미인에 영원히 늙지 않고, 외모보다 훨씬 강한 엘프로 오인받는 것은 그냥 평범한 인간에게는 칭찬이고 자랑할 만한 일이었다.

……『엘프 냄새가 난다』, 『드워프 냄새가 난다』는 말을 실컷 들어서 이상한 쪽으로 꼬인 마일만 빼고…….

*   *

그 후 자신들도 싸워 보고 싶다고 나서는 몇몇 파티를 상대해서 제일 첫 파티의 체면이 완전히 구겨지는 것을 막아준『붉은 맹세』.

뭐, 많은 사람과 싸우면 데이터가 더 정확해지기도 하지만, 그대로라면 모의전을 받아주었던 파티의 처지가 곤란해질 거라고 생각하고 도전하는 파티 모두와 대결했던 것이다.

……그리하여 첫 파티의 명예를 지켜줄 수 있었다.

"……그래, 어땠나?"

모의전이 끝나고 다시 길드 마스터의 방으로 돌아온 『붉은 맹세』에게 길드 마스터가 그렇게 물었다.

"으음, ……보통?"

"보통이었어……."

"보통이었어요……."

"보통이었네……."

"" ………… ""

말문이 막힌 길드 마스터와 접수원.

길드 마스터만으로는 걱정이 되었는지, 접수원도 길드 마스터와 함께 있었다.

두 사람 다 입을 다문 것은 그 말로 여러 가지 사실이 확정되었기 때문이다.

이 네 사람이 자기 실력을 정확하게 인식하고 있다는 것.

출신지에서도 특출나게 강한 편이라는 것.

……그리고 엘프가 아니라는 사실은 조금 전에 자기들 입으로 말했다.

아마 드워프나 다른 종족인 것도 아니고 인간으로 보인다.

"그, 그럼 여기 헌터들의 실력은 너희 출신지 주변 헌터들과 별반 차이가 없다는 뜻인가?"

겨우 정신을 차린 길드 마스터가 묻자…….

"네. 저희 출신지랑 비슷한 것 같아요. ……아, 그런데 여기도 C등급 위로 B, A, S까지 있나요?"

"아, 어어, S등급은 A등급을 기준으로 『그 이상』이라는 의미니까. 그보다 위는 없어."

마일이 혹시 몰라서 한 질문에 그렇게 대답해준 길드 마스터.

아무래도 SS, SSS, EX 같은 건 없는 듯했다.

인간, 똑같은 일에는 똑같이 판단하는 법인지, 구대륙 사람들과 다르지 않은 사고방식인 모양이었다.

……아니, 이런 부분은 두 대륙이 교류가 끊기기 전에 제도가 생겨 공통되는 것뿐일지도 모르지만…….

"……그렇다는 건…….."

"원인은 헌터 쪽이 약해서가 아니라…….."

"마물이 강하다는 건가요…….."

마일 일행의 말에 안심한 표정을 짓는 길드 마스터.

그렇다, 그것은 『너희가 약하다』라는 말이 아니라, 이 소녀들의 출신지 주위에 있는 것보다 훨씬 강한 마물들을 상대로 고군분투하는 자신들이 자랑스러워할 만한 말이었기 때문이다.

자신들은 다른 지역보다 강한 마물을 상대로 열심히 애를 쓰고 있다.

헌터에게 그리고 길드 마스터에게 있어서 그것은 명예로운 일
이겠지…….

"자, 다음은 마물 쪽이야."

"응. 상시 의뢰를 받아 뿔토끼랑 오크, 오거 정도까지 대충 한
번 잡아볼까."

"그래요. 확인 작업이니까 이번엔 할당량에 구애받지 않는 상
시 의뢰로 가요."

"찬성이에요!"

레나와 메비스의 제안에 찬성하는 폴린과 마일.

괜히 통상 의뢰(의뢰표에 있는 개인적인 의뢰)를 받아버리면
행동에 제약이 생긴다. 의뢰 실패가 되지 않도록 그 사냥감을 찾
아야만 하니까…….

반면 대표적인 약초, 식육과 같이 길드에서 정가에 사들이는
상시 의뢰라면 할당량과 상관없기 때문에 행동이 자유롭다. 의뢰
실패에 따른 위약금도 발생하지 않으므로 마음을 놓을 수 있다.

길드 마스터도 조금 전 모의전에서 『붉은 맹세』가 C등급 상위
에 해당하는 실력이 있음을 확인했기에 낙오된 오크 따위에게 당
할 자들은 아니라는 생각으로 특별히 간섭하지는 않았다.

"그럼 오늘은 이만 돌아갈게. 더는 용건 없지?"

"그, 그래……. 이제 길드증도 나올 때가 되었겠지. 그 『마물의
강도 확인』을 끝내지 않으면 앞으로의 방침도 못 정할 테니 일단
은 하고 싶은 대로 해. ……단, 무리는 하지 마라! 너희가 생각하

는 것보다 이 근방 마물이 더 강할지도 몰라. 확인을 마쳐서 이 근방 마물과의 싸움에 익숙해질 때까지는 무조건 안전하게 가라. 절대 무리하면 안 돼, 마물을 얕보고 함부로 덤비지 말란 말이야, 알겠나!"

끈질기게 신신당부했지만, 그건 길드 마스터가『붉은 맹세』, 신인 헌터를 염려해서 하는 행동이므로 딱히 불쾌하게 여길 일은 아니었다. 오히려 꼰대가 시끄럽게 군다며 싫어할 줄 알면서도 그렇게 충고해주는 건 고마운 일이었다.

그런 부분을 잘 이해하는『붉은 맹세』는 감사의 말을 전하며 고개 숙였다.

기가 세고 윗사람에게도 거침없이 구는, 예의가 별로 없는 젊은이들.

『붉은 맹세』를 그렇게 여겼던 길드 마스터는 다소 놀란 눈치였다.

그리고『붉은 맹세』가 나간 후 접수원에게 그렇게 말했더니…….

"무슨 소리예요, 길드 마스터……. 저 애들은 넷 다 예의범절을 잘 갖추었어요. 자세, 동작, 언행, 답변할 때의 영리함, 지식과 교양……. 길드 마스터를 대하는 태도가 조금 차가웠던 건 길드 마스터가 처음에 했던 행동 탓도 있고, 지금까지 외모와 나이 때문에 얕보인 적이 많아서 강하게 나가 세 보일 필요가 있었기 때문이겠죠. 기본적으로 예의와 매너, 대화술 같은 건 상당히 잘 갖추고 있었어요, 다들……. 자세도 똑바르니, 귀족 저택에 초대받아도 별로 창피하지 않을 정도로 잘 처신할 수 있지 않을까 싶어요……."

"뭐어어어어?!"

길드 마스터가 놀라서 소리쳤지만 그리 이상한 일은 아니었다.

귀족 영애인 메비스와 마일은 물론이고, 폴린도 상회주 딸로서 나름 교육받고 예절을 익혔으며, 애당초 네 명 모두 반년 동안 백작으로 살았던 것이다.

거기에는 당연히,『귀족으로서 창피하지 않은 교양과 작법을 익히라』며 왕궁에서 파견된 가정교사, 특별 강사 등에게 밀도 높은 훈련이라는, 지옥의 시간이 포함되어 있었다. ……꽤 오랜 시간에 걸쳐…….

원래부터 그런 교육을 받았던 메비스와 8살 때까지밖에 받지 않았지만, 체력과 균형 감각이 우수한 데다 이해력과 기억력까지 좋은 마일은 그 정도로 힘들지는 않았다.

하지만 독학해서 잡다한 지식은 있으나 제대로 된 교육은 받지 않은 레나 그리고 체력도 없고 운동 신경이 형편없는 폴린은 상당히 고전했다. 숙녀가 갖춰야 할 몸가짐이라든지 춤 특훈 등을 받으며…….

그렇다, 그녀들을 파티에 초대하려는 사람, 춤을 신청하려는 사람이 많을 게 뻔했고, 애당초 국왕이 왕궁 파티에 불러 왕자, 상급 귀족 아들과 맺어주려고 생각하고 있는 이상, 여하튼 네 사람이 춤을 출 수 있게 만드는 것이 급선무였던 것이다.

……좌우지간 그런 이유로 지금 네 사람은 예의작법을 그럭저럭 잘 갖추고 있었다.

그나저나 그걸 알아차리다니, 상당히 우수한 접수원이다…….

$*$ $*$

"호오, 이게 헌터증……."

창구에서 받은 헌터증을 햇빛에 비춰도 보고 뒤집어도 보면서 꼼꼼히 살펴보는 마일.

처음으로 헌터증을 받은 신인은 대체로 비슷한 행동을 하므로 다른 헌터들은 훈훈한 미소를 지으며 그 모습을 바라보았다.

그것도 이상한 일은 아니다.

아무리 조금 전에 강한 힘을 보여주었다고 하나 어디까지나 마일은 미성년 아이이며 귀여운 후배, 신인 헌터였으니까…….

헌터증은 구대륙과 똑같이 체인으로 목에 걸 수 있게 되어 있었다.

이런 점도 오랜 세월에 걸쳐 모두의 요구를 수용하고 개량한 결과, 비슷한 형태가 된 것이리라.

……다만 구대륙과는 달리 모양이 둥근 원반 모양이랄까 동전 모양이랄까, 얇은 메달처럼 생겼다.

사각형보다 원형이 모서리에 몸을 찔려 아플 일이 없으므로 합리적이다.

이제 남은 것은 오크 대금을 받는 일뿐이었는데…….

"자, 여기 감정한 금액. 신선도가 떨어지지 않았다는 점, 깔끔하게 일격에 목을 친 덕에 너덜너덜해져 못 쓰는 부분이 없다는 점은 플러스 평가, 피 빼는 일과 해체 작업을 우리가 해야 한다는 점은 마이너스, 그리고 헌터 능복 후 첫 환전이니까 축하하는 뜻에서 살짝 더 쳐줬어. 이의 있나?"

"""""없습니다!"""""

금액은 아직 이곳의 시세와 화폐 가치를 잘 모르기 때문에 판단할 길이 없다.

하지만 방금 설명을 들었을 때, 이상한 농간을 부렸을 가능성은 없다고 판단한 『붉은 맹세』.

애당초 매수 담당 아저씨도 조금 전 모의전을 보았고, 길드 마스터가 특별히 대하는 파티에 그런 짓을 할 리가 없었다.

아니, 그 이전의 문제로 초특대 용량 수납 보유자를 화나게 만드는 멍청이를 매입 담당 자리에 앉힐 리가 없었다.

헌터 길드의 매입 담당자는 풍부한 지식, 소재를 보는 안목, 모든 매입품의 현재 시세가 파악, 매입 가격에 불만을 보이는 헌터를 설득시키는 설명 능력 그리고 매입 가격을 더 올리라는 위협에도 눈 하나 깜빡하지 않을 담력, 기타 등등의 능력이 요구되는 전문직이다.

대체로 부상 또는 어떤 사정으로 조기 은퇴한 B등급 헌터 등이 10년 정도 해체장에서 일한 후에 맡는 자리이며, 해체장의 책임자와 길드 마스터조차 인정하고 존경하는 사람이 많다.

받은 돈을 수납에 넣은 마일은 바로 물러나지 않고 매입 담당자 아저씨에게 질문을 던졌다.

"……저기요, 그런데 그 오크, 뭔가 이상한 점은 없었나요?"

"뭐? 아니, 아직 해체는 안 했겠지만 해체장 녀석들도 머리 절단 부분과 크기, 살점이 붙은 부위 등을 확인한 시점에서는 아무 말도 안 하던데? 내가 매긴 감정액에도 그렇군, 하면서 동의했고…….'

그렇다는 것은 이 근방의 오크와 다르지 않다는 뜻이다.

"""…………."""

마일 일행은 이세계에서 온 그놈들처럼 이곳 오크도 강하다면 구대륙 오크와는 조금 다르게 생기지 않았을까 생각했었다.

그래서 해체장 사람들, 그쪽으로 프로가 본다면『뭐야, 이 근육도 힘줄도 발달하지 않았고 뒤룩뒤룩 지방만 많은 오크는……』, 『돌연변이인, 허약한 개체 아닌가? 이래선 값이 일반 오크의 절반도 못 미치겠는데……』하고 나오는 것을 기대랄지 예상했던 것이다.

……그런데 외형만이라고는 하나 해체 전문가가 별다른 차이를 느끼지 못했다는 것은…….

"수수께끼가 수수께끼를 부르네…….'

메비스가『일본 전래 허풍동화』에서 마일이 자주 쓰는 문구로 솔직한 감상을 밝혔다.

그렇다, 마물은 육체적으로 구대륙과의 차이가 없는데. 그리고 헌터의 실력도 크게 다르지 않은데.

……어째서 구대륙에 비해 헌터의 피해가 큰 것인가…….

무기의 강도와 성능도 별로 다를 바 없다는 사실은 이미 헌터들의 무기를 보고 확인을 마쳤다.

"여하튼 당장 쓸 자금은 확보했으니까 오늘은 숙소에서 편하게 쉬자. 그리고 내일 차근차근 확인해보는 거야!"

"""하아앗!"""

그리고 다음 날 길드에 들르지 않고 바로 사냥에 나서기 위해 상시 의뢰 매입 가격 리스트를 확인하고 근방의 지도와 마물 분포표 등을 베껴 그리고, 선배 헌터들에게 한 잔 사면서 정보를 얻는 등 만전의 준비를 하는 『붉은 맹세』.

아무리 실력에 어느 정도 자신이 있다 해도 이곳에서는 신참이며 지역 특성이고 뭐고 하나도 파악하지 못한 상태다. 그런 약점들을 커버하려면 정보 수집과 사전 준비가 중요하다.

실력이 있다고 자만하지 않는 그 신중함은 다른 헌터들의 호감을 사기에 충분했다…….

제124장 검증

"······그렇게 해서, 길드에서 들은 이 근방 신인 헌터들이 즐겨 찾는 숲에 왔는데요······."

늘 그렇듯 마일의 설명조 대사였는데 이제는 아무도 태클을 걸지 않았다.

예전에는 레나가 『매번 대체 누구한테 설명하는 거야!』하고 갈궜었는데······.

"우리가 진짜 실력을 드러내면 검증이고 뭐고 아무것도 못 하니까, 여기서는 평범한 신인 헌터라고 생각하고 사냥해요. 레나 씨는 숲이니까 불마법 절대 금지인 건 당연하고, 다른 마법도 D~E등급 마술사 수준으로 써주세요. 헌터 양성 학교 입학 초기에도 레나 씨는 C등급에 버금가는 불마법을 구사하셨었지만 다른 마법은 그 시절의 위력이면 될 것 같아요. 메비스 씨도 어렸을 때부터 단련했고 아버지, 오빠들의 지도를 받으셔서 입학 초기에 C등급 하위 정도 실력이셨으니까요. 그때보다 아주 살짝 억제한 느낌으로······. 폴린 씨는 핫마법 사용 금지. 매운 쪽으로도 뜨거운 쪽으로도······."

뜨거운 쪽이란 사냥감의 체온을 상승시켜 쓰러트리는······자기 집 상점을 되찾으려고 했을 때 호위 헌터를 쓰러트렸던······것이라든지, 뜨거운 물을 끼얹는 것을 말한다.

"그리고 다칠 것 같다거나 뭔가 예상하지 못한 일이 일어났을 경우를 제외하고는 제가 『상황 종료』라고 말할 때까지 그 조건을 준수하면서 움직여 주세요."

그렇게 말한 마일에게 레나가 물었다.

"······넌 뭘 준수하고?"

"아, 저는 사냥하지 않을 거예요. 여러분의 싸움을 자세히 관찰하고 검증하는 작업에 전념할 거예요."

과연 그러는 편이 나았다.

마일은 분명 사냥할 때 힘 조절을 제대로 못 할 터였고, 연구가 기질이 있는 마일에게는 그런 역할이 어울릴 것이다.

그렇게 생각한 레나 일행은 마일의 설명을 받아들였다.

"그럼 작전 개시!"

마일의 호령에 맞춰, 신인 헌터 『붉은 맹세』의 사냥이 시작되었다.

*　　*

"으~음, 사냥할 게 별로 없네요······."

마일이 그렇게 푸념했는데 무리도 아니다. 도시와 가까우면서 신인 헌터가 즐겨 찾는 숲은 어디나 그럴 터였다.

위험한 높은 등급 마물이 없다는 것은 그들이 번식할 수 있을 정도의 먹잇감, 요컨대 동물과 낮은 등급 마물이 없다는 뜻이었고,

심지어 도시에서 가까우니 그 얼마 없는 동물과 낮은 등급 마물을 신인 헌터들이 싹쓸이할 것이다.

마일 일행이 평소에 그런 사냥터에서도 그럭저럭 사냥할 수 있는 것은 마일이 탐색 마법을 쓰기 때문이었다.

마일은 그런 『모두를 편하게 해주는 마법』을 별로 쓰고 싶어 하지 않았지만, 그래도 사냥하러 왔는데 『아무 성과도 없는』 것은 과연 싫었기에 적당히 쓰고 있었다.

……하지만 물론 이번에는 탐색 마법을 전혀 쓰지 않았다.

일반적인 신인 헌터는 그런 것을 못 쓰니까…….

* *

"뿔토끼 한 마리, 1시 방향 15m……."

마침내 메비스가 사냥감을 발견했다.

숲의 잡초 아래에 숨어 있는, 15m 앞의 작은 뿔토끼를 발견하기란 여간 어려운 일이 아니다.

보통은 인간보다 뿔토끼가 먼저 알아차리고 달아나거나 풀 또는 보드라운 흙 속으로 몸을 숨기기 마련이다.

메비스는 사냥감을 발견하는 데 있어 천부적인 감을 가지고 있었다.

……그리고 시력도…….

"메비스 씨랑 레나 씨, 부탁드려요!"

마일의 지시에 고개를 끄덕이는 두 사람.

뿔토끼 한 마리에 네 명이 다 덤벼드는 것은 전력 낭비이고, 마일은 검증을 위한 관측이라는 역할을 맡았으니까.

……그리고 『운동 신경이 형편없는』 폴린이 뿔토끼의 속도를 따라잡을 수 있을 리 없었다.

"좋았어, 가자, 레나!"

"오케이!"

그리고 뿔토끼가 알아차리지 못하게 조용히 접근하는 레나와 메비스.

레나는 이미 얼음돌을 던지는 마법을 머릿속으로 영창해 홀드해 두었고, 메비스는 검을 뽑아 언제든 돌격할 수 있는 자세를 잡고 있었다.

하지만…….

"아, 달아났다!"

곧바로 던진 레나의 얼음돌이 빗나갔다.

이렇게 된 이상 잡초 속에서 재빠르게 달아나는 뿔토끼를 따라잡을 방법은 없다.

좀 더 빨리, 뿔토끼가 멈춰 있을 때 얼음돌을 던져야 했던 건지도 모르지만 다 결과론일 뿐이다.

"망했어, 달아났…… 어라?"

……느렸다.

뿔토끼의 속도가 원래보다 상당히 느렸다.

"어디 다치기라도 했나? 좋았어, 저 정도면 따라잡을 수 있어! 가자, 레나!"

"맡겨만 줘!"

그렇게 말하며 뿔토끼를 뒤쫓는 레나와 메비스.

이제 사냥감이 다 알아버리고 말았으니 크게 소리쳐도 문제 되지 않았다.

"아~, 가버렸네요…….."

"모습이 안 보여요. 이러면 검증 작업이…….."

폴린과 마일이 그런 말을 하고 있는데, 소리도 없이 필사적인 모습으로 레나와 메비스가 전력 질주로 돌아왔다.

그리고 그대로 폴린과 마일 앞을 지나 계속 달렸다.

"왜 저러는……, 앗, 으아아아~~앗?!"

경악해서 소리치는 마일과 아연실색한 얼굴로 메비스와 레나가 온 방향을 응시하는 폴린.

두 사람이 목격한 것은…….

뿔토끼.

뿔토끼, 뿔토끼.

뿔토끼, 뿔토끼, 뿔토끼.

뿔토끼, 뿔토끼…….

수많은 뿔토끼 무리였다.

뿔토끼가 그 뾰족한 뿔 끝을 앞세워 전속력으로 달려오고 있었다…….

마일이 진짜 힘을 쓴다면 그 정도쯤 쉽게 날려버리겠지.

하지만 모두에게 그렇게 말해놓고 정작 자신이 『신인 헌터의 틀을 벗어나 진지하게 싸우는』 행동을 해버리면 뭐랄까, 『진 기분』이 들어서 싫었던 것이다.

그것도 고작 뿔토끼를 상대로…….

그리고 폴린 역시 같은 생각을 한 듯했다.

평범한 신인 헌터의 범위 내라는 제약 속에서 지금 취해야 할 행동이라면…….

뿔토끼의 일격은 가죽 방어구 따위 쉽게 관통한다.

자칫 잘못하면 C등급 헌터조차 예상하지 못한 실수를 범하고 크게 다칠 수 있는 것이다.

따라서 지금 두 사람이 취해야 할 수단은…….

""도망칠래애애애애애!""

전력을 다해 달아난 메비스와 레나의 뒤를 따르는 마일과 폴린.

그렇다, 메비스와 레나가 선택한 것과 같은 『도주』밖에 선택지가 없었던 것이다…….

*　　*

““““헤엑헤엑헤엑헤엑…….””””

“뭐, 뭐야, 그, 그거…….”

뿔토끼 무리로부터 달아나는 데 성공한 후 숨을 헐떡이면서 겨우 말을 꺼내는 레나.

“뭐, 뭐냐고 물어도 뿔토끼 무리, 라고밖에…….”

그에 대답하는 메비스.

“그전에 저랑 마일짱에게 하실 말씀 없나요!”

격노한 폴린.

““미안…….””

그리고 순순히 사과하는 레나와 메비스.

그렇다, 조금 전에는 트레인 행위…… 수많은 몬스터의 심기를 건드려 기차놀이하듯 줄줄이 끌고 다니는 짓이다.

심지어 남들이 있는 곳으로 데려온 최악의 행위였다.

또 아무 경고도 없이 자기들만 뛰어갔다는, 일반적인 파티라면 신뢰 관계에 금이 가도 이상하지 않은 행위.

상대가 뿔토끼니까.

여차하면 모두 진짜 힘을 쓰면 해결되는 일이니까.

그런 안일한 생각으로 해도 되는 행동이 아니다.

만약 상대가 오거 무리였다면.

만약 마일이 평범한 C등급 헌터였다면.

지구에서는 설령 총에 총알이 없다는 것을 알아도 전시상황이 아니면 절대 총구를 사람 쪽으로 향하게 해서는 안 되는 엄격한 규칙이 있다.

이 세상은 언제든 불상사가 일어날 수 있다. 설령 탄창이 분리되어 있더라도 총알 장전 부분에 총알이 남아 있을 가능성이 있다. 그럴 경우 언제 총기 사고가 일어나도 이상하지 않다.

그와 마찬가지로 아무리 상대가 뿔토끼라도, 그리고 아무리 동료가 강하더라도 세상에는 해도 되는 일과 하면 안 되는 일이 있다.

……게다가 폴린은 체력이 약하고 다리가 느리고 근접 전투 능력이 별로 없으며 방어력은 아예 없다. 만약 뿔토끼 수십 마리의 공격을 동시에 받는다면 마법으로 모두 전멸시키는 데 실패해 몇 마리의 공격을 받고 치명상을 입었을 가능성도 전혀 없지 않다.

그러니 진심으로 화내는 것도 무리는 아니었다.

"미안해. 기사로서 해서는 안 되는 행동을 했어……."

"잘못했어……."

"………."

메비스와 레나가 심하게 풀이 죽자 더는 비난하지 않는 폴린이었지만 그래도『이제 됐어요』라든지『용서할게요』같은 말을 해줄 기분은 아니었는지 그저 입을 꾹 닫을 뿐이었다.

"그, 그런데 대체 무슨 일이 있었던 거예요!"

웬일로 마일이 눈치 있게 화제를 돌렸다.

그리고 살았다는 듯 그 말을 받는 메비스.

레나는 이 멤버 중에 헌터 경력이 가장 길어서 파티를 이끌어가는 역할이라는 자부심이 있었던 만큼 아직 회복되지 못한 모습이었다.

"아, 그래, 그게, 어디 다쳤는지 달아나는 속도가 느린 뿔토끼를 뒤쫓아갔더니…… 엄청 많은 뿔토끼들이 잠복하고 있어서……."

"역습당했다는 얘기인가요……."

"".............""

고민해도 어쩔 수 없다.

그래서 마음을 다시 가다듬고 검증 작업을 재개하기로 한『붉은 맹세』였다…….

* *

"고블린이 어떻게 검이랑 창을 들고 있는 거야!"

"쓰러진 검사의 무기를 빼앗아 쓰고 있는 거겠죠……."

"그건 말 안 해도 안다고!"

* *

"오크가 어떻게 3인 1조로 싸울 수 있는 거죠!"

* *

"오거가 어떻게 2인 1조로 싸울 수 있는 거죠! 로테*냐고요! 입

---

*독일 공군이 썼던 2기 1조 전술.

속의 연인*이냐고요!"

＊　　＊

그리고 체력은 차치하고 정신적으로 몹시 지쳐서 핼쑥해진 얼굴로 도시에 돌아온『붉은 맹세』.

"""""………….""""

아무 말 없이 길드 지부에 들어와 납품 창구에서 잡은 사냥감을 돈으로 바꾸고 조용히 숙소로 돌아갔다.

그 모습을 본 다른 헌터와 길드 직원들도『붉은 맹세』에게 말을 걸지 않았다.

＊　　＊

일단 저녁부터 먹은 다음 방에서 파티 회의를 연『붉은 맹세』.

"이게 다 뭘까…….

"말도 안 되는 일이야…….

"이상해요…….

"하지만 사실은 인정해야…….

"""""마물들 머리가 너무 좋아!"""""

그렇다, 무슨 일인지 마물이 죄다 몹시 영리했다.

일부러 다친 척 미끼를 던지고 잠복한 뿔토끼.

나무막대기 따위가 아니라 인간에게서 **빼앗은** 무기를 쓰는 고블린.

3인 1조, 2인 1조의 로테 전술을 구사하는 오크와 오거.

공격력과 방어력이 뛰어난 마물을 인간이 이길 수 있는 것은 마물들이 멍청하고 전술도 연대도 없이 제각각 힘으로 밀어붙이는 공격밖에 못 하기 때문이다.

······하지만 지혜를 발휘하고 연대하고 전술을 구사한다면······.

그것도 모자라 인간의 무기를 빼앗아 사용한다면······.

"몸이 구대륙의 마물들과 큰 차이가 없다 해도······."

"일반 헌터들이 고전할 수밖에 없지······."

"뭐, 우리야 방심만 하지 않으면 문제없겠지만요······."

"이곳의 C등급 이하 헌터들은······."

『은퇴자, 부상자, 사망자 등도 늘어나 상황이 점점 안 좋아지고 있거든.』

네 사람의 뇌리에 불현듯 길드 마스터의 말이 떠올랐다.

헌터의 감소.

그건 마물 솎아내기가 불충분해짐을 의미하며, 그 결과 일어나는 일은······.

((((스탬피드 발생······.))))

문제는 간단하지 않았다.

만약 그것이 여기에서만의 이야기라면『붉은 맹세』가 당분간

머물며 상위 마물을 잡아 솎아내면 해결된다.

조만간 다시 늘어난다고 해도 그전까지 신인을 육성하고 군대를 요청하는 등 증가 속도를 늦출 수단을 찾으면 그만이다.

하지만…….

만약 머리 좋은 마물이 여기만 있는 게 아니라면?

만약 이 대륙에 있는 모든 마물이 영리하다면?

만약 그것들이 번식해서 전 세계에 퍼진다면?

"""""위험해…….""""""

신천지에서 즐겁게 지내려고 했는데, 돌아가는 상황이 영 이상하다.

그렇게 생각하고 입을 꾹 다무는 네 사람이었다…….

제125장 추적

"뭐라? 마일레린 백작(메비스 님), 레드라이트닝 백작(레나 님), 베케트 백작(폴린 님) 세 분의 행방이 묘연하다고?! 마, 마일 폰 아스컴 백작은! 아스컴 백작은 어떻게 되었나!"

부하의 보고에 얼굴이 새파랗게 질리며 버럭 소리를 지르는 재상이었는데……

"네, 아스컴 백작은 여느 때와 다름없이 하루 두 번, 가설 신전 발코니에서 모두에게 이야기를 들려주시고, 그 이외의 시간에는 귀족으로서의 기초 교육……인 것으로 되어 있는 왕비 교육을 받으시며, 자유시간에는 손수 구우신 과자를 드시면서 느긋하게 보내고 계십니다. ……무슨 수라도 쓰지 않으면 살찌시지 않을까 염려가……"

"음……. 과자 양에 제한을 둘까……. 아니, 지금 그게 중요한 게 아니고! 그렇다면 도주 징후는 없는 거겠지?"

"네!"

"으~음……. 나머지 세 분은 세상을 구한 대영웅이라고 하나 그래봐야 사자님을 뒤에서 따랐을 뿐이고 A등급에 해당하는 힘밖에 없는 평범한 인간이다. 여신의 사자로 현현하신 아스컴 백작만 계셔준다면 문제없다고 할 수도 있지만……. 그러나 그 세

분은 아스컴 백작을 이 나라에 붙잡아 두기 위한 **누름돌**로 꼭 필요한 존재들이야. 만약 그 세 사람이 다른 나라로 갔다면 아스컴 백작도 따라갈 가능성이 있어. 당장 세 사람이 어디 있는지 찾아라! 그리고 혹시 모르니까 다른 쪽으로도 누름돌을 준비해둘까……. 여봐라, 아우구스트 학원에 좀 다녀오너라. 편지는 지금 바로 써줄 터이니!"

*　　*

"하아, 드디어 도착했네요. 뭐, 폐하의 『아스컴 후작이 귀국하도록 설득하라』는 하명은 좀 성가시지만, 폐하께서 명령하신 임무로 당당히 아델 씨를 만날 수 있으니 감사하죠."

마르셀라의 말에 고개를 끄덕이는 모니카와 올리아나.

세 사람 앞에는 마일이 지내고 있는 가설 신전이 있었다.

제대로 된 석조 신전을 건설하려면 시간이 걸리기 때문에 신전 건설 현장 옆에 지은 임시 목조 건물이었다.

하지만 말이 임시지 인접한 세 나라와 그 밖의 다른 나라들 그리고 신전 세력이 지었기 때문에 그들의 체면이 달려 있었다. 그래서 급히 지은 임시 목조 건축물치고 상당히 크고 근사하게 잘 지어졌다.

"그럼 가볼까요!"

""하아앗!""

『원더 쓰리』가 아스컴 후작과 막역한 사이인 것은 널리 알려진 사실이라 그들을 막아서는 자는 아무도 없었다.

……아니, 당연히『원더 쓰리』의 모국인 브란델 왕국은 가설 신전이 지어진『성역』을 접하고 있었으므로 다른 나라를 경유할 것 없이 바로『성역』에 들어왔고, 가설 신전을 지키는 경비병과 신관과 무녀들도 3분의 1은 자국 브란델 왕국 사람들이었다. 그들이 담당한 출입구를 통해 안내를 받아 들어갔으니 제지당할 리가 없다.

그리고 친구를 만나는데 알현장 따위로 가는 것은 말이 안 된다.

그래서 그대로 사적인 응접실로 안내받고 홍차와 과자를 내어 온 무녀가 물러가자 회포를 풀 네 사람만이 남았다.

"마르셀라 씨, 모니카 씨, 올리아나 씨, 오랜만이에요! 와주셔서 기뻐요!"

"""……""""

"……음? 저기, 여러분……."

"""…………""""

"저, 저기, 왜 그러세요……."

"""……………""""

"저, 저기……."

"""누구냐, 넌?!"""

"……네?"

갑자기 따지자 정신이 멍해진 마일 001(나노머신).

그렇다, 마일의 대역으로 흉내 내는 데 절대적 자신이 있었던 만큼 완전히 예상을 빗나간 이 상황에 순간적으로 반응이 늦었던 것이다.

"아델 씨는 어디 갔어!"

"이 가짜야, 아델을 돌려내!"

"아델짱은 무사한가요! 가짜를 이용해 각국을 조종하려는 극악무도한 자들은 우리 『원더 쓰리』가 처단할 것입니다!"

"으아아아! 그, 그게 아니에요! 여러분, 일단 진정하시고…….."

"그러고도 계속 아델 씨인 척할 건가요……. 여러분, 일단 반쯤 죽여서 붙잡읍시다!"

""하앗!""

"자, 잠깐, 잠깐만요! 다 사정이 있어서…….."

"마일 님, 성녀 마리에트 님께서 방문……, 앗, 당신들, 도대체 무슨 짓을!"

바로 그때 무녀가 손님을 모시고 들어왔다.

마일이 성녀 마리에트를 몹시 좋아한다는 사실은 널리 알려져 있었고, 마리에트는 당연히 티루스 왕국 출신 경비병과 무녀들이 담당한 출입구를 통해 들어왔기에 안내한 무녀도 경비병과 신관들도 마일 획득전 라이벌인 브란델 왕국에서 온 손님에게 방해가 된다고는 조금도 생각하지 않았다.

……아니, 오히려 방해하고 싶은 마음이 있었기에 마리에트를

기다리게 하는 선택지는 애초부터 존재하지 않았다.

그리고 브란델 왕국 측에 방해받지 않으려고, 전달도 사전 고지도 없이 직접 마리에트를 안내했다가 목격한 것이다. 사자 마일 님을 공격하려 드는 브란델 왕국 손님들의 모습을…….

"수상한 자다! 모두 이리로, 이리로~~!!"

"아아악, 안 돼, 그만두세요! 아무 일도 아니에요, 아무 일도 아니라고요오오오~~!!"

마일 001의 필사적 외침에도 불구하고 사태가 점점 악화되었다…….

* *

"하아하아하아, 그래도 어떻게든 됐네요……."

거친 숨을 헐떡이면서도 안정을 되찾은 듯한 마일 001.

그 후로 밀어닥치는 경비병과 신관, 무녀들에게 『학창 시절이 그리워 장난을 좀 쳤을 뿐이에요!』하고 설명하고 겨우 사태를 수습했던 것이다.

마르셀라 일행도 과연 이대로 붙잡히면 일이 커진다는 것을 알고 순순히 마일 001의 변명에 편승했다.

그렇게 유명한 마일과 『원더 쓰리』의 관계를 의심하는 사람은 없었기에 양측 모두 입을 모아 『아무 일도 아니다. 장난 좀 쳤을 뿐』이라고 하니 쉽게 믿었다. 한쪽만의 주장이었다면 모를까, 둘 다 그렇게 말하니 의심할 이유가 전혀 없었기에…….

마일 001과 『원더 쓰리』가 소란 부려서 죄송하다고 하자 씁쓸하게 웃으며 물러간 경비병과 신관, 무녀들.

최근 들어 기운이 없었던 마일이 친구들의 방문에 기쁜 나머지 과하게 들떴다.

그건 아마 모두에게 흐뭇하고 기쁜 일이었으리라…….

모두 물러가고 방에 남겨진 것은 마일 001과 『원더 쓰리』, 마리에트 그리고 추가로 나온 홍차와 과자뿐이었다.

그리고…….

"마리에트, 오랜만이에요! 잘 지냈어요?"

"……."

어딘지 수상쩍어하는 얼굴로 마일을 보는 마리에트.

"……저기, 마리에트?"

"…………."

"저기…….."

"누구냐, 넌! 우리 마일 선생님을 어떻게 했어!"

"으아아악! 왜 이리 쉽게 들키는 건가요오오! 완벽한데! 완벽하게 흉내 냈을 텐데에에에!"

믿기 어려운 현실에 저도 모르게 비명을 내지르는 마일 001(나노머신)이었다…….

*　　*

"……그럼 당신은 마법으로 모습을 바꾸거나 변장한 다른 사람이 아니라 아예 **사람이 아니**라는?"

"네……. 신에 의해 마일 님과 유사하게 만들어진 뭐, 일종의 골렘이라고 생각해주세요. 제어로 움직일 수 있는 건 마일 님이 말씀하시는 『마법의 나라에서 온 마법 요정』 같은 거여서요, 제가……. 그러니까 마일 님의 자리를 빼앗으려고 한다거나 마일 님 행세를 해서 사람들을 조종하려고 할 의도는 없습니다. ……뭐랄까, 그런 건 생각할 수도 실행할 수도 없게 만들어져 있기 때문에……."

"""……."""

마일이 아니라 신이 만든 것으로 해서 설명한 마일 001.

……거짓말은 아니다.

나노머신을 만든 건 마일이 아니라 조물주고, 마일을 잘 유도해 마일 001을 만들게 지시했다고는 하나 실제로 만든 건 조물주가 만든 나노머신들이니까 그 말은 틀리지 않았다.

게다가 나노머신들은 딱히 거짓말을 할 수 없는 게 아니었다.

하등생물도 이해할 수 있게 설명하려면 비유라든지 설명의 간략화뿐만 아니라 때로는 살짝 사실을 왜곡해(거짓말을 섞어서) 설명할 필요도 있었기에…….

"그래서 아델 씨는 지금 어디 계시죠?"

그렇다, 문제는 그것이었다.

"『붉은 맹세』분들이 모두 행방불명이라는 건 당연히 다 함께 있다는 얘기인데요."

"…………."

불과 몇 밀리초 고민한 후, 마일 001은 체념했다.

물론 그사이 중앙 지령부(센터)를 통해 전 세계 나노머신과 협의한 합의사항이지만⋯⋯.

"짐작하시는 대로『붉은 맹세』분들은 다 함께 다른 대륙에 계십니다. 마일 님과『붉은 맹세』다른 멤버 분들의 활약에 대해 아무것도 모르는 다른 대륙에 가서 지극히 평범한 소녀, 지극히 평범한 헌터로 여유로운 삶을 살기 위해⋯⋯ 푸웁!"

거기서 갑자기 웃음을 터트린 마일 001.

""""""푸우웁!!""""""

⋯⋯그리고 모두 터지고 말았다.

"다, 다들, 우, 웃으면, 아, 아델 씨에게 실, 실례⋯⋯ 큭, 크크큭⋯⋯."

"마, 마르셀라 님, 그렇게 웃으면 아, 아델한테, 크크크큭⋯⋯."

""""""""푸~하하하하하~!!""""""""

마일 001까지 포함해 모두 폭소했다⋯⋯.

*　　*

"⋯⋯뭐, 그렇게 되어서⋯⋯."

마일 001이 모든 설명을 마쳤다.

""""""………….""""""

그리고 점점 기분이 상하는 『원더 쓰리』와 마리에트.

"……그러니까 아델 씨가 우리 원더 쓰리를 버리고『붉은 맹세』 멤버들이랑 도피했다?"

"아니, 그게 그런 건……."

"마일 선생님께서 궁지에 몰린 저를 외면하고 다른 대륙으로 망명하셨다?"

"아니, 딱히 이 나라를 버린 건……."

"""""절대, 용서 못 해요!"""""

"으아아아아악~~!"

* * *

그리고『만약 이 일이 각 나라와 신전 세력 그리고 일반 민중들에게 알려진다면 어떻게 될까요?』라는 질문이 나온, 한없이 협박에 가까운 검토회가 열린 결과…….

"그럼 이 일은 우리만 알고 묻어두는 걸로 하면 되겠죠?"

사회를 맡은 마르셀라의 말에 고개를 끄덕이는 모니카, 올리아나, 마리에트 그리고 마일 001.

"그럼 가급적 신속하게 조금 전의 합의사항을 실행으로 옮기죠. 우선 저희『원더 쓰리』는 고국으로 돌아가 모레나 왕녀를 끌어들여 예의 작전을 위한 준비에 들어갈게요. 001은 저희가 준비를 마치면 케라곤인가 뭔가 하는 고룡을 불러 저희를 이동시키라고 명령하세요. 마리에트 씨는 학원 졸업 때까지 기다렸다가 이 신전의 장이 되세요. 그러면 혼담을 피할 수 있음과 더불어 001을 도울 수 있죠. ……다들 동의하시죠?"

"""네!"""

"……네……."

씩씩한 모니카, 올리아나, 마리에트에 비해 마일 001의 대답에는 힘이 없었다.

……뭐, 그거야 어쩔 수 없겠지…….

원래라면 나노머신은 자기들끼리 판단해 이렇게 마음대로 일을 벌이는 것이 허락되지 않는다.

하지만 지금은 권한 레벨 7인 마일의 명령으로『마일의 대역』을 맡고 있다.

다시 말해『마일이라면 할 법한 일을 대신 실행』하는 것이며, 또한『가짜라는 사실을 들키지 않도록 최대한 노력해야만』했다.

……그렇다면 이 정도는 허용 범위에 있었다.

마일이라면 당연히 그렇게 했을 테니까…….

그래서 언제나 사람과 다른 생물의 마법 행사를 대신 떠맡는 것밖에 못 하는 나노머신의 입장에서는 말 그대로 자신의 수족으로 마일 001(골렘)을 부려 인간의 일원으로 사회 활동에 참여하는 것은 어마어마하게 재미있는 오락거리로, 마일에게는 따분하고 시시하기만 했던 사자님 생활도 신선하고 즐거웠다.

……원래는 말이다.

절대적인 자신이 있었던 마일 흉내를 단번에 간파당했다. 그것도 두 번 연속으로.

그때 마일 001의 제어를 담당했던 나노머신 입장에서는 이런 망신이 또 없었다.

또 권한 레벨이 2밖에 안 되는 하등생……인간 나부랭이에게 구워삶기고, 권한 레벨 1인 인간도 아이템 박스를 쓸 수 있게 해야만 했던 이 패배감 그리고 마일에 대한 미안함.

마일 001을 맡은 나노머신들이 의기소침해지는 것도 어쩔 수 없다…….

＊　　＊

"네에에? 저더러 다른 대륙에 가서 거기 왕족과 친교를 맺으라고요?!"

마르셀라의 말에 눈을 커다랗게 뜨는 모레나 왕녀.

"그, 그게 도대체, 무슨……."

"네, 그것이 신의 권속님께서 내리신 신탁입니다."

"……자세히 좀 말해봐요!"

그리고 『원더 쓰리』에게서 상세한 이야기를 들은 모레나 왕녀는…….

"……왔다. 저의 눈부신 미래, 드디어 왔군요~!"

＊　　＊

3일 후.

모레나 왕녀 방의 책상 위에 한 장의 편지가 놓여 있었다.

그 내용은······.

『다른 나라를 친선 방문하고 오겠습니다. 며칠 뒤에 돌아올 것입니다.』

그리고 모레나 왕녀와 함께 공식 행사용 드레스와 액세서리, 기타 많은 것들이 종적을 감추었다······.

*　　*

"그럼 잘 부탁드릴게요, 케라곤 씨."

『쩌만 믿으십시오! 사자 마일 님의 같은 종끼리 쒀로 돕고 그려는 거지요, 001 님!』

자신이 분명 신대륙까지 태워다 주었는데 그 마일이 구대륙으로 호출했다.

그 모순을 해소하기 위해 케라곤에게도 어느 정도 설명해준 마일 001.

그에 케라곤은 대장로도 모르는 일을 자신에게만 알려준 것을 영광으로 생각했고, 또 구세주 마일 님에게 도움이 되는 일이며, 마일 님과 똑같은 모습인 신이 창조한 존재가 자신을 의지하고 대등한 입장으로서 교류를 원했다는 사실에 몹시 흥분한 상태였다.

그래서 기분이 좋은 케라곤은 자신을 의시하라고 001에게 조언했다는 『원더 쓰리』에게도 몹시 감사했으며 앞으로 그녀들이 위기에 빠지거나 멀리 이동해야 할 일이 있을 때 자신을 부르라는, 파격적인 『친구 대우』를 해주었던 것이다.

이는 케라곤이기에 가능한 특별한 경우다.

똑같이 인간이 고룡에게 도움을 주었어도 다른 고룡 같으면 『으음』하고 끝이거나, 많이 중대한 일이었어도 비늘 한 장을 떼어주면 잘 대해준 편이다.

하등생물이 고룡에게 봉사하는 것은 당연하며, 일일이 고맙다고 말하거나 사례하지 않는다.

노예가 주인을 위해 열심히 일하는 것이 당연하고 일일이 고마움을 표하지 않는 것처럼.

그런데 설마 했던 『친구 대우』라니.

이것만으로도 케라곤이 『인간』을 상당히 높게 평가하고 있다는 것을 알 수 있다.

이는 분명 구세주이자 메비스가 잘랐던 자신의 꼬리를 다시 붙여준 대은인 마일의 존재가 영향을 미쳐서겠지만 케라곤이라는 개체가 원래 가진 특성이기도 하리라.

그리고 마일의 친한 벗이자 자신에게 이번 일의 요행을 가져다준 작고 귀여운 생물.

이는 인간한테는 『새끼 고양이 또는 길들인 문조가 다이아몬드 반지를 물고 돌아온 것』이나 다름없었다.

……그러니 『키울까』라든지 『돌봐줘야지』하고 생각해도 이상

하지 않으리라.

"그럼 잘 부탁드립니다, 케라곤 님."

『그래. 비행 중에는 장벽으로 보호할 것이니 바람도 맞지 않고 아래로 떨어질 일도 없다. 안심해도 되니라. ……마일 님은「온풍 마법」인가 하는 것을 써서 따뜻하게 하셨던 듯하다. 하늘 위는 추우니 연약한 인간들은 힘든 모양이더군. 그리고「공기가 희박하다」고도 말씀하셨었지……』

"네, 그 부분은 001한테 들어서 괜찮습니다. 그럼 부탁드려요."

『좋다, 그럼 내 등에 타도록 하라.』

케라곤은 자신의 동지로서 마일 001을『001님』이라고 불렀지만 마르셀라 일행은 마일보다 낮은 것은 자신들보다도 낮다고 생각해서『001』이라고 님을 떼고 불렀다.

그리고 케라곤이 넓은 하늘을 향해 날아올랐다.

* *

『이제 곧 신대륙 해안선이 보일 것이야. 그 후에는 예정대로 하면 되겠지?』

"네, 아델…… 마일 일행이 상륙한 지점을 피해서 우회, 거기서 왕도로 가는 직선 코스도 피해서, 어쨌든 지상에서 알아보지 못하게 하면서 왕도로. 전하, 이제 슬슬 옷을 갈아입으세요."

키리곤에게 대답한 후, 밑아두었던 모레나 왕녀의 공식 행사용 드레스와 액세서리를 아이템 박스에서 꺼낸 마르셀라.

"알겠어요. 드디어 제 일생일대 최대의 승부가 시작되겠군요. ……저만 믿으세요! 실패란 없을 겁니다!"

자신만만하게 선언하고 옷을 갈아입는 모레나 왕녀.

그렇다, 이번 일에 주인공은 모레나 왕녀였던 것이다…….

*　　*

"폐하, 긴급 사태입니다! 고룡으로 보이는 비행 생물, 왕도 상공을 선회 중! 선회의 중심부에는…… 여기, 왕궁이 있습니다!"

"뭐시라?! 지금 당장 병사를…… 아니, 잠깐만, 아무것도 하지 마라! 저항한다고 되는 일이 아니다. 괜히 심기를 건드렸다간 왕도…… 아니 우리나라 전체가 멸망한다. 지금은 어떻게든 별일 없이 지나가기만을 비는 수밖에 없어. 혹시라도 어떤 행동으로 고룡을 화나게 만들어버린다면 최악의 경우 당사자들과 왕족의 목숨을 전부 바쳐서라도 어떻게든 화를 가라앉게 만들어야겠지."

"폐, 폐하……."

만약 고룡을 화나게 했다면 일단 자신들의 목숨을 내어놓아 분노를 잠재워, 나라가 멸망하고 국민 모두 죽는 사태만은 피해야 한다.

……그것 이외에는 취할 방법이 없었다.

"좋아, 발코니로 나가야겠다. 거기서 깃발을 흔들어 고룡에게 교섭 상대의 위치를 알리는 거야. ……그런 표정 짓지 말거라. 짐도 죽고 싶지 않다. 어떻게든 살아남기 위해 노력할 것이다. 왕비와 아이들을 불러오거라. 달아나든 모두의 목숨을 바치든, 어찌됐건 일단 모아야 하니."

"……하, 하앗……."

비통한 표정인 병사에 비해 차분한 국왕.

……딱히 담력이 커서 그런 것은 아니다.

상대가 고룡이면 어차피 뭘 해도 소용없다.

할 수 있는 것은 오직 하나.

화를 가라앉히기 위해 바칠 목숨을 최대한 적은 선에서 끝낼 수 있는가라는 교섭뿐.

자신의 목숨 따위는 처음부터 포기했다.

그렇다, 단지 확정된 자신의 『죽음』 앞에서 마음이 바람 한 점 없는 날의 해수면과도 같이 잔잔하고 평온한 것일 뿐이었다…….

*　　*

국왕이 베란다에 서서 병사들에게 커다란 국기를 휘두르게 하자, 그 모습을 알아본 고룡이 천천히 내려왔다.

그리고 베란다 앞 광장에 착지했다.

쿵, 쿵 베란다를 향해 걸어오더니 목을 쑥 내밀었다.

『네가 이 나라의 왕인가?』

"그, 그러합니다! 저희 국민의 잘못은 전부 저의 잘못. 부디 제

목숨을 받으시고 노여움을 거둬주시길……."

필사적인 마음으로 소리치는 국왕이었는데…….

『아니, 이번에는 딱히 그런 일이 아니야. 그냥 친구의 부탁으로 말의 역할을 대신해준 것뿐인데. 친구의 용건이 끝날 때까지, ……그래, 난 저기 광장에서 쉬도록 하겠다. 걱정 말거라. 난 하등생물이 뭔가를 저지른다고 해도 세세한 일에는 불쾌해하지 않으니. 그래, 내 친구가 친하게 지내고 싶어 하는 나라니까 말이야, 그동안 나에게 뭐 묻고 싶은 게 있다면 말벗이 되어주마. 맛있는 음식을 가져오면 내 이야기가 더 재미있어질지도 모른다? ……그리고 인간 유생체……어린애를 모아와 내 비늘을 청소해준다면 상을 내리도록 하지. 반짝반짝 광이 날 필요까지는 없어. 비늘 사이에 낀 쓰레기만 제거해주면 돼.』

"……………………네?"

턱이 빠질 것만 같은 국왕.

깃발을 흔들던 병사, 국왕과 함께 목숨을 바치려고 동행했던 대신들도 그대로 얼어붙었다.

당연하게도 고룡의 거구에서 뿜어져 나온 그 커다란 목소리는 왕도에 넓게 퍼져나갔다.

그리고 그제야 사람들은 고룡의 등을 타고 있는 네 소녀를 알아보았다.

""""""""저게 뭐야아아아아아아~!""""""""

*　　*

"갑자기 방문해서 죄송합니다. 저는 티루스 왕국 제3왕녀 모레나라고 해요……."

"…………."

고룡의 등에서 내린 네 소녀를 일단 회의실로 안내한 국왕과 신하들.

고룡이 『친구』라고 소개한 인간을 알현장 같은 곳으로 안내하고 단상 위 왕좌에서 내려다보며 대화를 나누는 행동을 할 수 있을 리 없었다.

그 고룡은 『세세한 일에는 불쾌해하지 않는다』라고 말했던 것이다.

……그건 다시 말해 『세세한 일』이 아니면 불쾌해할 것이라는 뜻이다.

자존심 강한 고룡이 『친구』라고 부르는 인간이 다른 하등생물(인간)에게 함부로 대우받는다면 그걸 과연 『세세한 일』의 범위에 넣어줄까.

……확실하지 않다면 괜히 위험을 무릅쓸 필요는 없다.

그것도 국가의 운명이 걸려 있다면 특히.

그래서 대등한 입장으로 대하기 위해, 위에서 내려다보는 형태가 되는 알현장이 아니라 이곳 회의실로 안내한 것이다.

회의실이라지만 딱히 긴 책상과 접이식 의자 같은 것이 있는 살풍경한 방은 아니었다.

다른 나라의 중요한 인물과 회의하기 위한 방으로 의자도 책상도, 그리고 조명 등도 전부 최고급이었다. 그리고『회의의 장』
인 만큼 모든 자리가 상하관계 따지지 않고 평등하게 배열되어
있어 이런 경우에 쓰기에는 최적의 방이었다.

아무리 무례를 범하지 않고 잘 대접해야 할 상대라고 해도, 정
체를 모르는 어린 소녀 넷을 국왕보다 높게 대우할 수는 없었으
므로 다른 선택지는 없었다.

"이번에 찾아뵌 것은 제가 왕족의 일원으로서 이 나라 왕족과
교류해보고 싶은 생각에……."

상대 측이 굳어서 아무 말도 하지 않았기 때문에 모레나 왕녀
가 별수 없이 이야기를 이어가고 있었는데, 그제야 처음으로 국
왕이 의문을 표시했다.

"……왕족과 교류?"

그렇다. 보통은『나라끼리 교류』와 같은 표현을 하기 마련이다.

게다가 외교관이 아니라 난데없이 왕녀의 방문. 동행자는 호위
소녀가 고작 세 명.

'고룡을 타고 왔고 호위도 하나 없고. 게다가 고룡이 단순한 병
사를 등에 태워줄 리 없지. 분명 저 고룡은 귀여운 소녀만 자기
등에 태우는 거야…….'

지금까지 그런 이야기는 들어본 적도 없었지만, 그런 경우가
절대 없다고 단언할 근거도 없다.

그래서 국왕은 그런 생각을 했다.

지구에도 천진무구한 소녀만 등에 태운다는 환상의 괴물 이야

기가 있다. 그러니 그런 발상을 해도 이상할 게 없었다.

　게다가 그런 거라면 외교 사자로 외교관이 아니라 제3왕녀가 온 것도 다 설명이 된다. 호위가 소녀들뿐인 이유도…….

　일반적으로 소녀 외교관은 없고, 소녀여도 한 나라의 대표일 수 있는 사람은 오직 왕족뿐이다.

　하지만…….

　"국가끼리의 교류가 아닙니까? 왕족의 교류라는 건……."

　문제는 그 부분이었다.

　단순히 돌려 말한 것일까, 아니면 어떤 다른 의도가 있나.

　"아, 이번에 제가 온 건 딱히 나라 대표로서가 아니에요. 저 개인적인 여행이자 이 나라 왕족 중에 제 또래가 있으면 친구가 되고 싶다고 생각했을 뿐……. 그래서 부모님께는 이 여행에 대해 말씀드리지 않았어요."

　"""""""그게 무슨~~~~~!"""""""

＊　　＊

　"……그렇게 된 거랍니다……."

　"""""""…………."""""""

　최대한으로 뻥도 섞어서 사정을 설명한 모레나 왕녀.

　마르셀라 일행은 왕녀의 호위라는 입장 때문에 자리에 앉지 않고 호위처럼 모레나 왕녀 뒤에 서 있었지만, 왕궁 앞 광장에 고룡이 있다는 점 때문에 일행을 건드는 사람이 있을 리는 없었다.

"그럼 모레나 왕녀는『제3왕녀』라는 입장이고, 나라 대표로서 정식으로 우리나라를 방문한 건 아니라는 말씀?"

"네. 고룡 케라곤 님의 친구이자 그냥 평범한 인간 중 한 사람으로서 같은 입장에 있는 또래 친구를 만들고 싶어서……. 제가 우리나라와 주변국에서 조금 유명해진 바람에, 평범하고 대등하게 대화할 수 있는 친구를 쉽게 만들 수가 없거든요……."

((((((고룡 친구가 있는데 평범한 인간이겠냐아아아아~~!))))))

국왕과 대신들이 속으로 소리쳤다. 그리고…….

((((((『조금』? 정말로 유명해진 게『조금』일까?))))))

"……뭐, 그, 그것도 무리는 아니겠지요……. 그런데 우리나라를 개인적으로 방문한 목적은……."

"네, 이 나라 왕녀 전하와 친구가 되고 싶어서……. 아니, 그런데 계시긴 한가요, 저와 비슷한 나이의 왕녀 전하……. 만약 이 나라에 저와 친구가 되실 수 있는 왕녀 전하가 안 계신다면 이대로 다른 나라로 가려고 하는데……."

"있습니다! 있고말고요! 네 명이나 있답니다!"

필사적으로 소리치는 국왕.

그러는 것도 무리도 아니다. 고룡이라는 어마어마하게 강력한 연줄이 있는 왕녀가 다른 이웃 나라 또는 적대국의 왕녀와 친해지는 건 못 참는다. 그걸 막기 위해서라면 애지중지하는 딸을 고룡의 입에 밀어 넣는 것도 주저하지 않으리.

한 아버지로서는 최악의 행동일지라도 국왕의 의무 앞에서 밀어내야만 하는 감정이었다.

그것이 왕족, 국왕이라는 자리다.

고귀한 신분에는 그만큼의 의무와 헌신이 요구된다.

왕족과 귀족도 그렇게 편하기만 한 위치가 아닌 것이다.

모레나 왕녀 일행은 국왕에게 딸이 있는지 없는지는 물론이고 이 나라의 이름조차 아직 몰랐다.

하지만 국왕이란 후계자 문제를 해소하기 위해 왕비 이외에도 측실을 두니, 자녀 사망률이 몹시 높은 이런 문명 수준의 나라에서는 왕자를 서너 명 정도 또는 그 이상 낳게 하는 게 보통이었다.

그러니 확률적으로 왕녀도 비슷한 숫자가 있는 게 당연했으므로 상당히 높은 확률로 왕녀가 있을 것이라고 판단했다.

다만 왕녀의 나이가 모레나와 크게 차이가 나거나 반대로 이미 결혼했을 가능성도 있었다.

그럴 경우에는 딱히 공작 가문이나 후백작 가문의 딸이어도 상관은 없었다.

……다만 이상한 쪽으로 간섭받고 싶지는 않으므로 왕자 등은 피할 생각이었다.

"그럼 나중에 그분들과 차라도……."

"알겠습니다! 당장 준비하게 하지요!"

국왕의 눈이 시뻘겋게 충혈되었다.

그리고 잠시 이야기를 나눈 후 모레나 왕녀 일행은 급하게 준비된 다과회 자리로 안내받았다.

참어한 사람은 모레나 왕녀 이외에 이 나라의 왕녀 네 명과 호위라는 명목의 『원더 쓰리』 세 멤버. 그 밖에 시중을 들 메이드들뿐이었다.

이 나라 측에서는 호위를 붙이지 않았다.

모레나 왕녀 측의 호위는 말이 호위이지 미성년 소녀들이었기에 무력으로 왕녀를 보호한다기보다는 따라다니며 시중드는 역할이라고 판단한 건지도 모른다.

거기다 대고 우락부락한 남자 호위를 붙이는 건 멋이 없다고 여겼을까, 아니면 왕궁 안에서 호위를 붙이는 것은 상대를 믿지 않는 모욕적인 행동이라고 생각했을까…….

좌우지간 모레나 왕녀 측은 『원더 쓰리』, 네 왕녀 측은 메이드들뿐.

……어쩌면 이 메이드들은 전투 능력이 어느 정도 있을 가능성도 있다. 그래서 메이드들이 호위를 겸하고 있는 건지도 몰랐다.

그리하여 인원수를 맞춘다는 명목으로 마르셀라 일행도 대화에 참여해 4대4, 총 8명이서 환담을 시작했다…….

* *

1시간 반 정도의 환담 후 다과회는 별일 없이 무사히 종료되었다.

그리고 오늘은 왕궁에서 묵는 것으로 결정되어 객실로 안내받은 일행.

"……셋째?"

"셋째요……."

"첫째는 나이가 좀 많고 야심이 있을 듯한 느낌이어서요……."

"둘째도 조금 불안하게 느껴졌어요."

"넷째는 귀엽고 느낌이 좋긴 했는데 너무 어리니까요……."

"소거법에 의해 셋째인가요……."

모레나 왕녀의 선택에 모두 찬성했다.

*　　*

다도회 후 객실에서 쉬다가 저녁 식사 시간을 맞이했다.

무슨 영문인지 호위라는 명목의 『원더 쓰리』도 호위로서의 위치(언제든 검을 뽑을 수 있는 태세를 갖추고 호위 대상보다 조금 뒤편에 서 있는)가 아니라 모레나 왕녀 옆에 자리가 마련되어 있었다.

……누가 봐도 진짜 호위로는 보이지 않는 멤버들이라, 왕녀를 따라온 상급 귀족의 딸들로 여겼던 것이리라.

그리고 모레나 왕녀와 떼어놓으면 언짢아할 거라고 판단했는지도 모른다.

국왕 측은 모든 가족…… 국왕, 왕비, 왕자 다섯 명에 왕녀 네 명…… 플러스 대신으로 보이는 인물 여섯 명까지 총 열일곱 명이라는 총력전을 펼쳤는데, 그래도 모레나 왕녀와 『원더 쓰리』는 왕녀들과 국왕, 왕비까지 여섯 명과만 적극적으로 대화를 나누었고, 대신은 그쪽이 먼저 말을 걸 때만 대꾸하고 왕자들은 거의 그냥 흘려넘겼다.

왕자들 역시 주빈인 모레나 왕녀에게만 말을 걸었고 신분 차이 때문인지 마르셀라 일행을 아예 무시했으므로 그렇게 되는 것도 당연했다.

그렇게 저녁 식사도 별 지장 없는 대화를 나누며 무난하게 끝났다.

아마도 국왕 측은 모레나 왕녀를 어떻게 대해야 좋을지 몰랐으리라.

왕녀들은 다도회를 통해 어느 정도 속마음을 파악해서 그런지 그냥 즐겁게 담소를 나누었지만.

그리고 환심을 사보라고 지시받았을지도 모르는 왕자들은 완전히 겉돌았다.

마르셀라 일행을 멸시하는 자에게 모레나 왕녀가 호의적으로 굴 리 없으므로…….

객실로 돌아온 후 모레나 왕녀는 메이드에게 봉서(封書)를 건넸다.

『이것을 제3왕녀 전하에게 전달해주세요』라고 말하면서…….

* *

잠시 후 제3왕녀가 모레나 왕녀 일행의 방을 찾아왔다.

물론 메이드에게 전달을 부탁한 봉서에 『방으로 와주면 좋겠다』라고 적혀 있었기 때문이다.

당연히 그 봉서는 제3왕녀보다 국왕이 먼저 뜯어봤을 테지만, 그것 이외에 다른 내용은 없었으므로 아무런 문제도 없었다.

그리고 모두 제3왕녀에게 부른 이유를 설명했는데…….

"네에에에에에?! 여, 여신님의 부탁으로 저, 저에게, 수납마법을 전수해주시겠다고요?"

""""쉬이잇~!""""

당연히 이 방의 양쪽 방 벽 그리고 문 너머에서 귀를 바짝 붙이고 엿듣는 요원이 귀에 온 신경을 집중시키고 있겠지. 그래서 방금 낸 그 큰소리는 분명히 들렸을 것이다.

하지만 일단은 비밀인 것처럼 하더라도 나중에 제3왕녀가 직접 털어놓을 테니 들어도 큰 문제는 되지 않는다.

제3왕녀만 불러 이야기한 이유는 모두가 있는 자리에서 『제3왕녀만 골랐어요, 다른 분들은 필요 없습니다』라고 말할 수도 없었기에, 배려 차원에서 그렇게 한 것일 뿐이다.

"네. 수납 용량은 사방으로 2m, 높이도 2m예요. 단, 이건 일반적인 수납마법으로 쓰는 게 아니라 특수한 용도로 쓰기 위한 것입니다. 무슨 용도인가 하면…….."

그리고 마르셀라가 상세히 설명해주었다.

자신들 세 사람이 모국과 이 나라를 왕래하는 출입구(게이트)로 사용하겠다고.

다른 한쪽의 출입구 역할은 모레나 왕녀가 맡는다고.

매일 한 번은 반드시 안을 확인할 것. (안에 새로 들어 있는 것을 알 수 있게 되어 있다)

메시지가 적힌 종이가 들어 있다면 거기에 적힌 시간에 다시 안을 확인해서, 거기 들어 있을 『원더 쓰리』 세 사람을 꺼낼 것.

……반드시 문제없는 장소에서 다른 사람에게 들키지 않게 할 것.

메시지를 읽은 후에는 지정 시간에 문제가 없는지 답장을 써서 넣을 것. 상황이 나쁘면 시간을 변경하기.

……그리고 『긴급 피난소』로서의 사용법.

습격을 받거나 유괴되거나 물에 빠지거나 절벽에서 떨어지거나 조난하거나.

그럴 때도 순식간에 피난할 수 있고 체감 시간 없이 구출된다. 그 후 『원더 쓰리』가 마일 001을 경유해 고룡(케라곤)에게 부탁해서 모국으로 이동시켜주면 끝이다.

……이는 컸다. 아주 컸다.

즉사하지 않는 한, 어떤 일이 있어도 확실하게 구출될 수 있는 것이다.

게다가 그때 동행한 자까지 다 함께.

그리고 계승권 다툼에 얽힐 일이 없을 듯한 제3왕녀를 암살하려는 자는 그리 많지 않겠지. 있다고 한다면 납치해서 어떻게 해보려는 놈들뿐일 것이고, 그렇다면 아무 문제 없이 이걸로 탈출

할 수 있다.

"전쟁이나 쿠데타 등으로 왕궁이 습격당했을 때 왕족과 대신, 상위 귀족들을 탈출시킬 수 있어요. 그거, 엄청난 안전장치라고 생각하지 않으세요? 지극히 드물게, 아주 살짝 성가신 일을 해주는 대가치고는 국가 수준으로 파격적인 메리트가 있다고 생각하지 않으시나요?"

"드, 듣고 보니……."

"이 제안, 받아들이시겠어요?"

"바, 받아들일게요!"

바로 대답했다.

……뭐, 그것 이외의 대답은 있을 리 없다.

아마 국왕으로부터, 뭔가를 제안받았을 경우 웬만한 일이 아닌 이상에는 받아들이라고 들었을 테고 만약 그게 아니라도…….

여신으로부터 수납마법을 전수받는 어마어마한 명예. 여신, 고룡과 연결고리가 있는 다른 나라 왕녀와의 강고한 관계 형성. ……그리고 자신과 주변인들의 신병 확보.

이를 거절할 왕족, 아니 인간은 없으리라.

아이템 박스는 이차원 세계를 이용하므로 실제로는 용량이 무한대였다.

하지만 그런 것을 일국의 왕녀에게 주면 큰일이 일어날 수 있다. 하기에 따라서는 군사적으로도 이용 가능하니까.

그래서 함부로 쓰지 못하도록 나노머신이 일종의 소프트웨어에 제한을 걸어 사방으로 2m까지밖에 못 쓰게 한 것이다.

　사방으로 2m라면 마차 1~2대분에 지나지 않으며, 아주 극소수이긴 하지만 그에 가까운 용량의 수납마법을 구사할 줄 아는 사람도 전혀 없지는 않다.

　그리고 이 두 사람의 아이템 박스 전이는 다른 자들을 이동시킬 수는 있어도 본인은 불가능하다.

　……아니, 이동이 불가능한 것은 아니지만 그럴 경우 돌아오려면 고룡(케라곤)을 불러서 타고 오는 방법밖에 없다.

　마르셀라 일행은 그렇다고 쳐도, 두 왕녀는 아무래도 무리였다.

　다만 『원더 쓰리』 중 누군가가 함께 이동한다면 『원더 쓰리』의 공용 아이템 박스로 돌아올 수 있으므로 아주 가끔 상대국을 방문할 수는 있었다.

　……『원더 쓰리』의 공용 아이템 박스는 두 왕녀에게 아직 비밀이지만.

　"그럼 의식을 거행하겠습니다. 모레나 왕녀, 에스트리나 왕녀의 옆으로."

　마르셀라의 지시에 제3왕녀인 에스트리나의 옆으로 이동하는 모레나 왕녀.

　"여신의 이름 아래, 마르셀라가 간절히 바라노라. 나노마신(魔神)이여, 이 두 사람에게 공용 수납마법(아이템 박스)을 전수하라!"

　이번 일에 대해서는 미리 마일 001과 조정을 마쳐두었다. 그래서 이 의식은 형식적일 뿐이었으며, 미리 짠 대로 두 사람에게 아

이템 박스(기능 한정판)가 부여되기로 계획되어 있었다.

……실제로는 두 사람에게 아이템 박스 조작 전문 전속 나노머신이 붙는 것이었지만…….

마일이 마르셀라 일행에게 했던 것을, 마일 001이 두 왕녀에게 하는 셈이었다. 아주 아주 멀리서 보내는 원격 지시에 따라…….

그래서 마르셀라가 하는 의식은 그냥 페이크, 형식에 불과했다.

모레나 왕녀와 에스트리나 왕녀는 몹시 진지했으며 감격에 겨워 몸을 떨었지만…….

* *

다음 날 아침 조식을 먹자마자, 붙잡는 국왕과 관계자들을 뒤로하고 얼른 떠나기로 한 모레나 왕녀 일행.

모레나 왕녀 혼자 케라곤에 태워 돌려보낼 수도 없는 노릇이었고, 또 장기 여행 전에 이것저것 정리해야 하는 일도 있었기에 이번에는 『원더 쓰리』도 같이 귀국하게 되었다.

간밤의 일은 전부 국왕과 대신들의 귀에 들어갔으리라.

그렇다면 고룡이 친구로 인정할 뿐 아니라 여신의 축복을 내릴 수 있는 사자님의 소녀들과 좀 더 깊은 친교를 맺고 싶은 것도 무리가 아니었는데, 이미 목적을 달성한 모레나 왕녀 일행은 거기에 따라줄 이유가 없었다.

"케라곤 님, 용건이 모두 끝났습니다. 그럼 잘 부탁드립니다."

마르셀라의 말에 늠름하게 고개를 끄덕이고는, 이야기 나누던 학자 느낌의 사람들과 비늘 청소 중이던 아이들, 기타 구경꾼들에게 거리를 벌리라는 지시를 내린 케라곤.

그리고…….

『유생췌들아, 수고 많았다. 상으로 이것을 주마.』

그렇게 말한 케라곤이 수납에서 꺼낸 비늘 두 장을 아이들 쪽으로 던졌다.

과연 권한 레벨 2인 고룡인 만큼 수납마법을 쓸 수 있었다.

그리고 인간에게 상을 내릴 일이 있을 때에 대비해 예전에 탈피했던 비늘을 계속 수납에 넣어 다녔던 듯했다.

아마 그 자리에서 바로 몸에서 떼어내 주는 것은 아파서 그런지 그 부분이 비는 게 싫어서인지 몰라도 어쨌든 피하고 싶었던 것 같다.

비늘을 청소해 준 아이들은 지구의 대형 동물이 체표면의 기생충을 먹어주는 작은 새를 다정한 눈빛으로 바라봐줄 때처럼 그런 식으로 생각했던 것이리라.

"""""""비, 비늘! 고룡님의 비늘, 그것도 상태 좋은 것으로 두 장씩이나!"""""""

주위 구경꾼들 사이에서 비명과도 같은 외침이 울려 퍼졌다. 그중에는 분명 상인도 있었으리라.

『빼앗아가면 안 된다. 비싸게 팔아 그 돈을 아이들에게 똑같이 나누어주거라. ……네가 책임지고 지휘해, 알겠나?』

"하잇! 이 목숨과 맞바꿔서라도!"

조금 전까지 케라곤과 대화를 나누었던 학자 느낌의 남자가 명예로운 임무를 부여받기라도 했다는 듯 흥분하며 그렇게 선언했다.

……아니, 정말 명예로운 일이라고 여기고 있겠지. 고룡의 신뢰를 얻어 큰돈이 걸린 문제를 일임받았으니까…….

비늘 청소를 했던 수십 명이나 되는 아이들은 대부분 보육원 출신, 강변과 폐가에서 사는 고아들이었다.

……한 명당 과연 몇 장, 몇십 장의 금화를 받을 수 있을까…….

위험하고 더러운 중노동이라며 그 작업을 고아들에게 다 떠넘기고 자기 자식들은 근처에 얼씬도 못 하게 했던 자들이 땅을 치고 후회했지만 자업자득이다.

모레나 왕녀 일행을 태운 케라곤은 주변 사람들이 풍압에 날아가지 않도록 날갯짓을 최대한 억제하면서 마력을 주로 써서 수직으로 천천히 상승했고, 충분한 고도까지 올라간 후에야 빠른 속도로 날아갔다.

사람들은 신이나 다름없는 고룡을 이 나라로 데려와 그 예지의 일부를 전수받고 고아들을 구할 수 있었던 이번 사건의 주역인 네 소녀를 칭송했다.

왕궁에서도 이 나라는 고룡의 벗인 미모의 왕녀와 친교를 맺었다는 사실을 대대적으로 공표했다.

그리고 두 장의 비늘은 물론 왕궁에서 파격적인 가격에 사들였다.

원래도 어마어마한 가치를 가진 비늘이, 제정신인가 의심할 정도로 엄청난 금액이 되었는데 만약 훗날 고룡이『비늘은 잘 팔았나』,『유생체들에게 얼마 줬나』하고 물을 경우에 대비해 값을 후려치기는커녕 아주 높은 금액에 사들일 수밖에 없었다.

그리고 물론 상인에게 팔아 다른 나라의 손에 들어가는 것은 용납할 수 없는 일이었고, 고룡과 친교의 증표로 활용해야만 했으므로 다른 선택지는 없었다.

……또한 나중에 다른 나라로부터『고룡을 탄 네 소녀,「용무녀 네 자매」의 도움을 받았다』는 선원들의 이야기가 전해지면서 모레나 왕녀의 인기는 더 올라갔다…….

* *

그날 이후 모레나 왕녀로부터 연락이 없나 싶어 매일 50회 정도 수납마법 속을 확인하고 있는 에스트리나 왕녀였는데…….

어느 날 에스트리나 왕녀가『수납마법』안을 확인하자 편지랄까, 메시지 카드 한 장이 들어 있었다.

서둘러 그것을 꺼내 읽어보니…….

『수납에 보관해두었던 제 과자가 없어졌어요! 에스트 씨, 설마 당신이…….』

"크, 큰일이네요! 빨리 답장을 써야!"

『새로운 게 들어 있어서 꺼내 확인했는데 그게, 너무 맛있어 보여서 저도 모르게 그만……. 죄송해요! 사과하는 뜻에서 내일 제 간식을 넣어둘 테니 드세요……. 내일 간식은 저희 특산품인 파인애플을 넣은 것이랍니다. 모레나 님의 나라에서는 쉽게 구할 수 없다고 말씀하셨었지요…….』

"자, 이제 괜찮겠지요. ……앗? 또 편지가? 사과했잖아요! 끈질기시네요, 모레나 님! 어디 보자…….."

『……아! 혹시, 혹시 말인데요? 제가 이쪽에서 에스트 씨의 나라에서 비싸게 팔리는 것을 사비로 사서 여기 넣어두면……. 그리고 에스트 씨가 그걸 팔아 그 돈으로 저희 쪽에서 비싸게 팔 수 있는 걸 사서 넣으시면…….』

"……! 그, 그런……. 어쩌면 서로 자기 나라에서는 별로 돈 만드는 소재로밖에 가치가 없는 상대국의 금화가 아니라 상품을 교환하면 환전해서 금전 손실 없이 차액을 남겨 떼돈을 벌 수 있다는? ……아니. 아니아니아니아니! 하, 하지만 과연……. 모레나 님은 분명 자기 나라에서 향신료는 어마어마하게 비싼 반면 벌꿀은 그렇게 비싸지 않다고 말씀하셨는데……. 아니아니, 그런 수준이 아니라 금, 보석, 고가의 공예품 등 여기와 저쪽에서 가격 차이가 반대인 걸 조사하면……. 이건 국가 수준으로 하면 일이 커지거나 특정 보석 같은 것의 대량 유출을 초래할 위험이 있지만, ……우리가 개인적으로 알게 모르게 돈을 쓸어모으는 정

도라면……. 아, 모레나 님이 보내신 메시지에『사비로 사서』라고
되어 있었죠. 역시 모레나 님, 야무지시네요……. 그렇다는 건 저
와 같은 생각이시라는 뜻이겠죠…….”

『……해봅시다!』
『알겠습니다. ……그럼 가급적 빨리, 부피가 그리 크지 않으면
서 비싼 상품의 가격을 조사해요. 그리고 입이 무겁고 신뢰할 수
있는, 너무 크지 않으면서 영세도 아닌 적당한 상인과 연결해주
세요. 너무 급하게 하지 말고 신중하게 골라야 합니다……. 그렇
게 해서 우리의 영광스러운 미래를 거머쥐는 겁니다!』

아무래도 수상한 일을 꾸미는 듯한 왕녀 콤비였다…….

*　　*

“길드 지부에 인사.”
“문제없음!”
“숙소 퇴실.”
“문제없음!”
“도움 주신 분들에게 인사.”
“문제없음!”
“여행에 필요한 장비와 식량, 기타 등등.”
“문제없음!”

"저쪽에서 비싸게 팔 수 있는 깃 매입."

"문제없음!"

"좋아요, 모니카 씨, 올리아나 씨. 지금 우리는 혼인이라든지 양녀라든지 측실 같은 희생양으로 온 나라의 귀족과 왕족, 대규모 상회주와 후계자 등등의 표적이 되고 있어요. ……우리를 원해서가 아니라 아델 씨를 낚을 미끼로. 평민들로부터 인기를 끌어모으기 위한 구경거리로. ……그리고 마법 재능을 가계에 흡수하기 위한 모체로. 두 분 다 그걸 바라시나요?"

""아니요! 아니요! 아니요!""

"……그리고 저희는 마법에 재능이 없어요. 재능이 있는 것처럼 보이는 이유는 아델 씨에게 특별히 배운 가문의 비전, 문외불출, 누설금지인『마법의 진수』와 마법 세계에서 찾아온 마법의 정령에게 수호받았을 뿐이에요. ……그리고 피를 토할 만큼 노력했기 때문이죠. 제 입으로 말하기도 좀 그렇지만……. 다시 말해서 우리의 능력은 자식, 손자, 자손 대대로 전해질 수 있는 게 아니에요. 그러니 그걸 목적으로 우리를 확보한 사람들이 원하는 결과를 얻지 못한다는 사실을 알았을 때 어떻게 나올지……. 여러분, 우리를 아는 사람은 아델 씨를 비롯한『붉은 맹세』이외에는 없고, 앞으로도 적어도 우리가 살아 있는 동안에는 정보가 퍼지는 것이 거의 불가능한 신천지, 아델 씨 일행이 말씀하셨던『신대륙』에 가고 싶나요?"

""GO! GO! GO!""

"그럼 합의한 걸로 받아들여도 되겠죠? 딱히 가면 두 번 다시 못 돌아오는 것도 아니고요. 아니, 오히려 저희가 신대륙에 갔다는 사실을 들키지 않게 이곳에 빈번하게 돌아와 이곳저곳 얼굴을 내밀 거예요. 가족과도 자주 만날 수 있으니까 아무것도 문제가 되지 않아요. 모레나 왕녀 전하도 우리가 이동하려면 자신이 반드시 필요하니까 우리가 완전히 자기 통제 아래에 있다고 생각하고 마음 놓고 계실 거예요. ……우리가 케라곤 씨의 등을 타고 이동할 수 있다는 것, 모레나·에스트 전이로 한두 명만 전이하고 나머지는 한 명씩 교대로, 우리끼리 오갈 수 있다는 건 모르고 계실 테니까요. 그럼, 『원더 쓰리』 출격!"

""하아앗!""

그리고 모레나 에스트·전이라는, 마일이 모르는 이 세계 첫 획기적인 대륙 간 이동법을 시도해보기 위해 왕궁으로 향하는 『원더 쓰리』.

최근 들어 왕궁에는 강제 호출을 받아 억지로 가기만 했었는데 이번에는 달랐다.

두근대는 가슴으로, 꿈과 희망으로 가득한 표정과 발걸음으로 왕궁으로 향하는 세 소녀.

신천지로.

친구가 있는, 새로운 모험의 땅을 향해…….

＊　　＊

"정말 감사했어요. 그럼 다음에 또 부탁드릴게요."

에스트…… 에스트리나 제3왕녀에게 인사한 후 성문으로 가는 『원더 쓰리』.

이 나라는 평화롭기에 왕궁에 들어갈 때는 검문을 해도 나갈 때는 그냥 통과다.

그래서 드나드는 업자처럼 보이게 평범한 왕도민 복장을 하고 검, 지팡이(스태프), 방어구 등은 아이템 박스에 넣은 『원더 쓰리』는 문지기에게 걸리지 않고 성문을 지날 수 있었다.

돌아올 때, 그러니까 성문을 통해 안으로 들어갈 때는 어떨까.

어린 소녀 세 사람이어서 지금처럼 헌터 장비를 아이템 박스에 넣으면 어떻게든 되리라.

그렇게 낙관적으로 생각하는 마르셀라 일행이었는데 사실, 그러니까 용무녀 왕녀(모레나)와 동행한 사람들이라고 말하면 무조건 에스트리나 왕녀가 있는 곳으로 안내해주리라는 것을 알아차릴 날은 언제일까…….

그리고 모레나 왕녀가 이 나라에서 폭발적 인기를 누리고 있으며 자신들도 그 동료로서 콩고물이 떨어지고 있다는 사실을 알아차릴 날도…….

마르셀라 일행이 굳이 이런 성가신 일을 감수해가며 일을 키워 왕족을 끌어들인 이유.

그건 믿을 수 있는 자가 없는 신대륙에서, 아무한테나 대충 출입구(게이트)를 부탁할 수는 없었기 때문이다.

만약 배신당해서 출입구를 통해 나온 곳이 감옥이라면?

자신들의 아이템 박스로 달아나려 해도 세 명이 다 같이 있으면 꺼내줄 사람이 없다.

……『궁지』에 몰리는 것이다.

그래서 『만약 배신하면 나라가 반드시 멸망한다』는 것을 확실히 인식시켜 『나라가 멸망하더라도 「원더 쓰리」의 신병을 확보하는』 선택지를 절대 고르지 않을 사람, ……요컨대 왕족을 노린 것이다.

귀족, 거상의 부하 등이라도 그야말로 국가의 총력을 기울여 때려잡을 수 있는 사람.

비합법적인 암살 부대든 뭐든, 좌우지간 무슨 수를 써서라도 전력을 다해 『모레나 왕녀의 적』을 처단하고 고룡의 분노가 자국으로 향하는 것을 막을 수 있는 자.

그리고 그녀의 지휘 아래 모든 국민이 모레나 왕녀의 지인을 화나게 만드는 자들의 적이 되는 것.

……몹시 강력한 안전장치였다…….

"그럼 갑시다. 아마도 상륙했던 항구도시에서 왕도로 곧장 향하고 있을 아델 씨 일행과 중간에서 만나기 위해 우리는 왕도에서 그 항구도시로 가자고요. 무심코 엇갈리지 않도록 가는 마을

마다 반드시 정보 수집을……, 아, 아델 씨 일행이 눈에 띄지 않을 리 없으니까 우리도 모르게 엇갈릴 일이 애초에 없겠지만요.
……그럼『원더 쓰리』, 출격!"

""하아앗!""

특별 단편 상담소

"……상담소?"

"네! 저, 제 입으로 말하는 것도 좀 그렇지만 여러 가지 면에서 박식하거든요?"

"……아~, 뭐, 그게 뭐랄까, ……상식에서 벗어난 지식은 있긴 하지, 일단은……."

단어를 고르면서도 어쨌든 마일의 주장을 받아들인 레나.

"그래서 모처럼 이런 지혜를 그냥 썩히는 게 너무 아깝다는 생각이 들어서 헌터 일을 하지 않는 날, 그러니까 휴일이고 시간적 여유가 있을 때에 한해『상담소』를 열어보려고요. 다른 사람을 돕고 헌터 동료들과의 교류 그리고 시간 때우기, 실익까지 겸해서……."

"……후반이 주된 이유네."

어이없어하는 레나였는데…….

"돈을 벌 수 있다면 물론 대찬성이야, 마일짱!"

예상했던 이유로 폴린이 혹하며 찬성했다. 하지만…….

"폴린, 쉬는 날 마일이 자기 혼자 부업으로 돈을 벌면 그건 마일의 개인 수입이 아닐까……. 그걸 등쳐먹을 생각이라면 폴린이 가끔 빈민가(슬럼)에서 하는 유료 치유마법 출장 서비스로 버는 돈도 전부, 파티 공용 자금으로 뱉어내야 하는데?"

"케엑!"

폴린이 바닥에 쓰러졌다.

"아, 메비스 씨의『회심의 일격』이 먹혔다!"

"잠깐 잠깐! 오버 액션이 아니라 폴린, 정말로 피를 토하는데?! 대체 얼마나 효과가 있었던 거야…….'

"아, 경련이 일어났다…….'

"빠, 빨리! 마일, 치유마법! 치유마법을 걸어!"

＊　　＊

……그리하여 네 명이 다 함께 상담소를 차리기로 한『붉은 맹세』.

폴린이 마일 혼자가 아니라 네 명 모두 하면 수입도 모두의 것이 된다며 강하게 주장하고 양보하지 않았기 때문이다.

어차피 마일은 하는 김에 돈도 버는 것일 뿐 별생각이 없어서 폴린의 주장을 바로 받아들였다. 메비스와 폴린은 반대했지만…….

마일이 요금을 설정한 이유는 무료로 하면 장난으로 오거나 원래 점집에 갈 손님이 이리로 올 수 있기에 그것을 방지하는 차원이었다.

……점집은 절대 가짜로 하는 장사가 아니다.

광범위한 지식, 뛰어난 통찰력, 심리학적 수법을 구사해 손님의 고민과 방황을 말로 잘 이끌어내고 손님이 무의식중에 원하는 답의 힌트를 주며 어깨를 슬쩍 밀어주는, 몹시 고도의 기술과 능력을 요하는 직업인 것이다.

그래서 마일은 그들을 방해할 생각은 눈곱만큼도 없었다.

또 혼자 심심하게 손님을 기다리기보다는 다 함께 신나게 하는 편이 훨씬 즐겁다. 그래서 폴린이『다 함께』라고 말해줘서 사실은 기뻤다.

모처럼의 휴일을 반납하고 함께하자고 하기 미안해서 자기가 먼저 말을 꺼낼 수 없었기에…….

뭐,『붉은 맹세』는 일 때문에 그리 피곤해지도 않고 다치지도, 장비가 상할 일도 없다.

만약 있다 해도 부상은 마일이나 폴린이 치유마법으로 고쳐주고, 장비는 마일이 수리해주니까 애당초『휴일』이 그다지 필요하지 않았다.

……아니, 그래도 정신적 피로를 풀기 위한 휴식은 필요했지만, 마일의 이『상담소』는 모두에게 일종의 레크리에이션이어서, 숙소에서 다 함께 우스갯소리를 주고받는 휴일과 별반 다르지 않았다.

"……그럼 오늘부터 영업을 시작해요!"

마일 일행이 차린 상담소는 헌터 길드 지부 안의 한쪽 구석에 있었다.

길드의 음식 코너 벽 쪽 구석에 놓인 작은 테이블 하나와 마주 보고 앉을 수 있는 의자가 두 개.

구석도 구석, 정말 말 그대로『한쪽 구석』이었다.

길드 마스터에게 부탁해(협박해) 공짜로 사용 허가를 받은 것이다.

길드 입장에서야『붉은 맹세』의 비위를 맞추는 것은 업무상 중요한 일이다.

게다가 그들이 헌터들의 문제 해결에 기여해 준다면 대환영할 일이다. ……심지어 상담료를 내는 건 상담 의뢰한 헌터들이지 길드는 동화 한 닢 부담할 필요가 없다.

그러니 한 평도 채 되지 않는 데드 스페이스 정도쯤 기꺼이 무상 제공하겠지.

마일은 의자가 두 개뿐인 작은 테이블의 한쪽에 앉아 맞은편 의자에 앉을 손님을 기다렸다.

그리고 레나 일행은 조금 떨어진, 음식 코너의 테이블 석에서 지켜보았다.

물론 가벼운 먹거리와 음료를 주문해서, 음식 코너의 정식 손님으로…….

얼마 지나지 않아 유명 인물인 마일의 그 수상한 행동에 헌터들이 모여들었다.

그리고 그들의 눈에 비친 것은 두 명 앉을 수 있는 작은 테이블 옆에 세워져 있는 간판이었다.

상담소 힘든 일, 고민거리, 무엇이든 상담해드림
요금: 자유롭게 내시면 됩니다. 내시는 금액에 맞추어 상담에 응

해드립니다.

　예시: 악당에게 협박당해 힘들어하는 상담일 경우

　동화 1닢······ "낙담하지 말고 힘내세요!"

　은화 1닢······ "만날 때 따라가서 해결을 도와드릴게요."

　금화 1닢······ "하루만 기다려 주세요. 당일 밤 안에 상대 조직을 없애 드립니다."

　주의. 어디까지나 지어낸 『예시』에 불과합니다. 어느 날 어느 범죄 조직이 증발한다고 해도 당 상담소와는 아무 관계도 없습니다.

　"······."

　""············.""

　"""················.""""

　"""""""이게 뭐야아아아아아아~~!"""""""

　신대륙 사람들은 아직 『붉은 맹세』를 잘 이해하지 못해서 충분한 내성, 항체가 생기지 않은 상태였다······.

＊　　＊

　"······좀, 괜찮을까······."

　"네, 어서 오세요!"

　가게를 연 지 20분.

　첫 손님이어서 마일은 몹시 흥분했다.

문을 열 때부터 흥미진진하게 지켜보면서도 다들 머뭇거리기만 하고 아무도 의뢰하지 않았던 것이다.

그러다 마침내 용사(희생양)가 나타났다!

정체를 도무지 알 수 없는 신제품이 발표될 때 똥을 밟을지도 모르는 위험을 감수하고 가장 먼저 구매하는 용사들.

문명의 진보는 그들이 뒷받침하고 있다!

"……그래서 상담할 내용은…… ."

"나도 사냥감이랑 짐을 양껏 넣을 수 있는 수납을 가지고 싶어. 너무너무 원해서 미치겠는데 그럴 능력이 없으니까 돈도 못 벌고 힘들어. 어떻게 좀 해주라!"

"……저희는 상담소이지 의뢰를 받는 가게가 아닌데요…… . 뭐, 그래도 첫 손님이니까 서비스해드릴게요. 그래서 용량을 어느 정도 원하시는데요? 그리고 요금은 얼마짜리 코스로?"

그렇다, 마일의 상담소는 종량제였던 것이다.

그리고 밑져야 본전으로 말해본 것뿐인 억지스러운 상담에도 무려 긍정적인 방향으로 검토해주자 경악하는 상담자.

그럼 수납마법을 가르쳐주는 걸까?

아니, 하지만 수납마법은 익히기 몹시 어려운 마법이다.

그러면 사냥하러 갈 때 수납 구사자인 이 아이가 같이 따라가 주나?

아니아니, 어쩌면 겉보기의 몇 배나 되는 짐이 들어가는 그 전설의 마도구 『수납백』이라도 빌려주나?

아니. 아니아니아니아니!

……그리고 이 상담자는 생각했다.

희망 용량을 말하라는 건 수납마법에 다른 변동 요소는 없다는 뜻이다. 그렇다면 싼값에 큰 용량을 지정하면…….

첫 손님이니까 서비스해주겠다고 말한 건 저쪽이다. 그러니 아무 문제도 없다고…….

"용량은 6㎥정도. 요금은 은화 1닢에!"

오오오오, 하고 여기저기에서 찬사가 터져 나왔다.

굉장히 무모하다! 너무 많이 불렀다!

그야말로『용사』라는 이름에 걸맞은 주문이었다…….

과연 이 소녀는 무모한 용사의 상담 내용을 해결할 수 있을 것인가!

그리고…….

"원하시는 수납은 3번 길의 목수에게 부탁하면 만들어주실 거예요!"

((((((별채에 두는 창고,『수납고(스토리지)』인가아아아아!))))))

"가지고 돌아온 사냥감과 짐이 잔뜩 들어가는 수납이랍니다."

……과연 남자 상담자는『수납마법』이라고 말하지 않았다.

그리고 은화 1닢은 일본 엔으로 환산하면 1,000엔 정도 되는 금액이었다.

'만약 더 적은 용량을 지정했다면 가구점 같은 데를 소개해줬겠네, 아마도…….'

'이상하게 머리 굴리지 말고 그냥 알맞은 금액을 제시하지 그 랬나……'

뒤에서, 상응하는 요금에 수납마법을 배워야겠다고 생각한 헌 터들이 바스락바스락 돈주머니를 뒤지기 시작했다.

하지만 마일은 그들이 확인을 마치기도 전에 종이에 뭐라고 써 서 간판 옆에 붙였다.

오늘의 금지어: 수납

"아악! 아아아악!"
"저 멍청이 때문에!"
"빌어먹으으을!"

그리고 다음 손님이 왔다.

이번에는 이상한 꿍꿍이가 있는 사람이 아니라 평범한 상담 같 았다.

상담자는 23~24살 정도로 보이는 여성 헌터였다.

"저기, 사귀는 파티 리더가 양다리를 걸치는 것 같아서……"

그러자 마일이 크게 기뻐하며 『언젠가 꼭 말해보고 싶은 대사 NO. 53』을 내뱉었다.

"마, 보소! 당장 헤어지뿌래이!"*

대사를 써먹었다는 만족감에 뜨거운 콧바람을 내뿜는 마일.

---

*일본 라디오 『고민 상담소』에서 패널이 자주 말했던 입버릇.

그리고…….

퍼어억!

돌돌 감은 종이로 있는 힘껏 뒤통수를 얻어맞았다.

"상담자는 인생이 걸린 문제인데, 장난치는 거 아니야!"

레나, 격노했다.

구경만 하려고 했는데 아무래도 참지 못한 모양이었다.

그 후 마법의 위력이 더 이상 커지지 않아 고민하는 마술사(영 창 속도와 정확도 등『순도』는 훈련하면 좋아지지만,『위력』은 아 무리 훈련해도 마음대로 안 되는 때가 있다)에게, 실력 좋은 마술 사들은 알고 있을, 나노머신의 존재를 몰라도 할 수 있는 단련법 을 알려주기도 하고 그 밖에 기타 등등 마일이 잘 모르는(경험하지 못한) 것…… 연애 상담이라든지, 인간관계에서 오는 갈등이라든 지를 제외하고 대충 무난하게 상담해주었다.

……마일이 약한 부분은 보다 못한 메비스와 레나, 폴린이 옆 에서 보조했다.

산전수전 다 겪은 레나, 귀족 딸로서 영주와 경관의 주장을 이 해하기에 자세히 설명할 수 있는 메비스.

그리고 적대자를 처단하고 완전히 좌절시키는 방법을 생글거 리며 전수해준 폴린은 빛났다. ……시커먼 암흑의 기운으로…….

그러다가 어떤 상담자가 나타났다.

……그렇다, **나타나고 말았던** 것이다.

"마일짱과 사귀려면 어떻게 해야 합니까?"

"……네?"

"상담료로 금화 1닢을 내겠습니다! 이거며 반드시 해결해주시겠죠?"

"네에에?"

그리고 남자는 간판에 적힌 글자를 손가락으로 가리켰다.

『금화 1닢…… "하루만 기다려 주세요. 당일 밤 안에~~."』

"당일 밤 안에……."

"허어어어어어어어억!"

얼굴을 새빨갛게 붉히며 당황하는 마일.

그리고…….

덥석!

덥석!!

의뢰자인 남자의 두 어깨를 붙잡았다.

왠지 무서운 얼굴인 레나와 메비스가…….

그리고 파티 멤버 이외의 사람이 있을 때는 늘 생글생글 미소가 사라지지 않는 폴린은…….

"저~~~~~기요? 저희랑 데이트 좀 하시겠어요~?"

웃는 얼굴인 폴린.

……다만, 검었다.

"히익!"

……거기에는 귀신이 있었다.

"머리 좀 식혀줄까?"

식혀주겠다고 말해놓고 무슨 영문인지 불마법 영창을 읊어 홀드하는 레나.

의뢰자의 머리가 식기 전에 길드에 있는 모두의 간담이 먼저 서늘해졌다.

"어버, 어버버! 사, 살려줘…….."

질질…….

"마, 마일짱, 살려줘, 이렇게 부탁, 할게, 으읍!"

질질질…….

왠지 입에 재갈이 물리는 소리가 들린 것만 같았지만 아마도 기분 탓이리라.

……억지로 그렇게 생각한 마일은 머릿속을 전환했다.

그렇다, 생각하기 싫은 일은 잊고서.

"상담소입니다! 힘든 일, 고민거리, 무엇이든 상담해드려요~!"

작가 후기

여러분, 오랜만입니다, FUNA예요.
능균치, 드디어 17권입니다!
원세븐이에요, 대철인이라고요!!

출판사가 변경된 뒤로 4권째.
그리고 간간 ONLINE(ガンガンONLINE)에 연재 중인 능균치 코미컬라이즈 재기동(리부트)판 제1권이 이 소설 17권과 동시에 SQEX에서 출간!
이대로 만화책을 사러 평행이동(트래버스)이다다닷!
리부트 코믹스에서는 네코민트 선생님 판 그리고 애니메이션에서 통편집되었던 초반 애클랜드 학원 편이 빠짐없이 잘 묘사되어 있답니다.
그러니 부디 잘 부탁드립니다!

이번 권에서는 마침내 『붉은 맹세』가 최종 결전의 장으로!
『시간의 이방인(에트랑제)』이다, 『멍멍 추신구라』다!
마일 일행의, 지금까지 해온 여행과 모험의 집대성이 지금 여기에.
모든 종족 연합 그리고 피조물들!
빛나는 생명. 그리고 반짝이는 영혼.

지금이다, 필살 데스 랩터!

레나: "그런 호랑이 담배 피던 시절의 스페이스 오페라에 나오는 병기를 누가 아냐고!"

마일: "아 좀 그냥 넘어가요, 세세한 건!"

메비스: "이『2단계 렌즈』라는 거, 혹시『렌즈맨』에서 따온 거야······?"

레나: "아무도 모른다고, 그런 소재!"

마일: "아 좀 그냥 넘어가요, 세세한 건!"

폴린: "『스프레이』랑『광선포(레이건)』를 합해서『스프레이건』라니, 그냥『스프레이저 광선』그대로가 아닌지······."

마일: "아~, 시끄러워! 하~나~도 안~들~려~요~!"

그리고『붉은 맹세, 서쪽으로』.

레나: "어느 울트라 경비대냐고!"

신천지에서『붉은 맹세』그리고『원더 쓰리』의 새로운 모험이 시작된다!!

마일: "다리를 여덟 팔 자 모양으로 벌리고 스키를 타는······."

레나: "그건 모험이 아니라 '보겐'이고!"

레나: "그런데 이 작가의 소설에서 활약하는 왕녀님은 죄다 제3왕녀네? 무슨 이유라도 있나?"

마일: "아, 그거 방금 지적할 때까지 본인도 몰랐대요."

레나: "무심결에 썼다는 말이야? 잠재의식 속에 뭐가 들어 있는 거야……."

마일: "아니, 실제로 제3왕녀를 만나서 뭘 한 경험은 없을 것 같은데요?"

레나: "그거야 당연하잖아! 일본에 왕녀님과 알고 지내는 라이트노벨 작가가 있으면 도리어 무섭지!"

메비스 · 폴린: ""………….""

여하튼 『능균치』 소설 출간과 리부트 만화, 잘 부탁드립니다!

마지막으로 일러스트레이터 아카타 이츠키 님, 책 디자이너 야마카미 요이치 님, 담당 편집자님, 교정교열 및 인쇄, 제본, 유통, 서점 등에 종사하시는 관계자 여러분, 감상과 지적, 제안, 충고, 아이디어 등을 아낌없이 주시는 '소설가가 되자' 감상란의 여러분, 그리고 무엇보다도 이 작품을 읽어주신 여러분께 진심으로 감사드립니다.

그럼 다음 권에서 다시 만날 수 있다고 믿으며…….

FUNA

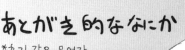

あとがき的ななにか
*후기 같은 무언가

*마일의 명을 받고
 마일처럼 행동하는
 마일 001
 마일이 없는 곳에서
 마일인 척 이것저것 저지를 것만 같다.

マイルの命をうけ
マイルらしくふるまう
マイル001
マイルのいない所で
マイルらしく色々やらかしそう。

亜方逸樹
*아카타 이츠키

WATASHI, NORYOKU WA HEIKINCHI DETTE ITTAYONE! vol.17
©2022 FUNA, Itsuki Akata/SQUARE ENIX CO., LTD.
First published in Japan in 2022 by SQUARE ENIX CO., LTD.
Korean translation rights arranged with SQUARE ENIX CO., LTD.
and Somy Media, Inc. through Tuttle-Mori Agency, Inc.

저, 능력은 평균치로 해달라고 말했잖아요! 17

2023년 04월 15일 1판 1쇄 발행

저　　　자	FUNA
일 러 스 트	아카타 이츠키
옮 긴 이	조민정
발 행 인	유재욱
본 부 장	조병권
편 집 1 팀	김준균 김혜연
편 집 2 팀	박치우 정영길 정지원 조찬희
편 집 3 팀	오준영 이해빈
편 집 4 팀	박소영 전태영
라이츠담당	김정미 맹미영 이윤서
디 지 털	김지연 박상섭
미　　　술	김보라 박민솔
발 행 처	㈜소미미디어
인쇄제작처	㈜코리아피엔피
등　　　록	제2015-000008호
주　　　소	서울시 마포구 토정로222, 403호 (신수동, 한국출판콘텐츠센터)
판　　　매	㈜소미미디어
마 케 팅	박종욱
영　　　업	박수진 최원석 한민지
물　　　류	허석용
전　　　화	(02)567-3388, Fax (02)322-7665

ISBN 979-11-384-7806-9
ISBN 979-11-6611-317-8 (세트)